Enceinte du play-boy

Sur la route de l'amour

CAT SHIELD

Enceinte du play-boy

Traduction française de
FLORENCE MOREAU

PASSIONS

HARLEQUIN

Collection : PASSIONS

Titre original :
UNTAMED PASSION

HARPERCOLLINS FRANCE
83-85, boulevard Vincent-Auriol, 75646 PARIS CEDEX 13
Service Lectrices — Tél. : 01 45 82 47 47 - www.harlequin.fr
ISBN 978-2-2804-4913-7 — ISSN 1950-2761

Composé et édité par HarperCollins France. Achevé d'imprimer en août 2021.
par CPI Black Print - Barcelone - Espagne
Dépôt légal : septembre 2021.

MIXTE
Papier issu de sources responsables
FSC® C159065

Pour limiter l'empreinte environnementale de ses livres, HarperCollins France s'engage à n'utiliser que du papier fabriqué à partir de bois provenant de forêts gérées durablement et de manière responsable.

- 1 -

Six semaines plus tôt

Oliver Lowell regarda les quatre mots griffonnés au dos de sa carte d'anniversaire. *Un de ces jours.* Aucune signature, pas de : « Désolé d'avoir manqué ton anniversaire. » Juste quelques mots cryptiques qui réveillèrent en lui tous les démons qu'il maîtrisait de haute lutte, depuis ces huit dernières années de sobriété.

Un de ces jours. Honnêtement, c'était quoi, ce message à donner la chair de poule ? Une menace ? Une promesse ?

Tout comme ce qui avait trait à son père, le cadeau accompagnant la carte, à savoir une canne à pêche de grand luxe, l'avait vivement ébranlé. Tant de fois Vernon Lowell lui avait promis qu'ils iraient pêcher ensemble, puis s'était désisté au dernier moment, car un autre engagement avait finalement pris la priorité sur leur sortie. Fallait-il s'étonner qu'à son entrée au lycée sa relation avec son père, dont il était le plus jeune fils, fût dégradée au point qu'ils ne pouvaient plus se retrouver dans une même pièce sans se hurler dessus ?

Repoussant la carte, il se saisit de son appareil-photo et sortit dans la chaleur de l'après-midi, qui subsistait encore en ce mois de septembre, à Manhattan. L'odeur âcre des pots d'échappement et les bruits de la circulation frappèrent ses sens alors qu'il hésitait sur le trottoir, saisi par une indécision rare chez lui. Perdu dans un turbulent tourbillon de colère et de ressentiment, il n'avait aucune idée de l'endroit où aller.

Huit ans plus tôt, il se serait mis en quête de son dealer préféré et se serait procuré de quoi calmer sa rage. La drogue avait été sa meilleure amie pour s'abrutir à l'époque, son moyen favori pour gérer la haine et le dégoût qu'il se portait et qu'aucun succès professionnel ne parvenait à effacer. Il avait alors une vingtaine d'années et était indifférent aux répercussions que sa conduite pouvait bien avoir sur ses proches. Il avait néanmoins fini par reprendre sa vie en main et mettre un terme à son comportement destructeur, même si la sobriété lui avait sacrément compliqué l'existence puisqu'il avait alors dû affronter les conséquences de ses actes. En outre, ses anciens démons revenaient parfois le lanciner…

Aussi, quand il se remit enfin en marche, ses pieds le portèrent-ils spontanément vers le SoHo Grand Hotel… Allons, il était désormais maître de ses addictions, et non plus l'inverse, se rappela-t-il avec fermeté.

Traversant le Grand Bar and Lounge aux plafonds imposants mais à l'atmosphère détendue, il regagna le Club Room, avec ses photos grand format de films classiques et ses canapés et fauteuils disposés avec goût. À 18 heures, l'endroit était bondé ; d'un rapide coup d'œil, il repéra l'unique table disponible près de l'entrée, avec vue directe sur le bar.

Un serveur s'approcha de lui, et s'enquit de ce que prendrait « M. Lowell » aujourd'hui. Sur une impulsion et sans comprendre lui-même ce qui lui arrivait, il commanda un whisky sec, au lieu de son eau de Seltz habituelle avec une tranche de citron. Aussitôt, il se maudit puis nota le regard surpris du serveur…

Sa colère, quelque peu apaisée par la douce soirée de fin d'été, rejaillit doublement en lui : c'était une émotion qui consumait toute son énergie et sa capacité à se concentrer, elle l'avait poussé aux pires décisions.

Pendant qu'il attendait son verre, il loucha du côté du bar, désespérément en quête d'une distraction qui le soustrairait à ce besoin infernal de se noyer dans l'alcool ou autres substances toxiques, l'empêcherait de céder au penchant qui avait été son quotidien à la fin de l'adolescence et au début de la vingtaine. Après sa cure de désintoxication, quand il était saisi par de sombres rages, il s'était réfugié dans une nouvelle échappatoire : les femmes. Il les abordait au comptoir des bars d'hôtels et les emmenait après un bref échange dans une chambre ; ces étreintes sans lendemain lui laissaient au cœur un immense sentiment de vide.

Et puis la résilience était enfin venue sous la forme de la photographie, passion qui allait s'emparer de son imagination et le pousser vers la renommée internationale.

Quand le serveur revint avec son whisky et le posa devant lui, il s'en rendit à peine compte, toute son attention étant accaparée par un couple qui venait de s'installer au comptoir, ou plus exactement par la femme gracile et élancée, à la chevelure sombre attachée en un chignon bas et sobre. Avec son jean *skinny* noir, son haut lâche et un petit blouson, elle avait l'air d'un mannequin habillé pour aller faire un tour au parc. Chaussée de boots dont les talons devaient mesurer dix centimètres, elle atteignait le mètre quatre-vingts, et surplombait son compagnon, ce qui ne devait pas plaire à l'ego de ce dernier, eu égard à la façon autoritaire dont il lui indiqua sur quel tabouret s'asseoir.

Puis il se hérissa visiblement en constatant l'attitude

figée de la jeune femme : pourquoi un être si raffiné et élégant perdait-il son temps avec un tel butor ? se questionna-t-il.

Elle posa un portfolio de mannequin sur ses genoux quand l'homme prit place près d'elle. Oliver avait désormais une vue imprenable sur le profil de cette véritable apparition : à en juger par ses cheveux lisses et ses yeux en amande, elle devait avoir des origines philippines... Automatiquement, il tendit la main vers son sac pour prendre son appareil-photo, avant de s'arrêter subitement dans son geste : il avait souvent saisi l'essence des gens à leur insu, dans un but professionnel, mais en l'occurrence la donne était différente.

En effet, cette inconnue lui donnait envie de l'apprécier de plus près, sans la barrière de l'appareil-photo, de la toucher des doigts, des lèvres. De fermer les yeux et d'écouter la mélodie de sa voix... Pour l'instant cependant, il se contentait de la suivre du regard.

Elle ne parlait ni ne bougeait, yeux rivés au cocktail que l'homme avait commandé pour elle. De son côté, celui-ci avait déjà avalé deux verres et l'alcool semblait renforcer son agressivité, à en croire sa gestuelle énervée ; d'ailleurs, il renversa en partie son troisième whisky en faisant un grand mouvement, mais elle demeura de marbre. Oliver sentait qu'elle n'avait pas peur de lui ; elle semblait en revanche furieuse, et s'accrochait à son portfolio.

Totalement fasciné par le couple, il regretta de n'être pas plus près et de ne pouvoir entendre leur échange. Elle ne portait pas de bague, observa-t-il, aussi leur relation n'avait-elle rien d'officiel, ce qui lui mit du baume au cœur, réaction dont il s'étonna... Quelques instants plus tard, le ton monta : l'homme reposa bruyamment son verre, dont le contenu se renversa cette fois sur sa compagne. Non seulement il ne s'en excusa pas, mais il se leva et lui lança manifestement un ultimatum alors qu'elle tamponnait son jean avec une serviette. Figé, il attendit qu'elle réponde ; au bout de quelques instants, cessant d'éponger son denim, elle le regarda avec gravité, puis secoua la tête. De toute évidence, ce n'était pas la réponse qu'il attendait, car il lui adressa une réplique encore plus furieuse – à en juger par son expression – et la laissa en plan.

Alors qu'il atteignait la sortie, Oliver se saisit de sa boisson qu'il n'avait pas touchée, et fit en sorte d'arriver en temps opportun pour heurter le mufle. Son whisky tournoya vivement dans le verre en cristal et d'un tour de poignet habile il doucha cet homme insupportable.

— Ça va pas ! hurla ce dernier en lui décochant un regard noir.

— Oh ! désolé ! s'exclama Oliver du ton le plus sincère possible, et des plus hypocrites.

— Désolé ? rugit l'homme.

Il sortit immédiatement sa carte de visite et ajouta :

— Je me fiche pas mal que vous le soyez, ou pas d'ailleurs, je veux en revanche que vous payiez le pressing.

— Bien sûr, dit Oliver en lisant son nom avant de prendre la carte. Je vous appellerai sous peu, Ty Littel.

— J'y compte bien, grommela celui-ci.

Et il sortit d'un pas bruyant.

Tapotant le bout de ses doigts avec la carte, Oliver le regarda s'éloigner jusqu'à ce qu'il disparaisse de sa vue. Après quoi, il se dirigea vers le comptoir où la jeune femme se tenait toute raide, lèvres serrées, ne laissant paraître aucune émotion. Il tendit alors un billet de cinquante dollars au serveur pour payer l'addition du couple, puis se tourna vers la délaissée.

— Ce type n'était pas digne de vous, déclara-t-il, espérant que ces mots la consoleraient. Vous serez bien mieux sans lui.

Ne souhaitant pas l'importuner davantage eu égard à la scène qu'elle venait de subir, il lui sourit et fit mine de revenir à sa place. Mais, quand son regard d'un brun chaud se posa sur lui, toute pensée le déserta et il se retrouva cloué sur place par la myriade d'émotions qu'il y lisait : la colère, l'horreur, la reconnaissance, le soulagement. Puis tout aussi subitement elle remit son masque d'impassibilité ; ce fut alors qu'un vague souvenir lui revint en mémoire…

— On se connaît, non ? demanda-t-il sans réfléchir.

Il s'attendait à une rebuffade face à cette question si bateau, dans le bar d'un hôtel, mais à la place elle haussa un sourcil.

— Mon visage vous est familier ?

— Oui, vaguement, mais je n'arrive pas à me rappeler dans quel contexte je vous ai rencontrée. Vous êtes mannequin ?

Elle cligna des paupières, comme si la question lui déplaisait.

— Pour l'instant, oui.

Cette réponse énigmatique aiguisa sa curiosité.

— C'est bien ce que je pensais. Je suis Oliver Lowell, dit-il.

L'ombre d'un sourire éclaira brièvement ses traits.

— Je sais, répondit-elle.

Ce qui n'avait rien de surprenant, puisqu'il avait lui-même exercé durant une courte période dans le domaine de la mode en tant que mannequin avant de se forger une véritable réputation comme photographe.

— Avez-vous déjà posé pour moi ?

Après avoir abandonné le mannequinat, il avait logiquement exercé la photographie dans le domaine de la mode. Il avait commencé par des shootings pour des mannequins montants et son travail avait été si bien reçu que différents magazines lui avaient proposé de collaborer.

Elle secoua la tête.

— Bien sûr que non, murmura-t-il, sans quoi, je me serais forcément souvenu de vous.

À ces mots, elle lui adressa à nouveau son sourire énigmatique et il sentit ses doigts le démanger, non parce qu'il avait envie de saisir son appareil, mais parce qu'il mourait d'envie de caresser sa peau au grain parfait pour s'assurer qu'elle était aussi douce et lisse qu'elle en avait l'air.

— Où nos chemins se sont-ils donc croisés, alors ? reprit-il en fouillant dans sa mémoire.

— Au défilé Valentino, il y a huit ans, dit-elle en calant derrière son oreille une boucle échappée de son chignon. C'était mon premier.

— Et mon dernier, marmonna-t-il, en sentant remonter sa haine de lui-même.

Ce soir-là, Carson, son meilleur ami, était décédé d'une overdose et il n'était pas à ses côtés, trop affairé à se détruire lui-même…

— Et quel effet cela fait-il d'être passé derrière l'objectif ? enchaîna-t-elle sans visiblement remarquer le cours sombre que venaient de prendre ses pensées.

— J'aime contrôler les choses, répondit-il.

Il ne prêta pas attention au rire moqueur qui résonna alors dans un coin de son cerveau. En tant que benjamin d'une famille puissante, il n'avait hélas pas souvent été en mesure de maîtriser quoi que ce soit. Son père n'avait cessé de le harceler pour qu'il soit à la hauteur des jumeaux, ses frères, puis l'avait puni quand il n'avait pas atteint les normes établies avant lui par Joshua et Jacob.

Il n'avait eu aucun moyen de s'opposer à son père quand celui-ci l'avait inscrit en classes préparatoires à Brook Prep, puis, plus tard, à Harvard. Ce dernier avait refusé qu'il fasse partie du club photo, puisqu'il avait décrété que c'était Joshua l'artiste de la famille, et il l'avait forcé à faire du football et du base-ball.

À Harvard non plus il n'avait eu la maîtrise de rien, puisque les circonstances liées à la disparition de son père l'avaient conduit à trouver refuge dans les fêtes, où il avait découvert la drogue et une façon de noyer sa colère contre ce père qui les avait tous abandonnés.

— Contrôler les choses, répéta-t-elle dans un murmure, sur le ton de l'amertume. C'est-à-dire ?

Il avait appris lors de sa thérapie que chacun réagissait différemment à la pression. Ainsi, Josh avait choisi d'être responsable, Jacob avait opté pour se mettre en retrait. Son refuge à lui avait été l'oubli, jusqu'à ce que sa cure de désintoxication lui montre que l'on pouvait s'y prendre autrement. Il avait alors repris les commandes de sa vie.

— J'aime tenir la barre, dit-il alors.

Plissant les yeux, elle le considéra.

— Oui, on le devine aisément.

Il repensa alors à la scène dont il venait d'être témoin et renchérit :

— Vous aussi, vous devriez essayer.

— Sans doute.

Se retournant sur son tabouret pour le regarder en face, elle poursuivit :

— Par où je commence ?

— Pour débuter, je vous conseille de laisser tomber votre petit ami.

— Trop tard ! Il m'a devancée.

Oliver hocha la tête, soudain envahi par un sentiment de satisfaction ; il sentait son humeur s'améliorer à chaque seconde qu'il passait en sa compagnie.

— Cette perte est à mon avantage, dit-il alors.

Elle écarquilla les yeux devant ce commentaire sans fard, mais ne fit pas mine de le freiner.

— Tout à l'heure, vous m'avez dit être mannequin *pour l'instant,* enchaîna-t-il, désireux d'en apprendre davantage sur ce qu'elle aimait. Pensez-vous abandonner ce métier ?

— Je suis mannequin depuis l'âge de un an, dit-elle. Vingt-cinq ans dans le métier, c'est suffisant, vous ne trouvez pas ?

— Je ne saurais dire, je ne l'ai exercé que cinq ans.

— Et vous vous êtes éclipsé quand vous étiez au top, souligna-t-elle. Pourquoi ?

— Il faut toujours finir en beauté, non ?

Si elle se décidait à quitter les podiums, cette femme s'apprêtait à affronter un tournant majeur dans sa vie, pensa-t-il soudain, aussi méritait-elle une réponse moins cliché.

— Si j'avais continué à exercer la profession de mannequin, je serais mort, lâcha-t-il sans ambages.

L'aveu ne parut pas la choquer, au contraire elle acquiesça.

— C'est effectivement un métier épouvantable, dit-elle avec le plus grand sérieux. Pourquoi tant de personnes tiennent-elles à y percer ?

Il aurait aimé chasser d'un coup de baguette magique les ombres qui dansèrent alors dans ses yeux et témoignaient d'un passé douloureux.

— Sans doute pour l'argent facile qu'il rapporte, dit-il sur le ton de la dérision.

— En peu de temps, renchérit-elle sur le même ton.

— Et, bien sûr, il ne faut pas oublier que cela stimule l'estime de soi, précisa-t-il d'une voix clairement ironique en se rappelant tous les rejets subis après des heures et des heures d'attente pour un casting.

— En effet, approuva-t-elle, rien de tel que d'être considéré comme un morceau de viande.

Tous deux se turent un instant, chacun étant sans doute étonné de la résonance de ses propres paroles chez l'autre. Pour la première fois depuis des années, Oliver se sentait sur la même longue d'onde qu'une autre personne et c'était précisément ce à quoi il aspirait ce soir.

— Si vous envisagez de quitter le métier, qu'avez-vous l'intention de faire, à la place ? demanda-t-il tout à trac.

— Je ne sais pas, admit-elle d'un ton abattu. Et tant que je n'aurai pas d'autres projets je devrai continuer à être mannequin.

L'élan qui l'avait poussé à renverser son verre sur son petit ami et à payer leur addition s'imposa de nouveau à lui.

— Je peux peut-être vous aider à changer de voie, déclara-t-il, mû par l'envie que l'impression de bien-être que sa présence lui procurait perdure.

À ces mots, Sammi Guzman ne put retenir une petite exclamation. Son cœur battait si vite qu'elle en était presque essoufflée, et elle était réellement surprise de constater que le béguin qu'elle avait eu pour lui plus jeune refaisait surface.

Et pourtant devait-elle s'en étonner ? Avec son jean de créateur, son T-shirt blanc et son blouson d'aviateur un peu usé, cet homme exhalait le sex-appeal ; depuis qu'il s'était assis près d'elle, au comptoir, elle était tout étourdie, et maintenant qu'il dardait sur elle des yeux brûlants toutes sortes de désirs fous s'éveillaient en elle.

— M'aider de quelle façon ? reprit-elle sans arriver à croire à son bonheur.

— Permettez que je vous photographie.

— Oh ! fit-elle, déçue.

— Oh ? répéta-t-il, un muscle de sa mâchoire tressaillant alors.

Mortifiée à l'idée de l'avoir insulté, Sammi lui sourit et rétropédala.

— En fait, ce n'était pas du tout la réponse que j'attendais de vous, et je suis très flattée que le très talentueux Oliver Lowell veuille me photographier. Seulement, je souhaite échapper à ma carrière de mannequin, pas la raviver.

Il considéra ses propos en silence pendant un bon moment et, les nerfs en pelote, elle se mit à jouer avec le pied du verre de martini commandé par Ty et qu'elle n'avait pas touché, mille pensées lui traversant l'esprit. La dernière fois qu'Oliver et elle s'étaient retrouvés dans une même pièce, elle avait dix-sept ans et il ne savait même pas qu'elle existait. Au cours des huit ans qui s'étaient écoulés depuis, il avait musclé sa haute stature et le magnifique garçon au regard agressif et à l'air pétulant qu'il était à l'époque était devenu un superbe hidalgo aux yeux réservés et au charisme impressionnant.

— Ce sera juste une photo qui restera entre nous, précisa-t-il.

Ces paroles énigmatiques mirent ses émotions à vif : elle ne comprenait pas l'intérêt qu'elle représentait pour lui. Des mois et des mois après leur défilé commun, elle avait fantasmé sur le regard bleu et pénétrant d'Oliver, sur le goût que ses lèvres pouvaient bien avoir, et elle avait imaginé qu'ils se rencontraient à nouveau et que, séduit par elle cette fois, il la prenait dans ses bras et la couvrait de baisers…

Naturellement, un tel rêve n'aurait jamais pu advenir : en effet, si Oliver, lors d'une autre rencontre, s'était par miracle intéressé à elle, sa propre marge de manœuvre aurait été fort limitée par sa mère… Elle sentit un long frisson la traverser, et son pouls s'accéléra encore : aujourd'hui, elle n'était plus une enfant, même si Celeste n'avait pas renoncé à l'emprise qu'elle exerçait sur elle.

— Est-ce ta façon de me dire : « Viens dans ma chambre, je vais te montrer mes œuvres ? » demanda-t-elle alors, stupéfaite de sa propre audace.

Il haussa le sourcil gauche, celui qui portait une minuscule cicatrice et qui, loin de représenter un défaut, renforçait son charme.

— Non, dit-il, même si une lueur plus brûlante brilla, l'espace d'un instant, dans ses yeux. C'est une proposition en tout bien tout honneur.

— Donc, ce ne sont pas des avances masquées ?

Il cligna des paupières, de toute évidence surpris.

Décidément, elle avait eu tout faux depuis le début, se dit-elle, et elle sentit le rouge lui monter aux joues en imaginant l'impression épouvantable qu'elle lui avait faite. Pour commencer, il avait assisté à l'affront que Ty lui avait infligé, et maintenant elle se méprenait complètement sur ses propos.

— Je devrais peut-être développer ma proposition, enchaîna-t-il alors.

— Oui, ce serait bien, murmura-t-elle, déterminée à ne plus se ridiculiser.

— Ce que j'aime, dans mon métier de photographe,

c'est qu'il me permet de voir le monde à travers l'objectif de mon imagination, commença Oliver d'un ton plus lent, les yeux rivés aux rangées de bouteilles derrière le comptoir, mais fort concentré. Quand j'ai cessé d'être mannequin, je suis revenu à mes premières amours, c'est-à-dire la photographie.

Son visage parut se crisper quand il se mit à évoquer le passé.

— Au début, je m'en suis tenu au milieu que je connaissais, mais être photographe de mode est vite devenu aussi rasoir que défiler sur les podiums. Cependant, comme j'avais besoin d'argent, j'ai pris ce qui se présentait. Pour augmenter mes revenus, j'ai proposé de constituer un portfolio à des mannequins sur le point de percer. Et c'est lors de ces sessions de portrait que j'ai découvert ma vraie passion, puis les photos prises à l'occasion ont été remarquées par les gens de la profession. Tout à coup, on a fait appel à moi, les propositions des magazines tombaient de toutes parts, et je me suis retrouvé à photographier des gens célèbres.

Oliver marqua une pause, et passa la main dans ses cheveux longs et ondulés, d'un beau blond foncé ; tout à coup, il parut avoir bien moins que trente-deux ans.

— Les personnes célèbres sont habituées à être sous le feu des projecteurs et sont donc constamment en représentation, comme si elles portaient un masque. J'ai eu envie de découvrir ce qui les intéressait vraiment, dans l'existence.

— Et t'arrivait-il de trouver ?

— Souvent, cela prenait du temps. Je les photographiais des milliers de fois lors d'une séance, je les poussais dans leurs derniers retranchements de sorte que, exténuées, elles arrivaient difficilement à maintenir leur façade habituelle.

À son regard lointain, elle comprit subitement qu'il n'était plus en pensée dans le bar de l'hôtel.

— Les photos que je prenais alors étaient souvent les plus fascinantes. Bien sûr, elles n'étaient pas d'une qualité suffisante pour figurer dans les magazines, mais elles étaient juste destinées à un usage privé.

Sa voix profonde l'avait envoûtée et elle buvait chaque mot qui sortait de sa bouche… Quand elle s'en rendit compte, elle redressa les épaules, choquée d'avoir baissé la garde, puis, s'éclaircissant la gorge, demanda :

— Donc tu leur montrais ces photos ?

— J'en imprimais une, celle qui avait le mieux saisi l'essence de leur être et révélé leur vraie nature. Après, les gens en faisaient ce qu'ils voulaient.

Sammi frissonna : dans certaines cultures, on estimait que prendre la photo d'une personne c'était lui voler son âme. Elle qui avait passé toute sa vie devant les objectifs avait toujours résolument caché ses émotions et affiché l'air qu'on attendait d'elle. Jamais elle n'était tombée sur un cliché qui reflétait celle qu'elle était vraiment.

Oliver Lowell mettrait-il son âme à nu ?

— Cela semble terrifiant de savoir qu'on a capturé votre être dans toute sa vulnérabilité, murmura-t-elle en frissonnant.

Il hocha la tête.

— Oui, tu as raison, pour certains ça l'est.

Cette réponse présomptueuse l'agaça : de toute évidence, avoir grandi au sein d'une famille influente l'avait rendu insensible aux difficultés d'autrui. Oliver Lowell n'était décidément plus celui pour qui, adolescente, elle avait eu le béguin, mais un homme plus cryptique qu'elle n'aurait cru.

— Alors, qu'est-ce que tu en dis ?

La question l'arracha à ses réflexions.

— À quel propos ?

— Tu acceptes que je te photographie, ou pas ?

Sammi pensa à l'affreuse soirée qui l'attendait quand elle rentrerait à l'appartement qu'elle partageait avec sa mère : il faudrait qu'elle lui explique pourquoi Ty avait rompu avec elle, ce qui lui vaudrait une longue leçon sur la façon insensée dont elle se comportait. Obsédée par la sécurité financière, Celeste voyait du meilleur œil la relation de sa fille avec un publicitaire à succès. De fait, sans la pression de sa mère, elle aurait depuis longtemps cessé de fréquenter Ty, avant que le ressentiment qu'il éprouvait pour elle ne le conduise à se comporter comme un goujat.

— Je ne sais pas trop, tergiversa-t-elle, même si sa décision était prise.

— Tu peux me faire confiance, tu sais.

Ce fut alors que, dans un éclair de lucidité perturbant, elle se rendit compte que c'était déjà le cas.

— Le problème, c'est que je n'ai pas les moyens de payer les honoraires que tu prends aux gens que tu photographies. D'ailleurs, juste par curiosité, quel est ton tarif pour ces séances de photos privées ?

— En général cent mille dollars.

— Tu es sérieux ? s'écria-t-elle. Sans vouloir t'offenser, pourquoi les gens célèbres sont-ils prêts à débourser cette somme astronomique ?

— Pour découvrir leur propre intimité, répondit-il sur le ton de l'évidence. Je leur montre un aspect de leur personnalité qu'aucun autre n'a capté chez eux, avant.

Parfois, ils n'ont aucune envie que le monde voie cette part d'eux-mêmes.

Son assurance l'électrisait littéralement et elle eut tout à coup conscience que se rapprocher un peu trop de cet homme pourrait lui être fatal.

Il reprit alors :

— Mes clients payent aussi pour mon intégrité. Aucune photo que j'ai prise d'eux ne tombera jamais dans le domaine public, sauf si telle est leur volonté.

Elle émit un lourd soupir.

— Eh bien, je suppose que cela signifie que cette séance de photos n'aura pas lieu, car je n'ai pas une centaine de milliers de dollars à te remettre.

— Je n'attends pas de toi une telle somme, dit-il.

Puis il désigna son sac à main.

— Combien as-tu sur toi ?

— Voyons voir, dit Sammi en sortant son portefeuille.

Elle compta rapidement son argent.

— Vingt-trois dollars !

Et elle brandit sa fortune.

Oliver prit les billets et les enfouit dans la poche de sa veste.

— Pour ce prix-là, une seule photo devra être la bonne, annonça-t-il.

— Normalement, il en faut des milliers pour avoir le cliché idéal, rétorqua-t-elle, consciente qu'il lui faisait une faveur, mais ne pouvant s'empêcher de résister.

Cette histoire de « saisir l'essence de l'être », qu'il avait mentionnée plus tôt, suscitait à la fois sa curiosité et son scepticisme. La plupart des gens gardaient farouchement leur vrai moi, et ce n'était que dans les sombres alcôves des psys qu'ils livraient leurs plus noirs secrets, certainement pas devant un objectif.

— Tu le penses vraiment ? ajouta-t-elle.

— Mets-tu au défi mes talents de photographe ?

Ce fut alors qu'elle vit clair dans son jeu : à chaque nouveau client, il se lançait ce défi. Il ne lui suffisait pas de publier de fantastiques photos dans des magazines de renom, il devait prouver qu'il était maître de son art.

Oliver était-il agacé par ses réticences ? Elle n'aurait su dire, car il ne laissait rien paraître. Ils regagnèrent bientôt le Grand Bar and Lounge et prirent place dans des fauteuils confortables : Oliver commanda alors des mezze pour eux deux, et une eau de Seltz pour lui. Bien résolue à garder les idées claires, elle l'imita. Pendant qu'ils se restauraient, il lui raconta des histoires de personnes célèbres qu'il avait photographiées et elle lui décrivit des expériences de défilés outre-Atlantique.

Il la regardait d'un air concentré, non tel un prédateur s'apprêtant à bondir, mais comme si elle était une perle rare.

— Qu'y a-t-il ? finit-elle par s'exclamer, à la fois captivée et terrifiée par son regard curieux.

Son imagination lui jouait-elle des tours en lui soufflant qu'il y avait anguille sous roche ? Elle ne pensait plus que son seul but, quand il l'avait abordée, avait été de coucher avec elle. Son attitude mystérieuse était impossible à déchiffrer et ne faisait que renforcer son charme. Elle avait envie d'être seule avec lui, de s'immerger dans les baisers profonds qu'il lui donnerait et de laisser pour une fois son corps prendre le contrôle sur ses pensées.

Son expression avait dû la trahir, car il se pencha brusquement vers elle pour lui murmurer à l'oreille :

— Je te trouve fascinante.

Ces paroles, cet aveu, à moins que ce ne soit le respect qui résonnait dans sa voix la mirent en feu, et ce qui avait été un béguin d'adolescente se transforma soudain en l'obsession impérieuse d'une femme pour un homme.

L'air lui parut se raréfier et, prise d'un vertige, elle agrippa la manche de son blouson d'aviateur pour garder l'équilibre tandis que le souffle chaud d'Oliver lui caressait la joue. Elle était sur le point de tourner la tête pour effleurer sa bouche toute proche, lorsqu'il s'écarta un peu. Et, alors que la déception la submergeait, Oliver se leva et lui tendit la main.

— Partons d'ici, dit-il d'un ton à la fois ferme et ouvert.

— Pour aller où ? questionna-t-elle, consciente qu'elle vivait un moment aussi déterminant qu'exaltant.

Et elle lui saisit la main pour se relever.

— Tu m'as payé pour que je te photographie, répondit-il d'une voix au timbre profond qui résonna dans tout son être. Il est temps que nous fassions cette photo.

Une fois qu'ils furent à l'extérieur, Sammi enfonça les mains dans ses poches pour résister à l'envie de glisser son bras sous celui d'Oliver. Elle n'était pas habituée à prendre l'initiative de gestes affectueux ; dans son enfance, sa mère l'avait plus souvent traitée comme un bien que comme une fille, lui répétant qu'elle devait s'endurcir si elle voulait survivre dans l'univers de la mode.

Il la conduisit dans un immeuble situé à une centaine de mètres de l'hôtel, puis l'entraîna vers l'ascenseur. Quand celui-ci commença à monter, elle sentit ses nerfs se déchaîner en elle, comme un nid de guêpes en colère, et lorsque les portes s'ouvrirent l'angoisse avait complètement supplanté l'attirance fiévreuse qui l'avait conduite à suivre Oliver Lowell dans son loft de SoHo… Franchement, que faisait-elle ici ? Malgré ses questionnements, elle ne s'enfuit pas quand il ouvrit la porte et l'invita à entrer ; au contraire, masquant sa gêne derrière un sourire poli, elle pénétra dans son espace.

Un loft ouvert de quatre cents mètres carrés l'accueillit alors, semblable à tous les studios de photographie où elle avait travaillé. Elle perçut d'emblée l'atmosphère « manufacture » qui y régnait, tandis qu'elle laissait glisser ses yeux sur les murs en brique troués de larges baies, ceux passés à la chaux et le parquet lustré. Le mobilier se limitait à deux canapés et quelques tables de travail ; elle repéra aussi des ordinateurs, du matériel d'éclairage et un écran blanc.

Sammi poussa tout à coup un grand soupir, relâchant la tension qui l'habitait à son insu, même si elle éprouvait en réalité une certaine déception.

— C'est donc ton studio ? dit-elle d'un ton surpris.

— Tu attendais autre chose ?

Et il haussa un sourcil, ce qui lui donna un air si sexy que son cœur s'affola.

— Quand on est entrés dans l'immeuble, je me suis dit que tu résidais peut-être ici.

— C'est le cas. J'habite juste au-dessus.

Et il lui indiqua un escalier sur la gauche.

— Tu veux visiter ?

La proposition la déconcerta : sa vie privée étant très peu connue du grand public, elle avait imaginé qu'il la protégeait farouchement, comme une chasse gardée. Devait-elle se sentir honorée d'être invitée à pénétrer dans son antre ? Ou y aurait-il un prix à payer ?

— Plus tard, peut-être.

Lui tournant le dos, elle posa son portfolio et son sac sur une table avant de retirer sa veste, tout en passant en revue les impressions contradictoires qui la traversaient :

elle devait à présent affronter les conséquences de ce qui lui avait semblé un pari osé au SoHo Grand Hotel…

— Même si je vois bien que ton cerveau est en pleine action, je serais incapable de dire ce que tu penses, dit-il tout à trac.

Je suis juste complètement dépassée par les événements.

Sammi se mit à trembler intérieurement quand il se dirigea vers sa table de travail pour prendre ses appareils photo. Qu'allait-il voir en elle ? Qu'allait-elle trahir de sa personnalité ? Son tumulte intime ? Ses blessures ? Toute sa vie, elle avait pensé que sa beauté était acquise pour toujours. S'il perçait à jour sa psyché et mettait son âme à nu, serait-elle toujours belle ? Cette pensée était réellement terrifiante. Elle se demanda alors combien de personnes avaient été assez fortes pour garder une représentation visuelle de leurs blessures les plus enfouies, leurs secrets les plus honteux.

Elle en eut la chair de poule et réfréna l'envie de se frotter les bras !

— Où veux-tu que je me place ? demanda-t-elle, désireuse de surmonter ses impressions avant que le courage ne la déserte.

— Où seras-tu le plus à l'aise ?

Sans hésitation, elle se dirigea vers l'écran blanc : fréquentant depuis vingt-cinq ans les studios, elle s'y sentait en terrain connu. Ici, elle devenait la fille d'à côté, une séductrice, une femme amoureuse, une poupée de chiffon, une guerrière, un esprit libre, une aristocrate. Et mille autres incarnations encore ! Une fois au centre de l'écran, elle se tourna vers Oliver et le surprit en train de la regarder, la main posée sur son appareil-photo, comme s'il s'apprêtait à s'en saisir.

— Comment pousses-tu les gens à se dévoiler à toi au point de saisir l'essence de leur être ?

— Chaque personne réagit différemment. Le tout est de trouver ce qui va les conduire à baisser la garde.

— Et comment t'y prends-tu ?

Alors que Sammi n'avait jamais hésité à poser nue, elle était réellement anxieuse à l'idée d'exposer son paysage intérieur à l'œil d'un objectif.

— Comment fais-tu tomber les barrières ? insista-t-elle.

— Avant la séance photos, j'effectue quantité de recherches sur la personne qui va poser pour moi.

— Quel genre de recherches ?

— Je me renseigne sur son passé, sa vie personnelle et professionnelle.

Sammi pensa à la relation compliquée qu'elle entretenait avec sa mère et un vertige la saisit.

— J'imagine que tu sais exactement ce qu'il faut dire pour que remontent toutes sortes de sentiments négatifs, chez le sujet photographié, dit-elle alors.

À ces mots, l'expression d'Oliver se figea et elle comprit qu'elle venait de commettre un impair.

— Mon but n'est pas de blesser mes clients, répondit-il d'un ton désinvolte qui ne masquait pourtant pas les fortes émotions qu'il ressentait. La séance ne peut être réussie si le client est malheureux.

— Effectivement, ça se comprend, murmura-t-elle. Et donc de quelle manière te sers-tu des informations que tu as assemblées ?

— Je pose des questions à mon client, l'amène à parler de moments pivots dans sa vie.

— Et à moi que demanderais-tu ?

À sa grande surprise, il s'écarta de la table où était posé l'appareil sans le prendre.

— Pourquoi veux-tu que l'on fasse cette séance ?

— Je veux voir ce que tu vois quand tu me regardes.

Bien qu'il fût doué pour maîtriser son expression faciale, elle constata que sa réponse l'avait déconcerté.

— Pourquoi attaches-tu de l'importance à la façon dont je te vois ?

— Parce que avec toi je me sens…

S'interrompant brusquement, elle s'avança vers lui, mue par un désir fou qui lui brûlait tous les neurones.

Elle était sortie pendant six mois avec Ty et pas une fois ils n'avaient couché ensemble ; or, ce soir, elle avait suivi un quasi-inconnu, pour se prouver qu'elle n'était pas la garce frigide que Ty l'avait accusée d'être.

— Je t'écoute. Comment te sens-tu, avec moi ? reprit-il.

Et le bleu franc de ses yeux s'intensifia sous l'effet d'une ardeur manifeste.

Le feu la consumait jusqu'au fond de son être lorsqu'elle glissa la main sous son blouson d'aviateur, qui tomba bientôt par terre, et palpa les muscles de ses bras ainsi que ses larges épaules…

D'un geste vigoureux, il plaqua les mains sur ses hanches et l'attira contre son corps ferme. Quand elle se pressa contre son érection et qu'Oliver fit glisser ses lèvres le long de sa nuque, une fièvre insensée remonta aussitôt de son entrecuisse… Poussant un petit gémissement, elle inclina la tête de côté et se cambra contre lui, pour lui indiquer à quel point elle le désirait. Contrairement à ce qu'elle redoutait, aucun doute, aucune angoisse ne jaillit en elle, elle vibrait juste d'impatience et seule la flamme de l'excitation chatoyait en elle.

— Tu sais, la visite que tu m'as proposée tout à l'heure…, commença-t-elle d'une voix sensuelle, en coulant la main sous le col de son T-shirt.

Au contact de sa peau chaude et soyeuse, un véritable courant électrique la parcourut ; elle enfouit alors son autre main dans sa chevelure épaisse et poursuivit sur le ton du murmure :

— … je suis prête à la faire, maintenant.

- 2 -

Oliver hésita, l'espace de quelques secondes, lorsqu'elle inclina la tête de côté, aussi douce que consentante ; et puis elle poussa un petit gémissement qui balaya tout brin de raison qui lui restait.

Quand elle enfouit fébrilement les doigts dans ses cheveux, trahissant une faim égale à la sienne, il l'étreignit un peu plus fort et captura sa bouche pour y aspirer le souffle de son abandon. Il mêla alors bien vite sa langue à la sienne et, saisi par un désir au déchaînement insensé, il plaqua son corps contre le sien et prit tout ce qu'elle lui offrait…

Réveillé en sursaut par la sonnerie insistante de son smartphone, il poussa un juron, serra les dents pour se remettre de son rêve excitant et roula sur le côté. Au moment où il voulut se saisir de l'appareil, celui-ci glissa de la table de nuit et tomba par terre. Le rattrapant par le cordon de chargement, il l'arracha brutalement à la prise et prit l'appel.

— Ta séance de photos à EW commence dans une heure, entendit-il après son « allô » au ton peu engageant.

La voix apaisante de la femme à l'autre bout du fil était celle de son assistante.

— La voiture sera en bas de chez toi dans vingt minutes, précisa-t-elle.

— Parfait !

Conscient qu'il ne s'était pas réveillé à l'heure, il raccrocha sans la remercier de veiller au grain pour lui : c'était sa réputation qui était en jeu s'il arrivait en retard sur un shooting photo.

Après s'être rapidement douché, il enfila un jean délavé et un T-shirt gris. Saisissant au passage un de ses nombreux blousons en cuir, il chaussa ses baskets en peau retournée préférées, puis sortit de chez lui.

Heidi l'attendait en bas dans l'entrée, un gobelet de café dans une main, des lunettes de soleil dans l'autre. Il accepta les deux puis poussa la porte double de l'immeuble. À l'extérieur, une matinée vivifiante de mi-octobre l'accueillit : la morsure d'une fraîcheur précoce fouetta ses sens et s'engouffra en lui en même temps que l'odeur d'une nature en train de se faner. Les rayons du soleil se reflétaient de manière oblique sur la façade de son immeuble, à un angle bas qui illustrait le passage des saisons. Il mit ses lunettes, conscient qu'il allait vraisemblablement passer tout le mois d'octobre à broyer du noir, comme pendant les dernières semaines de septembre.

Le temps passait à toute vitesse tandis qu'il ne cessait de ruminer son désespoir et sa rage. Non seulement l'expéditeur de la fameuse canne à pêche demeurait anonyme, mais il ne parvenait pas à retrouver la femme avec qui il avait passé la nuit, six semaines plus tôt. Dès que celle-ci s'imposa dans ses pensées, le souvenir du matin qui s'en était suivi la talonna et se mit, comme à son habitude, à le torturer. Après une nuit d'amour fabuleuse, il s'était réveillé seul dans son grand lit et son appartement déserté. Depuis, il n'était pas parvenu à s'en remettre, tenaillé par la sensation qu'ils n'étaient pas allés au bout de toutes les possibilités qui s'offraient à eux deux.

Il en éprouvait une frustration indicible et permanente qu'il ne cherchait d'ailleurs pas à cacher : ainsi, il passa en trombe devant son chauffeur tout de noir vêtu sans même le saluer et prit place sur la banquette arrière de la voiture qui l'attendait. Son gobelet à la main, il regarda par la vitre tandis que Heidi s'installait sur le siège passager devant lui et le chauffeur derrière le volant.

Il lui était insupportable d'être obsédé par une femme qu'il connaissait à peine, même s'ils avaient couché ensemble, surtout quand la raison principale qui l'avait poussé à l'inviter dans son studio pour la photographier c'était l'envie de s'accorder une soirée de plaisir. Bien sûr, Suzi l'avait fasciné et il était curieux de savoir pourquoi elle n'avait pas vraiment réagi face au comportement si virulent de son petit ami. À moins qu'il n'ait été attiré par elle en raison de ce défilé lointain auquel ils avaient tous deux participé et qui avait été son dernier ; même s'il avait un souvenir très approximatif de cette soirée, elle avait marqué un virage décisif dans sa vie.

Quand la rencontre avec Suzi avait pris un tour un peu différent de ce qu'il escomptait, il s'était laissé happer par le merveilleux divertissement qu'elle lui apportait. Il avait cru qu'une fois leur appétit mutuel satisfait il aurait une meilleure idée de ce qui la motivait dans la vie et pourrait ainsi lui fournir la photo promise. Mais il s'était alors aperçu que le désir qu'elle lui inspirait était plus fort que sa curiosité. Ils avaient fait l'amour toute la nuit avant de s'endormir aux premières lueurs de l'aube. Il se rappelait l'avoir tenue dans ses bras, avoir enfoui le visage dans son cou puis s'être laissé dériver dans la satisfaction profonde du moment avant de sombrer dans le sommeil.

Les femmes avec qui il couchait aimaient en général

s'attarder après une nuit fiévreuse : il déployait en effet chaque fois toute son énergie à satisfaire celle qui occupait son lit. Aussi, jamais il n'aurait imaginé qu'après leurs ébats ardents Suzi filerait en douce avant son réveil ! Et, le pire de tout, c'était qu'il ne connaissait que son prénom, avait-il réalisé alors que des flots de soleil inondaient son loft. Cependant, comme il lui avait donné sa carte de visite, il s'était raccroché à l'idée qu'elle le rappellerait. Mais au bout de quelques jours sans le moindre coup de téléphone il avait décidé de passer à l'attaque, et chargé son assistante de trouver un mannequin d'origine philippine, prénommé Suzi.

Heidi n'avait pas du tout été étonnée par sa requête : son rôle d'assistante l'amenait souvent à effectuer toutes sortes de tâches pour lui, et trouver un mannequin en faisait partie. Mais, quand ses recherches n'avaient rien donné, elle avait forcément remarqué qu'il en était excessivement affecté.

À 9 h 55, il pénétra dans la salle de travail d'EW Lingerie et inspecta le plateau du regard. Son équipe avait tout installé pour le shooting photo, en respectant ses instructions habituelles. Il remarqua aussi l'amoncellement de sous-vêtements en coton, dentelle et soie près des tables de maquillage. EW Lingerie s'adressait à toutes les femmes, quelles que soient leurs formes et leur couleur, sans qu'elles doivent sacrifier l'esthétisme au confort. Allons, il devait se concentrer sur son travail, d'autant que pour une fois il travaillait pour la bonne cause…

Au bout de plusieurs milliers de photos, il quitta sa peau d'artiste et perçut subitement une drôle d'énergie dans la salle, comme si tout le monde le regardait furtivement. Il était certes habitué à être le centre d'attention, mais en l'occurrence ce n'était pas celle qu'on lui accordait d'ordinaire. Posant son appareil-photo, il se dirigea vers Heidi.

— Que se passe-t-il ? lui demanda-t-il.

— La séance était formidable, déclara-t-elle avec un sourire radieux. Le magazine va adorer tes photos.

Convaincu qu'elle lui cachait quelque chose, il ne détourna pas les yeux des siens.

— Je ne parle pas du shooting, je sais que tout s'est bien passé.

Plissant les yeux, il sentit à nouveau une atmosphère angoissée tout autour de lui. Quelque chose n'allait décidément pas !

— Heidi, je te repose ma question et cette fois je veux une réponse franche : que se passe-t-il ?

— Une nouvelle est tombée, commença-t-elle.

Et elle marqua une pause, comme si elle eût voulu être n'importe où à l'heure actuelle sauf en face de lui !

— C'est au sujet de ta famille, ajouta-t-elle.

Subitement, il comprit pourquoi tous le traitaient comme un animal féroce échappé d'un zoo : ils redoutaient qu'il ne bondisse sur eux. Irrité, il serra les dents ; il assumait de terroriser son équipe quand quelque chose allait de travers sur le plateau, mais pas que chacun marche sur des œufs avec lui en raison de ses problèmes personnels. Retenant un grognement, il se dirigea vers l'endroit où il avait laissé son blouson et l'enfila, sentant le poids de son smartphone à l'intérieur. Puis, sans mot dire, il sortit de la pièce.

Une fois dans l'ascenseur qui le menait au rez-de-chaussée, il sortit son portable et tapa *Black Crescent* dans la barre de recherche. Avançant d'un pas rapide, il foulait déjà le trottoir à larges enjambées quand l'article s'afficha sur son écran.

Vernon Lowell est en vie ! Le fugitif de Black Crescent vient d'être localisé sur une île perdue des Caraïbes.

Son père était donc en vie ?

Le choc psychologique qui le frappa était de l'ordre d'un tsunami de plusieurs centaines de mètres ! Tout se mit à tournoyer en lui, émotions et pensées, l'air lui parut soudain saturé. C'était comme s'il se retrouvait sous l'eau sans savoir s'il remontait à la surface de l'océan ou coulait. Incapable de respirer, il trébucha et finit par s'adosser au mur de l'immeuble.

Cette fichue canne à pêche venait donc bien de son père !

Et à cette pensée la fureur reprit le dessus sur la commotion initiale. L'estomac brûlé par l'acidité, il fit défiler l'article explosif qui était à la une des nouvelles nationales : Vernon Lowell avait été repéré sur une île perdue des Caraïbes ! Pendant quinze ans, il s'était caché, profitant de la vie dans ce paradis, pendant que sa famille, humiliée, affrontait l'opinion publique. Il tenait si fortement son portable que ses doigts crispés en étaient tout blancs.

Comment était-ce possible ? Comment son père pouvait-il être encore de ce monde ?

Proférant un affreux juron, il jeta son téléphone sur la chaussée envahie par la circulation habituelle de Manhattan. Submergé par la subite envie de se réfugier dans un bar pour avaler immédiatement un *shot* de whisky, il reprit sa marche. En fait, c'était une bouteille entière qu'il lui faudrait pour noyer les émotions violentes qui l'assaillaient. Hélant un taxi, il ordonna au chauffeur de le conduire au SoHo Grand Hotel. Puis, écroulé sur la banquette arrière et les yeux rivés sur la vitre, il regarda d'un air absent Manhattan défiler.

Arrivé à destination, il régla sa course, sortit du taxi

tout en rangeant son portefeuille, et s'immobilisa soudain avant de pénétrer dans l'hôtel : comme indépendamment de sa volonté, ses doigts s'étaient refermés sur les deux médaillons qui dansaient à son cou. Deux talismans sur lesquels il se concentra pour retrouver une respiration plus régulière.

Deux chiens étaient gravés sur les médaillons, dont l'un lui appartenait et l'autre avait été celui de Carson Bowles, son meilleur ami qui n'était plus de ce monde. Ils avaient fait les quatre cents coups ensemble, après avoir commencé en même temps comme mannequins. Un jour, ils s'étaient acheté ces colliers, et ne les avaient plus jamais ôtés, redoutant le pire s'ils s'en séparaient. Pareils à des porte-bonheur, ces médaillons avaient prouvé leur efficacité en leur donnant du travail en abondance, malgré leurs vies de turpitudes. Était-ce un hasard si, le soir de sa mort, celui de leur dernier défilé, Carson ne le portait pas ?

Son ami serait-il décédé s'il avait remué ciel et terre pour le retrouver, cette nuit-là ? Cette question le hantait régulièrement depuis. La soirée avait commencé comme toutes les autres. Ils avaient fait la fête dans plusieurs endroits, puis s'étaient à un moment perdus de vue. Il n'y avait pas particulièrement prêté attention. Tard dans la nuit, complètement ivre et drogué, il avait voulu se réapprovisionner auprès de son dealer habituel, mais ne le trouvant pas il s'était tourné vers une autre source, avec qui l'échange avait dégénéré : il avait fini à terre, sérieusement abîmé par les coups reçus. Après s'être remis debout à grand-peine, il avait trébuché contre Carson, allongé sur le sol : ce dernier avait succombé à une overdose.

Aucun membre de sa famille ne lui avait rendu visite

ensuite à l'hôpital, ni n'était intervenu pour lui trouver un avocat qui aurait su conclure un arrangement concernant ses problèmes avec la justice. Ce qui n'était guère surprenant, puisqu'ils l'avaient abandonné bien avant que sa vie ne soit un vrai gâchis. Il avait fini dans un centre de désintoxication par ordonnance de justice, avec pour seuls bagages ses regrets infinis et le médaillon de son ami…

Quand Oliver tourna le dos au SoHo Grand Hotel, il remercia le médaillon de lui avoir permis de résister à la tentation et d'éviter une grave erreur.

Sammi regarda par la fenêtre du deux-pièces qu'elle partageait avec sa mère, au cœur de Manhattan, tournant et retournant la carte d'Oliver entre ses mains. Les coins en étaient arrondis tant elle l'avait manipulée sans se décider : elle la sortait au moins une fois par jour de son sac et retraçait du doigt les lettres en relief gravées dessus, avant de considérer les dix chiffres griffonnés au dos par Oliver.

Les jours qui avaient suivi leur nuit d'amour, elle avait été tentée d'enregistrer ce numéro dans ses contacts, imaginant que cette rencontre pouvait être le début d'une fabuleuse histoire. Et puis les jours s'étaient transformés en semaines, et le temps lui avait permis de mettre une certaine distance entre ses doux rêves et la réalité. Oliver Lowell n'était plus le héros fringant d'une adolescente, mais un homme compliqué, au présent marqué par des accès de colère relatés dans les tabloïds, sans aucune relation durable connue.

C'était d'ailleurs pour cette raison qu'elle s'était éclipsée au petit matin de son loft, six semaines plus tôt, et qu'elle ne l'avait pas rappelé depuis. Pourquoi n'était-elle pas parvenue à jeter sa carte de visite, c'était une autre affaire…

Elle pouvait toujours prétendre que c'était pour qu'il prenne la photo promise et qu'elle avait payée vingt-trois dollars. Même si elle pouvait tout à fait se permettre de faire une croix sur cette somme, elle sentait un frisson de frayeur et de plaisir mêlés danser sur son échine à l'idée d'exiger qu'il honore leur contrat verbal… Seulement, se remettrait-elle de voir un portrait d'elle-même qui dévoilait ce qui était enfoui au plus profond de son être ?

Elle n'en était pas du tout certaine.

Ce qui la ramena au présent et à son nouveau motif pour entrer en contact avec Oliver…

— Comment cela, tu arrêtes les défilés ? s'écria sa mère.

Puis, désignant leur superbe appartement avec une vue tout aussi fabuleuse sur Manhattan, celle-ci ajouta :

— Comment allons-nous faire pour continuer à nous offrir un tel luxe si tu arrêtes ?

— Ce ne sera effectivement *plus* possible, répondit-elle d'une voix frêle, entre l'épuisement et l'inquiétude.

Depuis que son test de grossesse s'était révélé positif, deux semaines auparavant, elle était imprégnée de nouvelles hormones et angoissée par l'avenir. Exténuée par les nausées matinales, elle était comme paralysée face à tous les changements imminents qui la cernaient de toutes parts ; son seul souhait était de se recroqueviller dans son lit et de s'isoler du monde. Mais sa mère ne cessait de la harceler.

Face à sa réponse, Celeste fronça les sourcils.

— Et où envisages-tu que nous allions ?

— Toi, je ne sais pas, répondit-elle, immédiatement assaillie par un sentiment de culpabilité et de peur, face à l'expression consternée de sa mère.

Néanmoins, celle-ci la saignait à blanc depuis des années, pourquoi était-elle donc incapable de couper les ponts avec Celeste en toute bonne conscience ?

— Mais moi, poursuivit-elle alors, je vais emménager dans un quartier plus adapté à mes moyens.

À la perspective de vivre enfin seule, Sammi sentit un curieux mélange de soulagement et de désarroi l'envahir. Elle n'avait jamais quitté sa mère, celle-ci orchestrant sa carrière, la poussant à travailler toujours plus dur, interférant dans sa vie personnelle au point qu'elle n'était même plus certaine de savoir gérer son existence de manière autonome. Agacée par ses propres doutes, elle fit abstraction de ses émotions pour mieux se concentrer sur le mécontentement grandissant de sa mère.

— Ah bon ? reprit Celeste. Et moi alors ? Que suis-je censée faire ? As-tu seulement pensé à moi ?

Son ton était passé de la fureur à l'apitoiement sur elle-même.

— Absolument.

De fait, elle avait longuement réfléchi à l'attitude de sa mère, à la façon dont celle-ci l'avait poussée devant l'objectif alors qu'elle avait juste un an, dans un univers qui avait défini sa valeur en fonction de son apparence. À New York, elle n'était pas un top model, même si à l'étranger elle connaissait un grand succès, juste un mannequin qui devait vraiment travailler dur pour gagner des revenus importants, qui permettaient à sa mère de mener grand train. Une mère qui avait émigré des Philippines afin que sa fille ait une tout autre existence que la sienne, qui avait toujours tiré profit de sa beauté et vivait aujourd'hui de sa réussite comme si c'était un dû.

— Je ne te crois pas, répliqua sèchement Celeste. Tu as plutôt l'habitude de foncer avant de réfléchir.

Elle aurait tant aimé pouvoir brandir des projets d'avenir bien mûris, mais elle n'avait guère été incitée à prendre des initiatives, aussi avait-elle besoin de temps pour dessiner les contours d'un nouvel avenir.

— Ce n'est pas parce que je ne détiens pas encore de réponses que je n'ai pas longuement réfléchi à la question, lui rétorqua-t-elle.

La sentant sur la défensive, Celeste plissa les yeux et enfonça les portes ouvertes.

— Puisque tu as tant *réfléchi,* tu as dû arriver à la conclusion que la solution était de continuer à exercer le mannequinat.

Pourquoi sa mère ne lui avait-elle jamais laissé la possibilité de respirer un peu ? De toute façon, le mannequinat n'était plus aujourd'hui une option envisageable !

— Le temps presse, ce n'est plus possible, lui dit-elle.

— Comment ça, le temps presse ? Tu n'as que vingt-six ans, bon sang ! Xiao Wen Ju avait plus de vingt ans quand elle a été découverte.

Celeste la rudoyait souvent en mentionnant des mannequins au phénotype non caucasien, comme elle.

— Si tu travailles aussi dur qu'elle, tu as encore le temps de faire la couverture de *Vogue* ou de signer pour représenter le visage d'un créateur. D'ici là, tu peux continuer les défilés.

L'irritation prit tout à coup le pas sur son anxiété : sa mère ne cesserait-elle donc jamais de sous-entendre qu'elle était une paresseuse ? Elle n'en pouvait plus.

— Je suis enceinte, déclara-t-elle tout à trac.

Elle se prépara aux invectives qui allaient suivre, mais la réaction inattendue de Celeste l'offusqua profondément.

— Oh ! ce n'est que ça ?

— Que ça ? répéta Sammi.

Comment sa mère pouvait-elle afficher un ton si blasé face à un tel événement ?

— Un après-midi suffira à régler l'affaire.

Elle se hérissa. *Régler l'affaire* ? Elle voulait parler d'une IVG ? Les larmes lui montèrent aux yeux : l'indifférence de Celeste concernant ses propres choix était juste insupportable. Elle sentit à nouveau la fureur bouillir en elle.

— Je ne vais rien régler du tout, annonça-t-elle.

Les yeux en amande de sa mère s'en arrondirent presque.

— Tu n'es pas sérieuse ? Ne me dis pas que tu comptes mener cette grossesse à terme ?

Poussant un petit rire méprisant, elle poursuivit :

— Es-tu donc aussi idiote qu'immature ? N'as-tu pas compris tous les sacrifices qu'implique la maternité ?

Oh ! vraiment ? Et toi, alors ?

La question méritait une bonne réponse, mais elle n'osa pas s'aventurer à la formuler par crainte de prononcer des paroles susceptibles de créer l'irréparable, entre sa mère et elle. Même si Celeste était obsédée par sa carrière et des plus têtues, elle représentait son unique famille ; sans elle, elle se retrouverait seule au monde et cette simple pensée la terrifiait.

— Comment comptes-tu vivre ? questionna Celeste alors qu'elle était à nouveau perdue dans ses pensées.

— Je trouverai du travail.

— Du travail ?

Sa mère s'esclaffa.

— Et que feras-tu ? Tu n'as aucune qualification qui te permette d'envisager autre chose que de poser ou défiler devant un objectif.

Elle retint une grimace de douleur ; certes, ces propos étaient cruellement vrais, mais elle refusait de croire que ses talents s'arrêtaient là ! Elle préférait penser qu'elle n'avait pas eu l'occasion de les explorer jusque-là, trop accaparée par le mannequinat.

— J'ai d'autres ressources, déclara-t-elle. Je commencerai au plus bas niveau et je grimperai les échelons.

— Tu plaisantes, j'espère, car dans ce cas tu ne pourras pas continuer à vivre à Manhattan.

— Il se peut effectivement que j'emménage ailleurs, répondit Sammi, d'un ton légèrement essoufflé à cette perspective effrayante.

À part les cinq années où elle avait défilé à l'étranger, elle n'avait jamais vécu ailleurs qu'ici. Elle ne savait même pas conduire une voiture et ignorait tout de ce qui l'attendait en dehors de l'univers de la mode.

Le rire amer de sa mère résonna alors à ses oreilles.

— Je ne t'ai pas éduquée pour que tu fasses n'importe quoi. Aussi, oublie un choix aussi absurde !

— Cela n'a rien d'absurde, dit Sammi en serrant les mâchoires.

Malgré tout, sa mère avait peut-être raison sur toute la ligne, se disait-elle, ventre noué. Pensait-elle vraiment pouvoir élever un enfant toute seule sans exercer sa profession de mannequin ? De quelle façon pourrait-elle gagner sa vie ? Minée par l'incertitude et la peur, Sammi se dirigea vers la porte pour sortir : elle avait besoin d'air pour avoir les idées plus claires.

— Où vas-tu ? hurla sa mère.

— Faire un tour.

Une fois dans la rue, elle héla un taxi avant même de réfléchir à l'endroit où elle voulait se rendre. Quand elle fut assise sur la banquette arrière et après que le chauffeur lui eut demandé une adresse, ses nerfs lâchèrent et elle éclata en sanglots. Où voulait-elle donc aller ? Vers qui pouvait-elle bien se tourner ? Toutes ses amies étaient mannequins, il était donc hautement probable qu'elles lui prodigueraient le même conseil que sa mère, laquelle avait jalousement conservé son influence sur elle, en écartant toute personne susceptible de lui préconiser d'autres suggestions professionnelles.

Sammi donna alors au chauffeur l'adresse de son agence. Elle avait besoin de leur expliquer sa nouvelle situation et de poser un premier jalon pour le futur. Si on la renvoyait sur-le-champ, cela l'inciterait forcément à trouver d'autres projets. Essuyant ses larmes, elle se rendit compte qu'elle tenait toujours la carte de visite d'Oliver à la main. Avec lui aussi, une conversation s'imposait, et curieusement celle-ci l'effrayait moins.

Après quelques centaines de mètres, elle demanda finalement au chauffeur de la déposer à une autre adresse, à savoir le loft d'Oliver. Le taxi s'arrêta, ainsi qu'elle le souhaitait, à une centaine de mètres de sa destination, car elle avait besoin de réfléchir à ce qu'elle allait lui dire. Encore une fois, elle considéra la carte et le numéro de portable inscrit au dos : devait-elle l'appeler avant ? Et s'il ne prenait pas son appel ou bien refusait de la voir ? Il ne lui avait pas demandé son numéro, cette nuit-là, aussi était-il évident qu'il n'avait pas vraiment envie de rester en contact avec elle.

Sammi ralentit un peu le pas en arrivant au niveau du dernier carrefour, d'où elle apercevait déjà l'immeuble d'Oliver. Elle leva les yeux : était-il chez lui ? Soudain, sa bouche s'assécha… Allait-elle vraiment le piéger avec sa grossesse ? Et, pour commencer, la croirait-il ? Nul doute que son côté insaisissable avait dû désespérer de nombreuses femmes.

En outre, Oliver Lowell ferait-il un bon père pour son

enfant ? Il possédait certes des qualités indéniables en tant qu'amant, et elle se sentait indubitablement attirée par lui, mais en réalité elle ne le connaissait pas. Selon la rumeur, il avait un caractère difficile et il était cyclothymique ; cette réputation l'inquiétait.

Le feu de circulation eut le temps de changer deux fois tandis qu'elle demeurait immobile sur le trottoir.

Après tout, elle pouvait encore faire demi-tour et ne jamais lui révéler qu'il allait être père ; elle ne commettrait rien de bien répréhensible… Et tout à coup elle se rappela qu'elle-même avait été perturbée de grandir sans savoir qui était son propre père, elle ignorait même s'il avait connaissance de son existence, puisque Celeste refusait catégoriquement de parler de lui, ce qui était des plus injustes : quelque part, elle avait une autre famille qu'elle ne connaîtrait jamais.

Pouvait-elle infliger le même sort à son enfant ?

Alors, sans regarder le feu, elle s'élança pour traverser, consciente qu'elle venait de commettre une sacrée imprudence, et remerciant le destin qu'aucune voiture n'ait croisé son chemin. À quelques mètres de chez lui, elle se figea, à nouveau saisie par l'indécision. Elle considéra la porte par laquelle elle était entrée au bras d'Oliver, six semaines plus tôt, et redouta la conversation qui l'attendait : il était fort probable que la nouvelle lui déplairait, il en serait contrarié, furieux. Comment pourrait-il en aller autrement ? Elle s'apprêtait à bouleverser sa vie, et pas de la meilleure façon.

Prenant finalement son téléphone, elle composa de mémoire le numéro d'Oliver. Quand la sonnerie retentit, le courage la déserta et elle s'apprêtait à appuyer sur le bouton qui mettrait fin à l'appel lorsqu'une personne répondit à l'autre bout du fil :

— Vous êtes sur le téléphone d'Oliver Lowell.

Elle fut si surprise d'entendre une voix féminine qu'elle raccrocha. Confuse, elle finit par vérifier le numéro qui figurait sur la carte de visite, puis le compara à celui qu'elle venait de composer. Ils étaient identiques ! Qui plus était, la façon dont la femme avait répondu ne laissait aucune place au doute…

Ce fut alors que son téléphone sonna, affichant le numéro d'Oliver. Elle poussa un juron et regarda l'écran sans savoir que faire.

— Allô ? dit-elle une fois qu'elle se fut enfin décidée.

— Nous avons été déconnectées, dit la femme qui avait répondu au premier appel. Vous cherchez à joindre Oliver ?

À cette question, la plus grande gêne l'envahit.

— En fait, je suis venue le voir.

— Ah… ! renchérit la femme tout en paraissant réfléchir. Et vous êtes en bas ?

Sammi comprit alors qu'elle venait de commettre une grave erreur. En raison de l'absence de publicité autour de la vie privée d'Oliver, elle en avait conclu qu'il n'avait pas de petite amie ; or, une femme répondait sur son téléphone portable, il était donc évident que l'un et l'autre étaient intimes. Une vague de chaleur lui monta aux joues quand elle se souvint de la façon éhontée dont elle s'était offerte à lui : le sentiment de puissance qu'elle avait ressenti à ce moment précis s'était évanoui le lendemain matin.

— Je suis désolée, murmura Sammi, je dois vous laisser.

— Attendez.

Sans se plier à l'ordre de la femme, elle raccrocha. Instantanément, le numéro d'Oliver éclaira à nouveau son écran : elle le considéra un bon moment, puis laissa sa messagerie vocale se déclencher. Elle avait vraiment tout gâché.

Bien qu'une petite voix au fond d'elle-même la poussât à s'en aller, elle demeura quelques instants encore devant l'immeuble d'Oliver : l'envie de l'informer de sa grossesse n'avait pas disparu juste parce qu'il avait une petite amie. Eu égard au vide qu'elle ressentait par rapport à l'absence de son père, elle n'avait jamais pu comprendre comment sa mère avait bien pu lui cacher son identité. Et il lui était impossible d'accepter que son enfant subisse le même traumatisme. Redressant les épaules, elle reprit son téléphone. Cette fois, elle ne devait pas reculer ! Elle…

— Excusez-moi.

La voix familière l'arracha à ses pensées : la femme venait de sortir de l'immeuble d'Oliver et s'avançait à présent vers elle.

— Vous êtes la personne qui recherchait Oliver ?

— Euh, eh bien…, commença Sammi.

Elle posa une main protectrice sur son ventre en reculant face à cette femme qui se rapprochait d'elle d'un pas vif.

— C'est-à-dire que…, poursuivit-elle.

— Vous êtes Suzi, c'est bien ça ?

Décidément, cette femme semblait résolue à lui extorquer des aveux.

— Je m'appelle Sammi, répondit-elle bien vite.

Et elle fit un autre pas en arrière, battant en retraite devant cette inconnue qui tenait impérativement à obtenir des réponses à ses questions. C'était encore pire que ce qu'elle avait imaginé. En désespoir de cause, elle brandit la carte de visite d'Oliver et ajouta :

— Nous nous sommes rencontrés il y a quelques semaines, et il me l'a remise.

— Donc, vous vous appelez Sammi ? questionna

la femme, sourcils froncés. Pas Suzi ? Mais vous êtes mannequin, n'est-ce pas ?

— Oui.

— Attention ! cria-t-on soudain dans son dos, à sa droite.

Et un coup de klaxon s'ensuivit.

À cet instant, elle perçut du mouvement dans sa vision périphérique ; quelque chose d'un rouge vif s'approchait d'elle à toute allure. Elle nota alors quantité de détails, notamment l'effroi sur le visage du gardien, le crissement des freins… Tout à coup, un violent impact du côté gauche la fit décoller de terre, et quand elle retomba de tout son long sur le trottoir une douleur insoutenable la saisit au niveau du poignet et de l'épaule. Elle vit trente-six chandelles, puis tout devint obscur.

- 3 -

Depuis que son père faisait à nouveau la une des journaux, après son extradition des Caraïbes, Oliver avait pris l'habitude de ne plus emporter son portable quand il sillonnait Manhattan à pied, en quête d'inspiration. En effet, le déluge d'appels et de textos qu'il recevait de sa mère et de ses frères concernant les problèmes légaux liés à cette réapparition ne lui permettait plus de réfléchir ; le répit était malheureusement de courte durée, ces promenades ne dépassant en général pas deux heures.

Rangeant son appareil-photo, Oliver héla un taxi, donna au chauffeur l'adresse de son appartement de SoHo puis, une fois installé sur la banquette arrière, ouvrit les vannes à la kyrielle de responsabilités qui l'attendait. Outre la crise familiale qui représentait la priorité sur la liste des choses à faire, il devait exercer son travail et remettre aux clients les photos qu'ils attendaient. Il éprouva soudain le vif désir de tout laisser tomber et de partir sur une île déserte… Ce qui ramena tout de suite son père et ses Caraïbes dans ses pensées ! Il détestait les similarités qu'il avait avec lui, mais celle-ci était trop évidente pour qu'il puisse la nier.

En centre de désintoxication, il avait pris conscience que son addiction provenait de son impulsion à fuir les problèmes et avait appris à affronter ses démons pour pouvoir reprendre le contrôle de ses actes et donner un autre tour à sa vie. Plus il gagnait en confiance, et plus il regrettait ses choix de jeunesse : s'il s'était consacré à sa passion pour la photographie dès le début, au lieu de céder aux pressions de son père et d'étudier à Harvard, il ne serait sans doute pas devenu accro à la drogue. Ces années sombres, tout comme son laborieux combat pour demeurer sobre, avaient laissé en lui des cicatrices certes invisibles mais douloureuses. Toutefois, il était indéniable que cette lutte l'avait non seulement rendu plus fort, mais lui avait aussi permis d'apprécier aujourd'hui sa réussite.

— On dirait qu'il y a eu un accident devant votre immeuble, déclara le chauffeur, l'arrachant à ses pensées.

Il se pencha alors en avant et aperçut, par le pare-brise, les lumières clignotantes d'une ambulance. La circulation était par ailleurs bloquée, aussi sortit-il son portefeuille et répondit-il au chauffeur :

— Je vais descendre ici.

Il referma la portière du taxi, les yeux rivés sur les infirmiers qui glissaient un brancard dans l'ambulance. En raison du grand nombre de badauds, il ne put voir qui s'y trouvait mais, alors qu'il arrivait d'un bon pas à la hauteur de son immeuble, il repéra un visage familier dans la foule.

— Que se passe-t-il ? questionna-t-il en se glissant aux côtés de son assistante, tandis que les portières de l'ambulance se refermaient.

Heidi sursauta et darda sur lui des yeux noisette emplis d'inquiétude.

— La femme que tu m'avais demandé de chercher vient d'être renversée par un coursier à bicyclette ; celui-ci a fait une embardée pour éviter une voiture qui a traversé inopinément devant lui.

— Suzi ?

Et il suivit du regard l'ambulance qui s'éloignait, déconfit qu'elle lui file pour la deuxième fois entre les doigts.

— Tu lui as parlé ?

— Elle ne s'appelle pas Suzi, expliqua Heidi en lui tendant son téléphone, mais Sammi.

Puis elle brandit un sac à main et ajouta :

— Et ceci lui appartient. J'ai vérifié son nom, il s'agit de Samantha Guzman.

Il prit, des mains de Heidi, à la fois son téléphone et le sac, fort irrité de l'avoir manquée de si peu.

— Est-elle gravement blessée ? s'enquit-il.

— Sa tête a heurté le sol quand elle est tombée, et elle a perdu connaissance. C'est pourquoi nous avons appelé le SAMU. Elle est revenue à elle lorsque les infirmiers l'ont examinée et elle s'est alors plainte d'une douleur au poignet. Elle n'avait pas du tout l'air dans son assiette.

Aussitôt, Oliver héla un nouveau taxi, qui suivit l'ambulance jusqu'à l'hôpital. Puis, le sac de Sammi à la main, il fut en mesure de convaincre le personnel hospitalier qu'ils étaient ensemble et suivit les instructions que lui donna l'infirmière pour rejoindre l'endroit où on l'avait laissée sur son brancard, derrière le rideau. Gorge nouée, il s'avança vers Sammi, autrement dit Samantha Guzman, qu'il n'avait pas revue depuis six semaines : elle était pâle et immobile, et n'allait certainement pas lui bondir au visage.

Elle cligna plusieurs fois des paupières puis ouvrit les yeux, jetant un regard confus autour d'elle. Il retint sa respiration : pourquoi se serait-il menti en mettant son trouble sur le compte d'une simple attirance sexuelle ? Cette femme avait réussi à l'obséder pour d'autres raisons, mais à présent qu'il se tenait devant elle il ne savait que lui dire… Par chance, une infirmière s'avança vers le brancard.

— Vous avez eu un accident, mademoiselle, dit-elle en jetant un regard oblique à Oliver.

Elle vérifia ses constantes vitales et lui posa des questions standard avant de préciser :

— Le médecin ne va pas tarder. Y a-t-il autre chose que nous avons besoin de savoir ?

Pendant que l'infirmière s'affairait autour d'elle, Sammi avait remarqué la présence d'Oliver et le choc s'était lu sur son visage : elle avait écarquillé les yeux, puis les avait détournés de lui.

À présent, tandis qu'elle hésitait pour répondre à l'infirmière, elle lui jeta un bref regard. Le murmure qui sortit enfin de sa bouche fut si faible qu'il ne put le percevoir, mais il se rendit compte que ses yeux s'étaient voilés d'inquiétude.

— Vous en êtes à quel stade ? questionna l'infirmière en prenant des notes.

— Environ six semaines.

Cette fois, il comprit ce qu'elle venait de dire. *Six semaines.*

Ce qui correspondait à la dernière fois où il avait posé les yeux sur elle avant aujourd'hui. Les battements de son cœur s'accélérèrent brutalement, à mesure que ses pensées tournoyaient dans son cerveau… Ils avaient couché ensemble six semaines auparavant et aujourd'hui elle était venue chez lui : était-ce pour lui annoncer qu'elle était enceinte et qu'il était le père ? Puis il se rappela le petit ami qui l'avait laissée tomber, le soir de leur rencontre. N'était-il pas plus probable que ce soit lui le père ?

Il espérait du moins que tel était bien le cas ! Il lui

était totalement impossible de s'imaginer à la hauteur d'une éventuelle paternité. Il n'y connaissait rien du tout !

L'infirmière s'éloigna alors qu'il était toujours plongé dans ses pensées, de sorte qu'il laissa passer l'opportunité de prendre ses jambes à son cou ! Seul avec Sammi, il s'efforça de retrouver son calme.

— Tu es enceinte ? demanda-t-il.

— Oui.

De moi ?

— Est-ce pour cette raison que tu es venue chez moi aujourd'hui ? enchaîna-t-il en croisant les bras.

Son cœur battait si vite que c'en était douloureux.

— Il me semblait que tu devais savoir, dit-elle.

— Ah bon ? Il te semblait que je devais savoir, répéta-t-il, ses pensées partant dans tous les sens. Car tu crois que je suis le père ?

Elle ne parut pas du tout troublée par sa question.

— Je sais que c'est toi.

Même si elle ne lui avait pas répondu qu'il était un idiot de lui poser une telle question, il se sentit flancher, comme si elle venait de lui lancer une critique. Il fronça les sourcils.

— Je ne connais rien à la paternité, dit-il alors, plus pour lui-même qu'à son intention.

— Et moi non plus à la maternité, renchérit-elle.

À ces mots, ses yeux s'emplirent de larmes, mais elle poursuivit :

— Je crois que nous ne sommes prêts ni l'un ni l'autre à être parents.

Elle voulut alors porter la main à sa joue pour en essuyer les larmes, mais fit la grimace : elle avait visiblement oublié sa blessure au poignet, qui venait en revanche de se rappeler à elle.

— Ça va ? s'enquit-il en s'approchant d'elle, ne sachant comment la soulager.

— Désolée, dit-elle.

Et elle secoua la tête avant de poursuivre :

— Je conçois que, tout cela, c'est beaucoup d'un seul coup. Rassure-toi, je n'attends rien de toi ! Tu pourras t'impliquer dans ma vie et celle du bébé si tu en as envie, et si ce n'est pas le cas je disparaîtrai complètement de la tienne, si c'est ce que tu souhaites. J'estimais juste normal de t'informer de la décision que j'avais prise.

Comment pouvait-elle le soupçonner d'être un homme capable d'abandonner une femme enceinte de lui ? C'était blessant, et pourtant de quel droit aurait-il pu l'en blâmer ? Il ne s'était assurément pas comporté comme une personne sur qui elle pouvait compter… Bon sang ! Il avait ratissé New York pendant des semaines pour la retrouver, et maintenant que c'était chose faite la situation était bien plus compliquée entre eux qu'il ne l'aurait cru, et il n'avait plus qu'une envie : fuir.

Il vit que de nouvelles larmes lui montaient aux yeux.

— Bon sang ! Je suis vraiment dans un sale état, marmonna-t-elle.

La plupart des gens n'étaient pas à leur avantage quand ils pleuraient, mais le désarroi de Sammi renforçait sa fragilité, tout comme son propre désir de la protéger. Comme il s'apprêtait à lui assurer qu'il était parfaitement normal qu'elle soit bouleversée, eu égard aux circonstances, un homme de haute taille vêtu d'une blouse blanche portant le logo de l'hôpital s'avança vers eux.

— Bonjour, madame Guzman, dit-il en lui adressant un sourire réconfortant. Vous avez fait une chute, c'est cela ?

Oliver s'écarta un peu, par discrétion.

Aussitôt, Sammi regarda dans sa direction, et un

éclair d'angoisse brilla dans ses yeux. Nul doute qu'elle n'attendait pas une conduite très noble de sa part ; or, l'arrivée du médecin représentait l'opportunité idéale pour lui de prendre ses jambes à son cou, de la laisser gérer seule la situation. Et, en toute franchise, avait-il besoin de ces nouveaux problèmes ? Sa vie n'était-elle pas assez chaotique avec la réapparition de son père ?

La seule pensée de Vernon Lowell suffit à raviver la flamme de la colère en lui. Mû par le besoin de respirer un peu d'air frais, il se dirigea vers la sortie. Quand il revint, dix minutes plus tard, Sammi n'était plus derrière le rideau, là où il l'avait laissée. Une vive panique le saisit : l'avait-il à nouveau perdue alors qu'il venait tout juste de la retrouver ? Son sac à dos, qu'il avait toujours entre les mains, le rassura : il contenait assurément toutes les informations nécessaires pour retracer sa piste, cette fois.

Se mettant en quête d'une infirmière auprès de qui se renseigner, il comprit alors que, enceinte ou non de lui, elle ne ressortirait de sa vie que lorsqu'il serait prêt à la laisser partir.

Sammi ne fut pas surprise de constater qu'Oliver s'était éclipsé, à l'arrivée du médecin. Ne lui avait-elle pas donné toute latitude pour s'impliquer ou pas dans sa grossesse ? Aussi son étonnement fut-il grand quand, en revenant d'une série de tests et de radios, elle se rendit compte qu'il l'attendait dans la chambre où on la ramena en fauteuil roulant.

— Je pensais que tu étais parti, dit-elle, soulagée de constater qu'il n'en était rien.

Et elle se concentra sur sa respiration pour contrôler ses folles émotions : elle ne pouvait tout de même pas croire qu'il était resté parce qu'elle lui plaisait un peu. Ils n'avaient couché qu'une fois ensemble !

— J'étais juste sorti pour te laisser en tête à tête avec le médecin, et pendant ce temps on t'a emmenée pour des tests, dit-il en posant son sac sur la table à roulettes, près d'elle. Alors, comment te sens-tu ?

Il avait furtivement regardé son ventre, avait-elle remarqué, mais sans lui demander pour autant comment allait l'enfant qu'elle portait. Nul doute que cela aurait été plus facile si l'accident avait provoqué une fausse couche… Allons, elle n'était guère charitable, se réprimanda-t-elle, puisqu'il n'avait pas profité de son absence pour déguerpir.

— J'ai mal à la tête et la nausée, répondit-elle, mais on m'a expliqué que c'était normal, car ma chute a entraîné une commotion cérébrale.

— Ils veulent te garder pour la nuit, déclara-t-il alors, tout en louchant vers la porte, qui semblait décidément le tenter. Y a-t-il une personne que je doive appeler pour l'informer de ta présence ici ?

Sammi pensa alors à Celeste, mais elle secoua finalement la tête, toujours furieuse contre sa mère, qui lui avait suggéré d'avorter.

— Non, il n'y a personne à prévenir.

Il parut sceptique, mais elle arbora son expression la plus résolue : ce n'était pas comme si elle avait une mère qui aurait accouru, pétrie d'inquiétude en apprenant ce qui lui était arrivé.

— Il faut pourtant que quelqu'un reste auprès de toi dans les deux jours qui viennent, déclara-t-il d'un ton catégorique. On ne traite pas à la légère une commotion cérébrale.

Eu égard à sa dispute avec Celeste, si elle suivait son

intention et abandonnait le mannequinat, elle devrait emménager dans un appartement plus petit et vivrait alors seule, se rappela-t-elle.

— Ça va aller, lui assura-t-elle.

Elle était fière de la confiance qu'elle éprouvait, même si elle redoutait la bataille qui l'attendait à la maison.

Ce fut au tour d'Oliver de secouer la tête.

— Non, je ne peux te laisser seule.

Tout en s'agaçant de son attitude autoritaire, elle sentit un nœud se desserrer dans sa gorge et, l'espace d'un court instant, elle s'accrocha à cette impression… Quel effet cela lui ferait-il d'avoir pour une fois, auprès d'elle, une personne soucieuse de son bien-être ? Qui la délesterait de ses soucis, ferait tomber de ses épaules le poids de la responsabilité ?

Sentant sa détermination fléchir, elle repoussa ces pensées si tentantes et posa la main sur son ventre, où croissait une vie dont elle serait responsable pour longtemps… Bien que peu certaine de ses talents de future mère, ainsi qu'elle l'avait avoué plus tôt à Oliver, elle était prête à relever le défi.

— Je ne crois pas que tu aies vraiment le choix, reprit-elle, même si son cœur s'était remis à cogner dans son crâne.

— Pourquoi compliques-tu tout ? Je veux juste m'assurer que tu es en sécurité, objecta-t-il en haussant un peu le ton.

L'inquiétude qu'il nourrissait pour elle était si exaltante qu'elle en oublia pendant quelques instants ses douleurs.

— Je ne complique rien du tout !

Il croisa ses bras vigoureux.

— Permets-moi de ne pas être d'accord !

— Tu ne me demandes pas ce dont j'ai besoin, mais

tu me dictes ce que tu penses être nécessaire à mon bien-être, répliqua-t-elle. Et il y a assez de personnes dans ma vie qui s'en chargent sans que tu t'en mêles aussi.

Chacun soutint le regard de l'autre pendant quelques secondes, puis Oliver poussa un soupir et s'approcha du lit.

D'un ton radouci, il reprit :

— C'est toi qui es venue chez moi, l'aurais-tu oublié ?

— Effectivement, mais si je n'étais pas venue nous ne nous serions jamais retrouvés.

Et c'était ce qui lui pesait le plus : si elle n'avait pas fait la démarche de venir jusqu'à lui parce qu'elle était enceinte, jamais elle ne l'aurait revu.

— Je n'ai pas compris ton nom, le soir de notre rencontre. Le bar était bruyant et j'avais entendu Suzi, au lieu de Sammi. Toi, tu savais qui j'étais, mais je reconnais que je n'ai pas fourni l'effort de te demander ton nom complet.

Était-ce à dessein ? Après tout, il avait couché avec de nombreux mannequins, n'était-elle qu'une de plus sur la liste ?

— Pourquoi as-tu filé sans me prévenir, au petit matin ? poursuivit-il.

— Je n'ai pas vraiment de bonne réponse à te donner…

Elle n'allait certainement pas lui avouer qu'elle redoutait le réveil après une nuit sans lendemain.

Prenant une chaise, il la retourna et s'assit à califourchon dessus, sans la lâcher du regard.

— Je me contenterai d'une réponse médiocre, rétorqua-t-il.

Elle soupira et se lança :

— Après ce qui s'était passé entre nous…

À ces mots, elle sentit ses joues la brûler.

— Eh bien, au réveil, j'étais gênée, voilà !

— Pourquoi ? Parce qu'on avait couché ensemble ?

— Je n'ai pas l'habitude de suivre un homme que je viens juste de rencontrer.

— Nous n'étions pas tout à fait des étrangers l'un pour l'autre, dit-il tandis qu'une lueur spéculative s'allumait dans ses yeux bleus. Tu m'as bien dit que nous avions défilé ensemble, non ?

— Toi, tu ne te souvenais plus de moi.

— Je ne me rappelle pas grand-chose de cette époque de ma vie, admit-il. Donc, c'est ce qui explique ta fuite, au petit matin ? Dans ce cas, pourquoi as-tu dormi chez moi ?

Elle se mordit la langue pour ne pas lui avouer qu'elle avait eu un coup de foudre pour lui, autrefois. En outre, elle n'était pas non plus encline à lui confier qu'elle n'avait aucune hâte de rentrer chez elle et d'affronter sa mère.

— Parce que je me sentais bien avec toi… Et puis j'avais l'impression que c'était réciproque.

— Tout à fait ! Quand j'ai dit que je te trouvais fascinante, ce n'était pas des paroles en l'air.

Sammi le considéra quelques instants avant de se jeter à l'eau.

— Mais maintenant je suis enceinte.

— Effectivement.

Son expression impassible la fit frissonner.

— Et c'est une complication dont tu te passerais.

— Ne me prête pas des propos que je n'ai pas tenus !

— Désolée, marmonna-t-elle de façon automatique.

Puis elle tourna la tête vers la fenêtre pour échapper à son regard sévère.

— Entre les hormones de grossesse et tout ce qui s'est passé aujourd'hui, je suis épuisée, ajouta-t-elle.

— Tu veux qu'on en parle ?

Elle sentit ses lèvres trembler lorsqu'elle s'efforça de lui sourire.

— Quand on s'est vus, il y a six semaines, je crois t'avoir dit que je souhaitais changer de profession. Eh bien, avec ma grossesse, mon projet va se concrétiser plus tôt que prévu.

— Et que comptes-tu faire, à la place ?

— Pour commencer, je dois déménager, car je ne pourrai pas continuer à payer mon appartement actuel, si j'arrête le mannequinat.

— Tu as un autre endroit où loger ?

— Pas pour l'instant. Il faut d'abord que je donne mon préavis, donc j'ai encore trente jours pour trouver.

— Quelqu'un peut-il t'aider ? Tes parents, par exemple ?

— Je n'ai que ma mère, c'est mon imprésario et elle ne veut pas que j'arrête les défilés. Nous nous sommes vivement querellées juste avant que je ne vienne chez toi.

— Et ton père ?

— Je ne sais pas qui c'est, dit-elle avant de s'en mordre la langue, et de blâmer sa commotion cérébrale pour cette révélation. Ma mère était enceinte de moi quand elle a émigré des Philippines et a toujours refusé de me parler de lui…

À ces mots, les larmes lui piquèrent à nouveau les yeux et une terrible fatigue s'abattit sur elle.

— Désolée, marmonna-t-elle tandis que les larmes roulaient sur ses joues, je ne suis pas ainsi, d'habitude.

— Tu as eu une journée éprouvante, dit-il en lui tendant une boîte de Kleenex. Que puis-je faire pour t'aider ?

Il était irréaliste d'imaginer qu'elle pouvait compter sur lui, pensa-t-elle. La rumeur ne disait-elle pas qu'après avoir arrêté le mannequinat il avait fait une cure de désintoxication ? Et, même si tout indiquait qu'il avait à présent tourné la page, il avait tout de même la réputation d'être un photographe avec qui il était difficile de travailler. Elle en déduisait donc qu'il ne devait pas être facile à vivre…

— C'est gentil, mais ça va aller.

— Je n'en doute pas, il n'empêche que pour le moment tu es en observation, à l'hôpital.

— Je n'ai rien de grave, répliqua-t-elle en se concentrant sur la vie minuscule qui battait en elle. Le docteur m'a assuré que quelques heures à l'hôpital suffisaient, je vais sortir sous peu. Tu n'as vraiment pas besoin de rester à mon chevet.

— Arrête d'essayer de te débarrasser de moi !

Et à ces mots il lui étreignit gentiment la main ; immédiatement, son corps se réveilla et elle eut la sensation qu'il scintillait comme une enseigne, sur Broadway. Un désir fou se saisit d'elle et il lui fallut se dominer pour ne pas l'attraper par le col de sa chemise et l'attirer à elle.

Au lieu de quoi, elle se contenta de regarder fixement sa bouche, se rappelant les fabuleux baisers qu'il lui avait procurés… La simple vue de cet homme lui coupait le souffle et le désir qu'il lui inspirait était si vif qu'il en était presque douloureux.

— Ne t'inquiète pas pour moi, insista-t-elle sur un ton moins convaincu.

Puis elle retira la main de la sienne par crainte de faire ou de dire quelque chose qui l'aurait trahie.

— Je crains qu'il ne soit un peu trop tard pour cela, répondit-il.

- 4 -

Toujours assis au chevet de Sammi, Oliver contempla, par la fenêtre de la chambre, le ciel qui passait de l'indigo à une couleur lavande, puis reporta le regard sur la belle endormie. Même si la seule marque visible de l'accident était son poignet bandé, il émanait de toute sa personne une fragilité qui contrastait avec la jeune femme toute vibrante de vie qu'il avait connue, six semaines plus tôt.

En outre, il avait photographié quantité de femmes célèbres enceintes qui resplendissaient de santé et de joie tandis que Sammi paraissait au contraire avoir atteint un niveau de fatigue et de stress alarmant. Et le constat le préoccupait car, indépendamment du fait qu'elle portait son enfant, elle lui plaisait depuis le premier jour.

Cependant, avec la réapparition de son père et le procès imminent, sa vie allait entrer dans une période tumultueuse : était-il bien raisonnable d'y entraîner une femme dont la vie était également perturbée ?

Et puis s'il était bien le père de son enfant il redoutait d'être, en raison de son passé familial, un piètre parent, sans compter que pour son travail il ne cessait de voyager : nul doute que ses absences répétées pèseraient de façon négative sur l'enfant et que celui-ci éprouverait du ressentiment contre lui, comme cela avait été son cas envers Vernon. Le cycle de la négligence était-il donc une fatalité ?

Et s'il détenait le pouvoir de l'arrêter en ne fuyant pas devant ses responsabilités ? Il détourna un instant les yeux vers le ciel et, quand il les dirigea à nouveau vers Sammi, il se rendit compte qu'elle avait les paupières grandes ouvertes et l'observait attentivement. Une belle éclaircie s'immisça alors dans ses ruminations face au mélange de joie et de soulagement que reflétaient ses yeux marron foncé. Les battements de son cœur s'accélérèrent : peut-être l'heure du changement avait-elle finalement sonné, songea-t-il.

— Tu n'es pas parti, murmura-t-elle.

Elle jeta un coup d'œil à l'horloge, au mur, et ajouta :

— Je suis restée ici toute la nuit ?

— Oui, c'était ce qui était prévu, mais tu pourras partir aujourd'hui, si tu t'en sens capable bien sûr, après la visite du médecin. Une voiture t'attend en bas pour te conduire à la maison.

— Mais je n'ai pas besoin…

— De mon aide, je sais, l'interrompit-il. Malgré tout, je me sens responsable de ton état.

Une heure plus tard, le médecin vint l'examiner et lui donna l'autorisation de sortir. Sans prêter attention à ses protestations, Oliver la poussa dans son fauteuil roulant jusqu'à la double porte de l'entrée, près de laquelle une voiture noire était garée.

— Où allons-nous ? questionna le chauffeur une fois que tous eurent pris place à l'intérieur.

À l'arrière, il posa les yeux sur le profil parfait de Sammi et s'étonna du recul que celle-ci lui avait subitement permis de prendre par rapport à sa vie : vingt-quatre heures plus tôt, il était encore un célibataire tourné sur lui-même, son passé et les drames qui entouraient sa famille. Il était alors loin d'imaginer que ses retrouvailles avec Sammi lui apporteraient nombre de nouveaux défis à relever, et orienteraient son regard vers un avenir porteur de promesses.

— Tu peux lui donner ton adresse ? demanda-t-il à Sammi.

Celle-ci serra son sac contre elle, l'air concentré, comme si elle hésitait à lui confier des informations hautement confidentielles. Réfrénant sa nature impatiente, il attendit avec sagesse qu'elle daigne enfin livrer le précieux renseignement…

Lorsque la voiture s'arrêta devant son immeuble, et que Sammi tendit la main vers la poignée, il posa la sienne sur son bras pour l'immobiliser. Elle lui jeta un regard confus, cependant que le chauffeur contournait le véhicule pour lui ouvrir la portière.

— Je vais t'accompagner jusqu'au seuil de ton appartement, lui dit-il.

— C'est inutile, je vais très bien maintenant.

Il secoua la tête.

— Tu vas bien sûr te rétablir, mais tu ne l'es pas encore tout à fait.

Elle ouvrit la bouche pour contester ses propos puis se ravisa, soudain bien raide : était-ce dû à la douleur ou à une contrariété liée à son insistance ? La première hypothèse, conclut-il, quand elle posa le pied à terre et qu'un gémissement étouffé lui échappa. Et, lorsqu'il lui offrit son bras, elle soupira mais le prit.

Ils gagnèrent l'ascenseur en silence puis, une fois devant, elle voulut le congédier, mais là encore il secoua la tête : il tenait à respecter sa promesse et à l'accompagner jusqu'à son appartement. Ils montèrent jusqu'au dixième étage sans échanger un mot.

— Merci, lui dit-elle en introduisant la clé dans la serrure.

Puis elle ouvrit la porte, juste assez pour pouvoir y glisser sa fine silhouette avant d'ajouter de l'intérieur :

— Voilà, je suis chez moi !

Encore une fois, elle lui signifiait de partir, mais il ne l'entendait pas de cette oreille. Posant la main sur la porte, au-dessus de sa tête, il haussa les sourcils.

— Le médecin a dit que tu ne devais pas rester seule pendant quarante-huit heures. Donc je n'irai nulle part tant que je ne serai pas rassuré sur ce point.

— Je t'assure que tout ira bien, reprit-elle, de toute évidence agacée de ne pas avoir la force de lui refermer la porte au nez. Il est inutile que tu restes plus longtemps.

Et elle plongea son regard déterminé dans le sien, qui l'était tout autant… jusqu'à ce qu'un cri strident en provenance des profondeurs de l'appartement interrompe leur lutte de volontés silencieuse.

— Ah, te voilà enfin ! Mais où étais-tu, bon sang ?

Sammi parut se décomposer…

Une version plus âgée d'elle-même et un peu moins grande venait de surgir dans le corridor. La femme portait un pull à col roulé motif panthère et sans manches, un pantalon noir et des boots, ce qui lui donnait une allure un peu douteuse : de fait, elle était vêtue comme une jeune femme branchée alors qu'elle devait avoir dans les quarante-cinq ans. Il supposa qu'elle était la mère de Sammi.

— Tu as manqué le shooting Potts hier après-midi, et ton agence a appelé, en hurlant de rage.

Bien qu'il ne soit pas encore midi, elle tenait un verre à la main et son pas semblait instable lorsqu'elle s'avança vers eux. Sammi appuya l'épaule contre la porte, visiblement découragée, et il posa la main sur ses reins afin de lui apporter son soutien : il perçut clairement le frémissement qui, à cet instant, la traversa tout entière.

— Continue comme ça et ils vont te licencier, et qu'est-ce qu'on fera, hein ?

Ce fut alors qu'elle se rendit compte de la présence d'Oliver. Plissant les yeux, elle inspecta d'un œil sceptique son blouson en cuir usagé, son jean déchiré avant de demander d'un ton sec :

— Qui c'est, celui-ci ?

— Je m'appelle Oliver, répondit-il froidement, peu soucieux de ménager la susceptibilité de cette femme répugnante. Et vous êtes… ?

Sans doute choquée par son impolitesse, Sammi poussa une petite exclamation ; quant à sa mère, elle était soit dans un état d'ébriété trop avancé, soit trop égocentrique pour comprendre que c'était son agressivité envers sa propre fille qui l'avait irrité.

— Je te présente Celeste, dit Sammi.

Et son regard passa de l'un à l'autre, comme celui d'un petit animal effrayé jaugeant ses deux prédateurs.

— Je suis la mère de Samantha, précisa Celeste avant de tourner à nouveau sa fureur vers sa fille. Je suppose que c'est avec lui que tu passes tout ton temps au lieu de travailler ? Je n'arrive pas à croire que tu aies laissé tomber Ty pour te mettre avec celui-là.

Cette femme ne remarquait-elle donc pas la fragilité de Sammi ? Par égard pour celle-ci, il contint sa colère, loin de se douter, quand elle avait évoqué une querelle avec sa mère, que la dynamique de sa famille était à ce point délétère et, à en juger par l'expression actuelle de Sammi, il était manifeste qu'elle en souffrait.

Une multitude de questions jaillirent alors en lui :

pourquoi celle-ci n'avait-elle pas coupé les ponts avec un environnement si toxique ? De toute évidence, sa mère ne défendait pas les intérêts de sa fille.

Abandonnant son ton agressif, Celeste opta alors pour la plainte :

— Pourquoi es-tu si résolue à me punir ?

— Sammi sort de l'hôpital, intervint-il, masquant à grand-peine son exaspération.

Il espérait que cette nouvelle provoquerait un changement radical de comportement chez la mère de Sammi, pour le meilleur, aussi fut-il pris de court quand elle répondit d'un ton apparemment soulagé :

— Ah, Dieu merci ! J'avais si peur que tu ne fasses pas ce qui s'imposait et refuses de régler cette affaire au plus vite. Maintenant, tu peux donc garder ton travail.

Tout comme Sammi, il se raidit devant l'insensibilité choquante de sa mère. Cette femme estimait donc savoir mieux que sa fille ce qui était bon pour elle, indépendamment de ce que celle-ci en pensait ? Il en avait le souffle coupé ! Il jeta un coup d'œil à Sammi, dont la pâleur était préoccupante : elle paraissait dévastée, vaincue.

Serrant les dents, il reprit :

— Sammi a eu un accident.

Il se fit l'effet d'un chevalier défendant une demoiselle en détresse ! Il n'avait guère d'expérience en la matière, mais il était évident que Sammi était incapable de tenir tête à sa mère.

— Elle a été renversée par un coursier à vélo et souffre d'une commotion cérébrale.

Et il était sur le point de prendre Sammi dans ses bras pour enfin entrer dans la maison quand celle-ci porta la main à sa bouche et se précipita tout au fond de l'appartement.

— Où vas-tu ? hurla alors sa mère dans son dos avant de se retourner vers lui : J'imagine que vous êtes le père ?

Sur ces mots, elle se rapprocha de lui, roulant les hanches pour montrer qui commandait ici, et poursuivit :

— Vu votre apparence, vous imaginez sans doute que ma fille est votre passeport vers une vie meilleure. Je peux vous garantir que vous vous trompez.

C'était tout de même un peu fort, de la part d'une femme qui vivait des revenus de sa fille !

— Vous ne savez pas de quoi vous parlez, se contenta-t-il de répliquer.

Et, passant devant elle, il emboîta le pas à Sammi et se retrouva dans une petite pièce, qui communiquait avec une salle de bains où elle était en train de s'asperger le visage d'eau.

— Vit-elle avec toi ? lui demanda-t-il.

— Oui, répondit-elle d'une voix étouffée par la serviette avec laquelle elle s'essuyait. Je t'avais dit que je n'avais pas besoin de ton aide.

— Mais elle n'est pas en mesure de t'aider, ni de prendre soin de toi.

— Elle ne se comporte pas comme ça, habituellement. Elle était juste inquiète, car je ne l'ai pas appelée.

— Elle est ivre, répliqua Oliver sans ménagement.

Il n'avait aucune indulgence envers les problèmes d'alcool de sa mère et, pour les avoir vécues dans sa chair, il savait immédiatement identifier les addictions. Sans compter qu'il était révulsé à l'idée que Sammi puisse élever son enfant dans un environnement aussi toxique.

— Je n'ai pas le choix, dit celle-ci en se retournant vers lui, dos appuyé contre le lavabo. Je n'ai nulle part ailleurs où aller.

— Viens t'installer chez moi. Je te promets que tu

seras au calme et que tu auras un espace à toi, le temps que nous voyions plus clair dans toute cette affaire.

La respiration de Sammi devint saccadée et elle se frotta les yeux comme un nourrisson fatigué.

— Je ne peux pas, je dois rester ici.

— Ton seul devoir est de prendre soin de toi, et de l'enfant que tu portes. C'est tout ce qui compte pour l'instant. Fais ta valise et nous partons.

Sammi pénétra dans la chambre d'amis que lui désignait Oliver. Comme dans le reste de son appartement de SoHo, où ils se trouvaient actuellement, les murs étaient peints en gris taupe. De grands voilages blancs encadraient la baie et retombaient juste au-dessus d'un bureau ; un grand lit était disposé sur un tapis bleu de Prusse, assorti à la couleur des oreillers et de la couette.

Elle se sentit tout de suite chez elle, dans cette pièce paisible.

— Je te promets de ne pas abuser de ton hospitalité, dit-elle, son sac toujours à la main.

— Tu peux rester ici autant que tu veux.

— Je ne veux pas m'incruster.

— As-tu parcouru la liste des gynécologues que l'on t'a remise, à l'hôpital ? questionna-t-il alors, visiblement désireux de changer de sujet.

— Pas encore.

Même si le médecin avait assuré que l'accident n'avait eu aucune incidence sur sa grossesse, il lui avait recommandé de prendre dès que possible rendez-vous pour une échographie.

— J'ai mis une croix devant les meilleurs spécialistes de Manhattan, déclara-t-il alors avant de préciser avec un petit sourire : J'ai fait des recherches sur Internet, pendant que tu dormais. Tu me donneras le jour et l'heure du rendez-vous.

— Pourquoi ? demanda-t-elle, incertaine.

— Parce que j'ai l'intention de t'accompagner.

À son ton déterminé, elle sentit les battements de son cœur s'accélérer et posa d'instinct la main sur son ventre encore plat. Une partie d'elle-même avait envie d'accepter son aide, mais il s'était passé tant d'événements durant ces dernières vingt-quatre heures… N'était-ce pas un pari risqué de penser qu'il s'attarderait, une fois l'actuelle crise passée, et d'imaginer qu'il avait bien compris qu'être parent était synonyme de toujours ?

— Hier, tu n'étais pas certain que c'était ton enfant, fit-elle observer.

— Et je ne le suis toujours pas.

— Dans ce cas, pourquoi tiens-tu à assister à l'échographie ?

— Parce que je me sens responsable de ton accident, qui s'est produit devant chez moi.

Un muscle de sa mâchoire tressaillit, et il ajouta :

— De plus, tu ne me sembles pas être une femme capable d'imposture, surtout un simulacre de cette sorte, si facilement découvert.

— Comment peux-tu en être si certain alors que tu me connais à peine ? répliqua-t-elle, apparemment agacée qu'il lui fasse confiance.

— Tu as raison, on se connaît à peine, concéda-t-il, mais tu repousses avec une telle force l'aide que j'essaye de t'apporter que j'ai toutes les raisons de croire que cet enfant est bien le mien.

— Je pourrais être une championne de la manipulation, renchérit-elle, consciente, à l'expression d'Oliver, qu'il ne prenait pas du tout au sérieux cette éventualité.

Était-elle transparente à ce point ?

Vu la façon ironique dont il haussa les sourcils, il fallait croire que oui.

— OK, soupira-t-elle, mettons que je n'en sois pas une, cela ne signifie pas pour autant que tu ne doives pas te méfier de moi.

Cette fois, une lueur amusée passa dans son regard.

— Très bien, je saurai m'en souvenir.

Que lui arrivait-il ? se demanda-t-elle. Pourquoi ne pouvait-elle donc pas accepter tout simplement son aide tant qu'elle n'aurait pas trouvé une solution pour gérer sa nouvelle situation ? N'avait-elle pas déjà assez de sources d'inquiétude entre sa mère, sa carrière à réinventer et un appartement abordable à trouver ?

— Je dois descendre dans mon studio, pour travailler, lui dit-il. Prends possession des lieux et repose-toi un peu. On pourra discuter pendant le dîner. Si tu as faim d'ici là, demande à Marie, ma gouvernante, de te préparer quelque chose.

— Merci.

De nombreuses autres questions se pressaient pourtant dans sa tête : pourquoi Oliver l'aidait-il et comment envisageait-il leur avenir ? Pourquoi l'avait-il installée dans une chambre d'amis et pas dans la sienne ? Cela signifiait-il qu'entre eux il n'y aurait plus de baisers enivrants et de nuits passionnées ? Devrait-elle donc se contenter de celle durant laquelle ils avaient conçu l'être qui croissait à présent en elle, du souvenir de ses lèvres brûlantes sur sa peau, et du plaisir inouï qu'elle avait ressenti quand tous deux avaient joui en même temps ?

— Inutile de me remercier, répondit-il sans rien laisser transparaître de ses pensées. À tout à l'heure.

Lorsque les pas d'Oliver s'éloignèrent dans le vestibule,

Sammi se laissa tomber sur le lit : avait-elle pris la bonne décision, en venant ici ?

Depuis leur première nuit, elle n'avait cessé de se questionner sur le bien-fondé d'aller au-delà, avec lui. Certes sa réputation désastreuse en termes d'addictions était derrière lui, mais il ne lui semblait pas pour autant homme à s'engager sur le long terme. Or, elle se trouvait à présent dans son appartement de SoHo, où elle se cachait de sa mère, hors de la réalité en somme et sans grande certitude quant aux choix professionnels qui s'offraient désormais à elle.

Résolue à faire contre mauvaise fortune bon cœur, elle se redressa et ouvrit son bagage, ne sachant trop ce qu'il contenait puisqu'elle l'avait fait dans une sorte d'état second, sous le regard d'Oliver qui la surveillait attentivement, redoutant de toute évidence qu'elle ne s'effondre.

Au fond, songea-t-elle encore, pourquoi n'aurait-elle pas profité de la paix qu'elle recherchait tant depuis des mois, et que lui offrait gentiment Oliver, pour enfin faire le point sur sa vie ? Elle aurait été bien stupide de refuser sa proposition.

Une fois vidé le contenu de son sac, elle s'assit au bureau avec un bloc-notes vierge et des feutres de couleur : il lui était plus facile de résoudre ses problèmes en établissant des listes. De sa plus belle écriture, elle inscrivit donc *Ce que je veux* en haut de la première page, et se mit à réfléchir.

Juste au-dessous du titre, elle écrivit *bébé*. Elle avait compris à quel point elle désirait cet enfant quand l'infirmière avait pris une expression soucieuse en apprenant qu'elle était enceinte : elle s'était alors elle aussi demandé si l'accident n'avait pas été fatal à sa grossesse, et avait tout de suite embrassé la maternité avec fièvre, comprenant qu'une IVG était exclue, pour elle.

Elle poursuivit sa liste sans même s'arrêter pour reprendre certains éléments, car tout n'était pas envisageable, voire opportun, mais elle avait besoin de mettre à plat tout ce qu'elle désirait entreprendre.

Prenant une autre page, elle écrivit cette fois : *Ce que je dois faire.* En tout premier, une sérieuse discussion avec son agence s'imposait. Elle n'avait pas encore annoncé sa grossesse et espérait pouvoir réaliser quelques shootings avant que celle-ci ne soit visible, ce qui lui laisserait le temps de voir venir et de se réorienter professionnellement. Celeste refusait d'admettre qu'à chaque nouvel anniversaire qu'elle fêtait la fin de sa carrière en tant que mannequin se dessinait de manière plus précise, et ce déni ne l'avait pas aidée à préparer la suite. Elle ignorait ce qu'elle était capable de faire, à part poser devant un objectif et défiler sur un podium.

Ensuite, elle devrait donner le préavis pour son appartement et en trouver un plus approprié à ses revenus. Un frisson la parcourut à l'idée de l'effroi que sa mère ressentirait quand elle apprendrait qu'elle devait déménager, mais elle ne céda pas à l'empathie : si Celeste n'avait pas les moyens de vivre toute seule, elle n'en était pas personnellement responsable. Depuis des années en effet, sa mère se prélevait un bon salaire sur ses revenus au titre d'imprésario ; parallèlement, elle avait très peu contribué aux frais communs de leur appartement à Manhattan, lui laissant toujours le soin de régler les factures, ce à quoi elle s'était pliée de bonne grâce, consciente que sans le coaching de sa mère elle n'aurait jamais connu son succès actuel.

Sur une troisième page, elle écrivit : *Ce que j'aime.*

Après quoi, elle se tapota le menton avec le feutre, et réfléchit… Rien ne lui venait immédiatement à l'esprit. Comment était-il possible qu'elle n'aime rien ? C'était insensé… Un sentiment de frustration et d'agacement commença à se former au creux de son estomac. Allons ! Il devait bien y avoir des choses qu'elle appréciait, tout de même !

Les fleurs ! Elle adorait les fleurs. Pourrait-elle tirer parti de cette passion ? Il ne coûtait rien de la noter.

Elle aimait aussi faire du shopping, les vêtements. Tenter de percer dans la mode n'était pas déraisonnable puisque c'était un univers dans lequel elle évoluait depuis toujours : Oliver n'y avait-il pas trouvé une passerelle pour devenir photographe ? Elle devrait le questionner à ce sujet, savoir pourquoi il avait choisi de passer derrière l'objectif et s'il savait d'emblée qu'il allait réussir dans cette voie. Elle pourrait aussi entrer en contact avec d'autres mannequins qui n'exerçaient plus en tant que tels et s'inspirer de leur parcours.

Se sentant soudain moins désorientée, elle appela le propriétaire de son appartement et lui donna son mois de préavis. Comme c'était un meublé, les tracas du déménagement lui seraient au moins épargnés ! Et avec ce premier pas, semblable à une libération, il lui sembla qu'elle venait enfin de surmonter l'immobilisme qui était le sien depuis un an. Cependant, au soulagement se mêla bientôt l'angoisse : elle venait de fouler une terre inconnue, celle de son avenir, et plus aucun retour en arrière ne serait désormais possible.

Avec ce qui lui restait d'énergie, elle écrivit un texto à sa mère, pour lui indiquer ce qu'elle avait fait. Puis, trop épuisée pour affronter le courroux de Celeste, elle éteignit son téléphone. S'allongeant sur le lit, elle posa les paumes sur son ventre et ferma les yeux : elle s'efforça alors de réfléchir à un avenir pour son bébé et elle, et de rester concentrée sur la question. De la brume de son introspection, elle fut surprise de voir soudain émerger le beau visage d'Oliver, et la satisfaction joyeuse qu'elle discernait clairement dans ses yeux fit tressaillir son cœur de bonheur…

Ouvrant les paupières, elle cligna plusieurs fois pour se rappeler l'endroit où elle se trouvait, puis s'assit afin de reprendre sa respiration. Il était si tentant d'inclure Oliver dans son avenir, mais était-ce bien réaliste ? Elle avait tout de même du mal à se le représenter ravi du chaos bruyant que déclenchait la présence d'enfants…

Par ailleurs, l'absence d'une présence paternelle dans sa propre vie lui avait fourni de multiples opportunités d'imaginer le père idéal, celui qui s'assiérait sur le tapis pour jouer avec son enfant, le changerait sans se plaindre et lui lirait volontiers des histoires pour l'endormir. Qui suivrait sa scolarité, se rendrait aux réunions et fêtes scolaires, l'emmènerait à ses entraînements sportifs. Qui procurerait à son enfant un environnement rempli d'amour et de bons moments où jamais il ne ressentirait de dureté, ni n'aurait l'impression qu'on le négligeait.

Or, ce père parfait semblait à mille lieues d'Oliver.

Tout à coup, on toqua à sa porte, et elle se leva enfin : une jolie brune au visage familier se tenait devant elle, celle qui avait répondu au téléphone d'Oliver puis était venue la rattraper dans la rue. En d'autres termes, sa petite amie… Elle sentit son estomac fléchir : dans la foulée de l'accident, elle avait oublié ce *détail.*

— Il n'y a rien entre Oliver et moi, déclara d'emblée Sammi.

Et elle plongea son regard dans celui, apparemment

étonné, de la jeune femme, tout en sentant le nœud de la jalousie se former dans son estomac.

— Il m'a juste aidée, poursuivit-elle, vous n'avez aucune inquiétude à avoir.

— Bien, commença la femme d'un ton presque embarrassé, sa tablette serrée contre le buste. Je m'appelle Heidi et je suis l'assistante d'Oliver. Il m'a chargée de voir si vous aviez besoin de quoi que ce soit, et de vérifier si vous n'aviez pas un régime alimentaire particulier, afin que je donne des instructions à sa gouvernante.

— Euh… Vous êtes son assistante ?

Elle était si soulagée qu'elle fut presque saisie par un vertige. Non seulement elle n'avait rien commis de répréhensible en couchant avec Oliver, mais il n'était visiblement pas pris…

— Et donc, pas sa petite amie ? insista-t-elle.

— Oh non ! se récria Heidi avec véhémence, avant d'ajouter : Même si mon fiancé estime que je suis la femme de sa vie professionnelle.

— Ah, vous êtes fiancée ? renchérit-elle. C'est très bien.

Et le bref sentiment de possessivité qui la traversa alors lui confirma qu'elle avait bel et bien eu tort de venir s'installer chez lui.

— Depuis presque deux ans, précisa Heidi, grand sourire à l'appui. Bref, si vous avez besoin de quoi que ce soit, envoyez-moi un texto. Voici mon numéro.

Sur ces mots, elle lui tendit une carte de visite, et enchaîna :

— Oliver m'a priée de prendre bien soin de vous, et c'est ce que j'ai l'intention de faire.

- 5 -

Après avoir laissé Sammi s'installer dans la chambre d'amis, Oliver était redescendu dans son studio. Comme chaque fois qu'il avait besoin de tenir à distance ce qui le contrariait, il avait l'intention de se noyer dans son processus créatif. Mais aujourd'hui, alors qu'il regardait les photos qu'il avait prises lors d'un shooting la semaine précédente, il se rendit compte qu'il lui était difficile de faire abstraction des pensées qui venaient le parasiter.

Avait-il commis une erreur en invitant Sammi chez lui ? Jamais il n'avait ouvert sa maison à une femme avec qui il avait couché. Mais c'était aussi la première fois qu'il en avait oublié tous ses principes et qu'une femme se retrouvait enceinte à cause de lui. Si l'enfant était le sien, bien sûr !

Il ne regrettait certes pas d'avoir arraché Sammi au comportement toxique de sa mère, mais il aurait été plus avisé de l'installer dans un hôtel et de rémunérer un tiers pour veiller sur elle. En l'occurrence, non seulement il s'était immiscé dans sa vie, mais il l'avait attirée dans la sienne. Or, si la situation venait à dégénérer, comment pourrait-il mettre à la porte une femme enceinte ?

Allons, il y avait une forte probabilité pour que l'enfant qu'elle portait ne soit pas le sien et, par conséquent, qu'elle s'en aille assez rapidement. Aussi était-il préférable qu'il évite toute complication dans sa relation avec elle, notamment les conversations lourdes de sens qui les auraient conduits dans les recoins sombres de leur psyché respective.

Tout bien considéré, il devait retenir un point positif : grâce à l'entrée intempestive de Sammi dans sa vie et une éventuelle paternité, il en avait oublié son propre drame familial… Mais la rage l'inonda à nouveau dès que la pensée de son père lui revint, et de l'égoïsme insoutenable de ce dernier. Vernon avait-il un instant songé au mal que ses actes causeraient à sa femme et ses fils avant de prendre la fuite ? Pire : en avait-il été conscient et avait-il malgré tout choisi de disparaître ?

Même s'il était résolu à ne jamais suivre l'exemple de son père, il n'était pas franchement lui-même le roi de la stabilité et des bonnes décisions. Il avait certes l'intention de donner la priorité à son enfant, mais avait-il en lui les ressources pour rendre heureuse une autre personne ? Ne doutait-il pas déjà de la sagesse de son invitation concernant Sammi ?

D'un côté, il n'était pas certain de résister à l'attirance qu'elle exerçait sur lui, ni de le devoir. Le temps et la distance n'avaient en rien atténué le désir qu'elle lui inspirait, et parallèlement, pendant ces six semaines, leur situation à chacun était devenue bien plus compliquée.

De l'autre, maintenir une distance émotionnelle avec elle ne signifiait pas forcément renoncer à l'alchimie tangible qui existait entre eux d'un point de vue physique… Ne suffisait-il pas qu'il soit honnête envers elle, quant à son refus existentiel de s'attacher à une femme, afin de ne pas lui donner de faux espoirs ?

Quelques heures plus tard, frustré du peu de travail qu'il avait accompli, il monta l'escalier et trouva Sammi au salon, un bloc-notes ouvert devant elle et recouvert de phrases écrites de toutes les couleurs. Pied posé sur le rebord du siège, épaules penchées en avant, elle continuait à remplir des lignes… Elle avait troqué ses jean et T-shirt contre un large pantalon noir et une chemise couleur ocre. Sa longue chevelure noire retombait sur ses joues, masquant son profil.

Il l'observa un court instant, happé par l'attirance fulgurante qu'elle déclenchait toujours en lui. À présent que les conséquences liées à son accident étaient derrière eux, il éprouvait le violent désir de la serrer dans ses bras et de l'embrasser jusqu'à en perdre le souffle et la raison. Et, sans les cernes qui assombrissaient ses yeux, soulignant sa pâleur et sa fragilité, il l'aurait déjà soulevée dans ses bras pour la porter dans sa chambre.

Au lieu de quoi, il s'assit en face d'elle, mettant toute la longueur de la table entre eux afin d'étouffer ses puissantes impulsions.

— As-tu dormi un peu ? questionna-t-il.

— Impossible avec les pensées qui m'agitent en permanence, répondit-elle en dardant sur lui ses yeux noisette, où se reflétaient à la fois douceur et exaspération. J'ai tant à faire et, pour tout avouer, cela me terrifie.

Oliver se figea. Quels étaient donc ses projets ? Et pourquoi l'air était-il soudain devenu électrique quand elle avait braqué ses prunelles sur lui, par-dessous ses longs cils ? Soudain, il se figura en train de déboutonner sa chemise pour contempler sa poitrine parfaitement arrondie et ses mamelons d'un rose si délicat… Tout son corps se raidit : si elle avait mis cette chemise si lâche pour cacher ses formes, elle avait sous-estimé le pouvoir de son imagination !

Mais ses pensées devaient être aisées à deviner, car il vit soudain les joues de Sammi s'enflammer. Passant la main sur ses mâchoires, il masqua un sourire, ravi de constater qu'elle n'était pas indifférente, elle non plus, à l'incroyable courant qui passait entre eux.

— Sur quoi travailles-tu ? questionna-t-il.

— Sur le reste de ma vie, répondit-elle.

Puis elle referma bien vite son bloc-notes.

Bien qu'il comprenne son besoin d'intimité, sa réponse des plus vagues n'en suscita pas moins un certain agacement en lui, qu'il réprima bien vite : il était déstabilisant de constater l'extension de son pouvoir sur lui.

Même s'il était fort curieux de connaître ses plans d'avenir, il avait aussi conscience qu'il aurait réagi de la même façon qu'elle, si on lui avait demandé de partager des réflexions aussi intimes. Et pourtant il s'entendit demander :

— Et alors, tu es parvenue à certaines conclusions ?

— Aucune, répondit-elle en faisant la grimace. J'ai juste dressé la liste de ce que j'aimais. Quel est l'adage, déjà ? Agis selon ton cœur et l'argent viendra ?

— Et qu'est-ce que tu aimes ?

À sa grande surprise, elle tourna une page de son bloc-notes et la lui présenta.

— Voilà ma liste pour l'instant. Mais rien de tout cela ne va me rapporter de l'argent.

— Je vois ce que tu veux dire, déclara-t-il en pointant une ligne. Le soleil du matin sur ton visage est effectivement impossible à emballer et à vendre.

— Je sais, dit-elle.

Et elle reprit son bloc-notes, sans doute pour qu'il n'émette pas plus de commentaires.

— Mon problème, poursuivit-elle, c'est que je ne sais rien faire d'autre qu'être mannequin.

Elle lui jeta un coup d'œil, parut hésiter et ajouta finalement :

— Et toi, comment en es-tu venu à la photographie, après avoir quitté les podiums ?

— Je… En fait, c'était un métier que je voulais exercer depuis l'enfance.

— Dans ce cas, pourquoi as-tu été mannequin avant ?

Une douleur fulgurante lui traversa le cœur.

— Je ne pensais pas avoir le moindre talent pour devenir photographe, marmonna-t-il.

Et il attendit qu'elle enchaîne avec une question, mais elle le regardait attentivement, l'incitant en silence à étoffer.

— Mon frère est un peintre merveilleux et, même si mon père considérait qu'être artiste c'est un hobby plutôt qu'une vocation, il reconnaissait le talent de Josh. Mais quand il s'agissait de moi… « Tout le monde peut faire des photos », disait-il.

Bien qu'il n'eût pas entendu la voix de son père depuis quinze ans, Oliver pouvait parfaitement en imiter le ton dérisoire et traînant.

— Mais les tiennes sont extraordinaires, renchérit Sammi, en montrant le mur où il avait créé un photomontage de toutes ses couvertures de magazines préférées. Elles parlent au cœur des gens, car elles sont pleines d'émotions.

— Les émotions étaient insupportables à mon père, lui dit-il. C'était un homme d'affaires au cœur froid, obsédé par l'argent et ce qu'il pourrait acheter. Le seul aspect qu'il appréciait dans une œuvre d'art, c'était sa valeur marchande, et non artistique.

Sammi hocha la tête : de toute évidence, elle le comprenait.

— Ma mère a souvent vu en mon apparence une source

de revenus. Aussi, même aujourd'hui, quand on me dit que je suis belle, je ne le prends pas pour un compliment.

Qu'elle ne soit pas en mesure d'apprécier sa beauté si frappante lui déchira le cœur : elle méritait d'être traitée bien mieux que cela ! Était-ce pour cette raison qu'elle avait laissé son petit ami l'humilier, le premier soir où il l'avait vue ? Estimait-elle n'avoir aucune légitimité pour répliquer ? Les dommages que sa mère lui avait causés résonnaient comme un écho aux dégâts que son père avait engendrés chez lui.

— J'ai pris rendez-vous avec une gynécologue, annonça-t-elle tout à trac. Quand j'ai dit à la secrétaire ce qui s'était passé hier, elle m'a dit qu'elle pouvait caler un rendez-vous pour demain à 11 heures. Je sais que tu as beaucoup de travail, et si l'heure ne te convient pas je comprendrai tout à fait.

— Je t'ai dit que je t'accompagnerais et c'est ce que je ferai.

Elle hocha la tête.

— Tu sais, reprit-elle, je suis certaine que le bébé est de toi, mais je comprends que tu puisses ne pas me croire.

— Nous ferons un test ADN à sa naissance.

— C'est aussi ce que je me suis dit, mais il faudra que tu attendes neuf mois, c'est un peu long. Aussi, hier, j'ai fait une recherche sur Internet et j'ai appris que le médecin peut faire des prélèvements sanguins sur le père et la mère avant la naissance, ce n'est pas du tout invasif, ni dangereux pour l'enfant, et c'est sûr à 99 %.

Elle paraissait si satisfaite de sa découverte qu'Oliver en fut tout de suite de meilleure humeur.

— C'est une très bonne nouvelle, dit-il.

Il redoutait lui aussi ses longs huit mois de doute et maintenant il allait avoir sous peu la réponse. Le fait qu'elle ait préféré ne pas attendre pour établir la paternité de l'enfant lui sembla la preuve quasi irréfutable de son honnêteté. Sans quoi, elle aurait laissé planer le mystère pour que des liens se forgent entre lui et le bébé qu'elle portait, qu'une complicité parentale s'établisse entre elle et lui afin qu'il lui soit moins aisé ensuite de sortir du tableau.

Sammi venait de reprendre un feutre pour écrire sur son bloc-notes, et il en profita pour la contempler... Il n'était évidemment pas prêt à partager sa vie avec quiconque, mais la présence de Sammi ici lui plaisait. Peut-être parce qu'elle avait filé à l'aube, la première fois, avant qu'il n'ait le temps d'honorer sa promesse et de la photographier... À moins qu'une seule nuit ne lui ait pas suffi pour apaiser la faim qu'elle lui inspirait.

— Tu sais, tu es libre de t'impliquer ou pas, précisa-t-elle, se méprenant sans doute sur son long silence. Je suis tout à fait prête psychologiquement à élever l'enfant toute seule.

Lui laissait-elle une porte de sortie car elle doutait de son envie de devenir père, ou bien de sa capacité à l'être ? Et comment aurait-il pu la blâmer si c'était pour le deuxième motif ?

— Je te propose qu'on reparle de tout cela quand on aura le résultat des tests, dit-il, conscient qu'il avait besoin de réflexion.

Dans quelques jours en effet, sa vie allait sans doute radicalement changer. Encore que : n'était-ce pas déjà fait ?

Deux jours après son rendez-vous chez la gynécologue, quand Sammi se réveilla dans son propre lit, la présence d'un homme qu'elle connaissait à peine lui manqua pourtant douloureusement. C'était tout de même incroyable !

Après une nuit sans sommeil dans sa chambre d'amis, à lutter contre la tentation d'aller se glisser dans le lit d'Oliver, elle avait refait ses bagages et réintégré son appartement. Il était bien trop risqué d'habiter chez lui, car l'intérêt qu'elle lui portait allait au-delà du rôle de père qu'il jouerait pour son futur enfant. Jusqu'où, elle ne savait pas trop et c'était ce qui la préoccupait. Elle avait l'impression d'être une planète tournant autour du Soleil, piégée dans l'attirance gravitationnelle qu'il exerçait sur elle. Désir, joie, angoisse : il lui inspirait plus d'émotions qu'elle n'était capable d'en gérer.

Même si elle sortait toujours avec un homme à son bras, elle ne s'était jamais jetée corps et âme dans une relation, ni n'était un jour tombée amoureuse. Elle avait bien eu quelques amants, mais les idylles ne l'intéressaient pas : sa mère était assez despotique sans devoir subir de surcroît les exigences d'un homme ! Les hommes avec qui elle sortait aimaient en général se montrer en public avec une belle femme, elle représentait un symbole social dont ils pouvaient se targuer auprès de leurs amis.

En échange, ce compagnon du moment lui accordait un peu d'attention, du moins pendant un certain temps. Tout cela n'était bien sûr qu'illusoire, car rapidement son indifférence les indisposait, et soit ils la quittaient pour une autre, soit ils insistaient, comme ça avait été le cas avec Ty.

Oliver était différent : dès le début, il avait prouvé que c'était davantage le contenu que le contenant qui l'intéressait chez elle, même s'il n'était évidemment pas indifférent à sa beauté, ainsi que le prouvait l'alchimie indéniable entre eux. Devait-elle y résister ou non ? Tel était tout le problème !

Et tant qu'elle hésiterait elle jugeait préférable de ne

pas rester chez lui, même si l'idée d'éviter sa mère et de se reposer sur la gouvernante d'Oliver était des plus confortables. Cependant, plus elle se serait attardée, plus il aurait été difficile de faire machine arrière et de retrouver une indépendance. Jamais elle n'avait vécu seule, et même si c'était sur elle que sa mère se reposait financièrement, et bien que celle-ci puisse être des plus agaçantes, Sammi appréciait malgré tout sa présence et se sentait comme une éternelle « adulescente » avec elle…

Cependant, sa grossesse avait changé la donne et elle se sentait désormais à même de résister à sa mère : face au monde des possibles qu'offrait un enfant, l'excitation l'emportait sur les éventuelles difficultés.

Réconfortée par ses réflexions, Sammi se rendit à son club de sport, qu'elle avait négligé depuis quelque temps ; heureusement qu'elle avait un excellent métabolisme qui lui permettait de manger sans grossir !

Une fois arrivée, elle repéra tout de suite sa meilleure amie en train de se muscler avec des haltères et la rejoignit.

— Tiens donc, voyez qui arrive ! s'exclama Kimberly sur un ton réprobateur nuancé par un grand sourire. Cela fait tout de même deux semaines que l'on ne t'a pas vue par ici !

— Je n'étais pas en grande forme, commença Sammi.

Elle devait s'armer de courage pour annoncer la nouvelle que seuls connaissaient sa mère et Oliver. Elle avait pris rendez-vous avec son agence en fin d'après-midi en vue de leur apprendre son état, et elle espérait de tout cœur qu'ils la garderaient aussi longtemps que possible.

— Oh ! je suis désolée ! reprit Kimberly en reposant ses poids. C'est vrai que tu es toute pâle et que tu as un peu maigri. Tu es certaine que tu te sens mieux ?

Sammi souleva alors deux haltères de deux kilos et demi chacun.

— J'ai souvent la nausée, dit-elle.

— Ah bon ? Il faut consulter, alors ! répondit Kimberly.

Et elle repoussa dans son dos sa queue-de-cheval blonde.

— C'est fait.

— Eh ? s'enquit son amie en lui jetant un coup d'œil inquisiteur.

— Je suis enceinte, déclara Sammi sans préambule.

— Je t'en prie, jure-moi que ce n'est pas de Ty.

Kimberly ne s'était pas privée de lui dire qu'elle ne supportait pas son petit ami : il leur arrivait souvent de sortir à quatre, Kimberly étant en couple avec un réalisateur de documentaires, et Sammi aurait dû l'écouter plus tôt, quand elle lui conseillait de laisser tomber Ty.

— Je te rassure, non.

— Tu es certaine ? s'enquit son amie en dardant sur elle des yeux bleus remplis d'inquiétude.

— Absolument. En fait, tous les deux, on n'a jamais…

— Quoi ? l'interrompit Kimberly, stupéfaite. Vous êtes sortis ensemble pendant presque six mois et vous n'avez pas couché ensemble ?

Sammi hocha la tête.

— Je ne me suis jamais sentie à l'aise, avec lui.

En réalité, elle s'était demandé si elle n'avait pas un problème de libido, mais Oliver était entré dans sa vie et y avait déclenché un ouragan qui avait au moins eu le mérite de la rassurer à ce sujet.

— Et donc, qui est le père ?

— Oliver Lowell.

— Le photographe ?

Au ton étonné de Kimberly, elle sentit son ventre se

contracter : son amie allait-elle encore la sermonner sur ses choix peu judicieux en matière de petits amis ?

Elle hocha la tête, redoutant la suite. Mais celle-ci s'exclama :

— Waouh, il est super sexy ! Il paraît que tout se passe bien au travail avec lui… Tant qu'on accepte les ordres ! Curieux, je pensais qu'il avait arrêté les photos de mode.

Sammi repensa au portrait qu'elle avait payé vingt-trois dollars et dont la séance n'avait pas eu lieu.

— Je ne l'ai pas rencontré lors d'un shooting.

— Ah bon ? Et comment alors ?

— Il a assisté de loin à ma scène de rupture avec Ty, au SoHo Hotel, puis il m'a abordée.

— On peut dire qu'il a le sens de l'opportunité ! Donc tu sors avec lui depuis tout ce temps et tu ne m'as rien dit ?

— Non… On a juste passé la nuit ensemble.

— Pardon ? Ce n'est pas ton genre.

Kimberly haussa les épaules et poursuivit :

— Encore que, après cette rupture, ça se comprend.

— Ce n'est pas à cause de ma rupture avec Ty que j'ai couché avec lui, tu sais.

— Pourquoi alors ?

Elle réfléchit un instant, puis répondit :

— Parce que c'est un homme troublant, charismatique et très sexy. Quand je suis avec lui, j'hésite entre le déshabiller et prendre mes jambes à mon cou.

Kimberly ouvrit de grands yeux curieux.

— Et que fais-tu, en général ?

— Ni l'un ni l'autre. Tu sais comme je suis, je balaye tout sous le tapis, et me persuade que rien ne peut m'atteindre.

— Un de ces jours, toutes ces émotions refoulées vont finir par exploser et je plains la personne qui se trouvera alors en face de toi, prédit Kimberly avec un petit sourire. Donc, visiblement, il te plaît. C'est réciproque ?

— Je ne sais pas vraiment… J'ai compris qu'il m'avait recherchée, après la nuit qu'on avait passée ensemble. Il n'avait pas bien compris mon prénom, donc c'était un peu difficile…

— Ah, les hommes ! s'écria Kimberly en roulant les yeux. Et, maintenant que vous vous êtes retrouvés, que pense-t-il de la paternité qui l'attend ?

— Là encore, difficile à dire… La nouvelle était inopinée, et il attend les résultats du test de paternité.

— Et à ton avis comment va-t-il réagir ?

— Aucune idée.

— Mais tu espères quand même que ce sera le début de quelque chose ?

— Je ne sais pas trop.

— Enfin, Sammi, il a vraiment l'air de te plaire ! Ce serait génial si tu lui plaisais aussi, non ?

Elle soupira.

— Si tu veux tout savoir, j'étais très amoureuse de lui quand j'étais plus jeune, et c'est un peu comme si un rêve d'ado se réalisait. Donc, tu vois, ce n'est pas forcément un bon départ… Je pourrais y laisser des plumes. Je préfère ne pas précipiter les choses.

— Parfois, il faut au contraire tout bousculer, et voir où cela mène.

— Ton optimiste est si fascinant, dit Sammi, qui avait toujours été envieuse de l'assurance de son amie. Comment fais-tu pour être si positive ?

— Je le dois à mes parents. Il faut croire qu'ils ont bien élevé leurs enfants ! répondit-elle avec un grand sourire.

Sammi pouvait le confirmer : elle connaissait ses parents, et avait été témoin de l'amour qu'ils portaient à leurs trois enfants ! Pas étonnant que tous soient heureux et connaissent le succès dans leurs vies amoureuse et professionnelle.

— À propos de parents, enchaîna Kimberly, comment ta mère l'a-t-elle pris ?

— Mal. Elle veut que je poursuive le mannequinat, mais cela ne m'intéresse plus. Je continuerai à travailler jusqu'à ce que ce ne soit plus possible et ensuite… on verra bien. En fait, je n'ai pas la moindre idée de ce je pourrais faire d'autre.

— Il se peut que j'aie une piste pour toi, déclara alors son amie.

Elle ouvrit toutes grandes les oreilles : Kimberly était toujours de bon conseil, elle savait garder la tête froide et adopter une attitude pragmatique.

— Brody travaille avec une entreprise qui propose des tutos et des conseils en ligne. Ils passent des contrats avec des experts pour enregistrer des cours ou des ateliers qu'ils revendent ensuite en ligne.

— Et quels domaines les intéressent ?

Kimberly haussa les épaules.

— Ils sont vraiment ouverts : ils recherchent des artistes, des mannequins, des actrices, des musiciens, des stylistes. Brody envisage de réaliser une série sur les défilés de mode, et je lui ai déjà suggéré ton nom : tu connais ce monde depuis des années, tu pourrais en expliquer tous les aspects.

Kimberly haussa un sourcil.

— Je parie que tu pourrais faire l'objet d'une série entière sur ta vie en tant qu'enfant mannequin ou bien sur le mannequinat à l'étranger.

— C'est intéressant effectivement, répondit-elle.

Encore faudrait-il qu'elle soit à la hauteur ! Avait-elle autant à offrir et à transmettre que le pensait son amie ?

— Donc je peux lui dire que tu es partante ?

— Tout à fait.

Qui ne tentait rien n'avait rien ! Et cela s'appliquait aussi à sa relation avec Oliver.

- 6 -

Et voilà ! Il détenait la preuve définitive qu'il était père. Et ce fut comme si une tornade s'était engouffrée en lui : il ne savait plus quelle était sa véritable émotion, naviguant entre la panique et l'excitation. Sans compter qu'un enfant l'unissait à jamais à Sammi. Même si la liaison qu'il entendait toujours poursuivre avec elle finissait par s'émousser, il était certain qu'ils seraient capables de maintenir une relation courtoise pour le bien de l'enfant. Ses parents, en dépit de tout, n'étaient-ils pas restés mariés au nom de leur famille ?

Nul doute que Sammi et lui pourraient s'entendre, d'ailleurs, elle était devenue en un rien de temps partie intégrante de son existence, même avant qu'il n'apprenne sa grossesse : son obsession à la retrouver n'en était-elle pas la meilleure preuve ? Et ce n'était pas juste par envie de renouveler leur nuit fantastique, non, Sammi avait capté son intérêt dès l'instant où il avait posé les yeux sur elle.

La nature de leur relation avait beau ne pas être claire comme du cristal, il commençait à imaginer la famille qu'ils formeraient tous les deux avec leur futur enfant et il donnerait à celui-ci tout l'amour qu'il n'avait pas reçu, lui le dernier fils inattendu, né quelques années après les jumeaux Jacob et Joshua et non désiré.

Seulement, Sammi partageait-elle ces plans d'avenir ? N'avait-elle pas déjà souligné qu'elle était tout à fait prête à élever son enfant seule ? Elle-même ayant grandi dans un foyer monoparental, il se pouvait qu'elle ne sacralise pas du tout la notion de famille et, eu égard aux problèmes attachés au nom des Lowell, il n'était pas certain qu'elle veuille que son enfant et elle-même soient liés à ce clan maudit.

Et la colère d'Oliver face au scandale entourant la réapparition de Vernon rejaillit en lui : pourquoi son père n'avait-il pas pu rester incognito sur son île ? Le passé allait à nouveau envahir sa vie et il redoutait que ses vieux démons ne se réveillent, et n'affectent les toutes nouvelles personnes qui venaient d'entrer dans sa vie.

Mais quand la sonnette retentit soudain, et que Sammi se matérialisa sur le seuil de sa porte, toutes ces inquiétudes se dissipèrent ! Celle-ci poussa un cri quand il la souleva de terre, mais noua tout de même les bras autour de son cou, et les battements de son cœur s'accélèrent quand il sentit son souffle suave sur sa joue.

— Oliver, dit-elle avec un rire dans la voix, mais qu'est-ce que tu fais ?

— J'emporte la mère de mon enfant là où elle voudra aller, répondit-il.

— J'en conclus que tu as eu les résultats des tests ?

— Absolument.

— Et que la nouvelle te fait plaisir ?

Sa question lui fit l'effet d'un coup de poing en plein ventre : certes, au début, il avait quelque peu douté de sa paternité, mais dès l'instant où elle avait accepté le test il avait bien compris qu'il était impossible qu'elle lui mente. Ne le lui avait-il donc pas clairement montré ? Bon, il devait le formuler de manière explicite.

— Tu sais, dès que tu m'as proposé le test de paternité

avant la naissance, j'ai compris que j'étais le père, dit-il, conscient que ces paroles venaient un peu tard.

Trop tard ? Par son instinct d'autoprotection, avait-il érigé un mur indestructible entre eux ?

— C'est vrai ?

Et son ton prudent l'affecta profondément.

— J'ai eu tort de ne pas t'avoir rassurée plus tôt.

À ces mots, elle lui adressa un sourire bienveillant qui noya toutes ses inquiétudes : elle ne lui en tenait de toute évidence pas rigueur.

— Tu es riche et célèbre, et j'imagine que de nombreuses femmes rêveraient d'avoir un enfant avec toi.

— Je suis heureux que cette femme ce soit toi.

Là-dessus, il la déposa sur le canapé et ils se considérèrent un instant, yeux dans les yeux, dans un silence si intense qu'il lui sembla entendre leurs cœurs battre au même rythme. Il posa alors tendrement la main sur la joue de Sammi.

— Nous devons discuter longuement, toi et moi, dit-il, c'est pour cette raison que je t'ai demandé de venir.

— Peut-on parler en dînant ? Je meurs de faim.

— Il est vrai que tu dois manger pour deux.

— Parfois, il me semble que je dévore pour quatre, renchérit-elle avant de faire une grimace et d'ajouter : Enfin, quand je n'ai pas la nausée.

— Quatre ?

Et il se rendit compte que la perspective d'avoir plusieurs enfants avec Sammi n'était pas aussi insensée pour lui qu'il aurait pu le redouter.

— Tu n'en veux pas autant ? s'enquit-il alors.

— Oh non ! Et je peux t'assurer que je n'en porte qu'un.

Sans qu'il comprenne pourquoi, sa réponse le déçut.

— Tu sais, les grandes familles peuvent avoir de bons

côtés, reprit-il en repensant à son enfance et à la dynamique créée par ses deux frères plus âgés de cinq ans que lui. Mais avais-tu imaginé avoir un enfant, un jour ?

— Pour être honnête, non.

L'aveu correspondait à sa propre situation : comment allaient-ils s'en sortir tous les deux, avec cet enfant à venir ?

Assez ! s'ordonna-t-il. Et il l'enlaça de façon affectueuse.

— Je suis certain que tu feras une mère fabuleuse.

— Comment peux-tu affirmer cela alors que moi-même je n'ai aucune idée de la mère que je serai.

— Ni toi ni moi n'avons eu une super enfance de laquelle nous inspirer, une fois que nous serons parents, je te l'accorde. Mais on sait au moins ce qu'il ne faudra pas faire et, pour ma part, ce seront toujours les intérêts de l'enfant qui passeront en premier.

— C'est ce que disent tous les parents qui ont souffert des leurs, marmonna-t-elle. Et si nous ne faisons pas mieux ?

Quand il l'avait prise dans ses bras, tout à l'heure, il l'avait sentie crispée, tandis qu'à présent, tête posée sur son épaule, elle semblait avoir abandonné toute idée de résistance. La chaleur qui émanait d'elle agit alors sur ses sens comme un whisky rare, l'encourageant à poser la main sur ses reins, cependant qu'un désir irrépressible montait en lui… Elle se cambra sous sa caresse, et il ravala un grognement à la vue de son ventre plat contre son abdomen.

— Je vois bien que tu doutes de mes paroles sur notre capacité à bien élever notre futur enfant, dit-il en enserrant son visage pour lui redresser le menton. Et si on réfléchissait à ce qui le rendrait heureux ?

— On pourrait par exemple lui acheter tous les jouets possibles, mais n'en ferait-on pas un enfant trop gâté ?

Il ouvrit de grands yeux moqueurs.

— La perspective est absolument épouvantable ! ironisa-t-il.

Elle fit la grimace.

— OK, on s'efforcera de faire de notre mieux, et de le chérir en lui mettant des cadres. Et surtout de toujours lui montrer notre amour.

Oliver n'avait guère connu de marques d'affection physiques, sa mère étant bien trop occupée à gérer les relations sociales de son couple. Et de toute évidence celle de Sammi était loin d'être tendre. Pourtant, il était convaincu qu'ils seraient de bons parents.

— Tout à fait, répondit-il d'un ton déterminé. Nous en sommes capables.

— Oui, renchérit-elle avec une ferveur qui lui alla droit au cœur, et nous le ferons.

Puis il glissa les doigts dans sa chevelure soyeuse, et s'enivra de la fragrance fleurie et épicée qui émanait d'elle… Leur délicieuse nuit d'amour, leurs corps nus et emmêlés lui revinrent en mémoire, cinglant son désir. Il l'attira à lui, pris dans un tourbillon d'émotions…

En proie à un élan incontrôlable, il pencha la tête vers elle et captura sa bouche, conscient que ce n'était pas son intention première, quand il l'avait conviée chez lui. Mais, alors que leur baiser devenait de plus en plus torride, il sentit bientôt une pression sur son torse, celle de ses mains qui le repoussaient. Une immense frustration le submergea, et des blessures enfouies se rouvrirent en lui.

— J'ai envie moi aussi de t'embrasser, avoua-t-elle alors, tête baissée de sorte que ses mots étaient à peine audibles. Mais je ne suis pas certaine que ce soit raisonnable.

— Je comprends, mentit-il.

Toutefois, la confession avait quelque peu apaisé sa déception : elle ne l'avait pas rejeté, elle voulait juste insuffler plus de retenue à leur relation qu'il n'en était capable. Quand elle se mordit la lèvre, visiblement anxieuse, il détourna les yeux et tenta d'oublier sa bouche réclamant la sienne avec autant d'ardeur que lui. Au prix d'un gros effort, il s'écarta d'elle.

— Ce que je veux dire…, commença-t-elle.

Puis elle s'arrêta, s'apercevant qu'il s'était éloigné, avant de reprendre :

— Tout est bien plus compliqué maintenant, tu ne crois pas ?

— Si, bien sûr, dit-il en sentant une pression inconfortable au niveau de sa fermeture Éclair. Tout à l'heure, tu m'as dit que tu avais faim. Allons dîner !

Le préavis d'un mois que Sammi avait donné pour son appartement passait bien plus vite qu'elle ne l'aurait cru. N'ayant jamais eu à se préoccuper de la recherche d'un logement, elle n'avait pas la moindre idée de la façon d'aborder le marché immobilier new-yorkais. En outre, la personne vers laquelle elle se serait normalement tournée était celle qu'elle avait le plus blessée…

Sa mère, avec qui elle continuait de cohabiter, ne lui avait pas adressé plus de dix mots depuis une semaine, et cela l'affectait beaucoup, car elle avait besoin du soutien et de l'approbation de Celeste. Cette attitude lui semblait si injuste : elle avait passé sa vie à lui obéir, sa mère ne pouvait-elle pas enfin la laisser mener sa propre existence ?

Il était vrai qu'elle n'aurait pas dû attendre ses vingt-six ans pour s'occuper de ses propres finances et de toutes les décisions relatives à sa carrière. Elle n'osait pas non plus se tourner vers ses amies, redoutant qu'elles ne la méprisent de s'être conduite comme une enfant jusque-là. Il ne lui restait plus qu'une solution : faire appel à Oliver.

Consciente qu'elle voyait facilement en lui une personne sur qui elle pouvait compter, Sammi était déterminée à demeurer raisonnable, le concernant, même si la tâche n'était guère aisée : il était manifeste qu'Oliver ne demandait qu'à s'introduire définitivement dans sa vie. Il l'invitait chaque soir à dîner et avait réservé deux places pour un spectacle qu'elle mourait d'envie de voir, à Broadway. Chaque soirée en sa compagnie s'apparentait à un conte de fées, à celui qu'elle avait imaginé, adolescente.

Et pourtant tout n'était pas rose : elle ne pouvait ignorer la fièvre médiatique qui commençait à enfler depuis le retour de son père à New York, où il devait à présent affronter la justice. Oliver s'étant refermé quand elle l'avait interrogé à ce sujet, elle suivait l'affaire dans les journaux, qui fourmillaient de détails sur le vieux scandale, et se questionnait notamment sur ce qu'il était advenu de l'argent des amis et clients de Vernon, lesquels avaient investi toute leur fortune dans Black Crescent, spécialisé dans les *hedge funds*.

Lorsque les fonds avaient disparu et que Everett Reardon, le meilleur ami de Vernon et également le directeur financier de Black Crescent, avait été tué dans un accident de voiture alors qu'il tentait d'échapper à la police, tout le monde avait cru que Vernon se trouvait dans le véhicule et qu'il avait lui aussi péri dans les flammes. Au cours des quinze ans qui avaient suivi, Joshua, le frère aîné d'Oliver, s'était consacré à faire renaître Black Crescent de ses cendres et à rétablir la réputation de sa famille.

Elle se trouvait actuellement à l'arrière d'un taxi, en compagnie d'Oliver, en route vers le vernissage de la galerie d'une amie, lorsque le téléphone de ce dernier vibra à nouveau. Jusque-là, tout en se délectant de sa présence et de sa fragrance, elle s'était rendu compte qu'il avait rejeté de nombreux appels, assurément des journalistes en quête d'une éventuelle interview de la part du fils cadet de Vernon. Plus les jours passaient, plus la pression médiatique était difficile à éviter.

— Je ne comprends pas pourquoi ils tiennent tant à m'interviewer, dit-il. J'étais lycéen lorsque le scandale de Black Crescent a éclaté. C'est mon père qui fait sensation, pas moi.

— Et tu es son fils, lui rappela-t-elle.

— À l'époque, ils s'en fichaient pas mal.

— Sans doute. Mais toi aussi tu as fait sensation avec tes addictions passées, et aujourd'hui tu es devenu un photographe à la renommée internationale, aussi brillant que mystérieux.

— Mystérieux ? reprit-il en haussant les sourcils. Je crois que la plupart des gens voient plutôt en moi un homme au caractère difficile et insaisissable.

— Dans ta vie professionnelle, sans doute, mais pas dans ta vie privée. Et tu fais d'ailleurs de ton mieux pour entretenir cette réputation. Quand on voit une femme à ton bras, tout le monde en déduit que tu couches avec elle.

Il lui jeta un vif regard oblique.

— Est-ce ta façon de me demander combien de femmes ont défilé dans mon lit ?

— Euh, non, dit-elle en s'éclaircissant la voix. Qui tu fréquentes ne me regarde pas.

— Vraiment ?

— Vraiment ! Toi et moi n'avons pas ce genre de relations.

À cet instant, le taxi bifurqua brusquement et elle se

retrouva projetée contre lui. Passant le bras autour de ses épaules, il répondit alors :

— Et pourtant j'ai envie de recoucher avec toi.

— Quoi ? Mais non, nous ne pouvons pas.

Pourquoi luttait-elle contre ses propres désirs ? Sans doute parce qu'elle était consciente que, si elle lui cédait de nouveau, elle ne pourrait s'empêcher de tomber profondément amoureuse de lui. La respiration saccadée, elle précisa :

— Ce serait bien trop compliqué.

— Ce le sera encore plus si on lutte en permanence contre nos impulsions.

Effectivement, il ne s'agissait que d'« impulsions » pour lui, alors que leur relation revêtait une tout autre dimension à ses yeux.

Resserrant son étreinte, il déclara soudain, son regard attaché au sien :

— Il faut que nous soyons honnêtes, l'un envers l'autre.

— Que veux-tu dire au juste ? questionna-t-elle en plaçant la main sur son torse pour rétablir un peu de distance entre eux.

— Ne pas nier ce que l'on ressent l'un pour l'autre. Tu as raison, je n'aime pas étaler ma vie privée, mais avec toi j'ai envie de m'ouvrir.

Son aveu lui fit immédiatement tourner la tête, car il la troublait et la dépassait à la fois. Une fois de plus, la conduite sportive du chauffeur dans la circulation new-yorkaise bringuebala son véhicule et ses passagers et elle se retrouva plaquée contre Oliver.

Prenant une grande inspiration, elle déclara alors :

— Écoute, il faut que je t'avoue quelque chose. J'étais follement amoureuse de toi quand j'étais adolescente. Aussi, quand tu me dis, des mots doux, j'ai l'impression d'avoir à nouveau dix-sept ans, et je suis complètement chamboulée.

Il la considéra par-dessous ses paupières alourdies.

— Es-tu en train de me dire que c'est par les mots doux que j'accéderai à ton cœur ?

Cela l'intéressait-il réellement, de capturer son cœur ? Et, quand bien même il s'y immisçait pour de bon, comme pouvait-elle avoir la garantie qu'il ne le lui briserait pas ?

— C'est une des façons, répondit-elle avec un vague sourire aux lèvres.

— Y en a-t-il une autre ? questionna-t-il en rapprochant ses lèvres des siennes.

Il lui laissa alors le choix de décider de la suite, à quelques millimètres d'elle.

Mue par une audace qui ne lui ressemblait pas, elle se mit, du pouce, à retracer les contours de sa bouche… Un sourire des plus sexy et doux éclaira alors les traits d'Oliver et porta un coup terrible à sa résistance déjà bien affaiblie.

— Après le vernissage, tu voudras bien m'emmener chez Max Brenner ? demanda-t-elle inopinément.

Il s'agissait d'un chocolatier réputé, qui se trouvait près d'Union Square.

— J'ai une envie subite de chocolat.

- 7 -

— C'est épouvantable, ici ! s'exclama Oliver en inspectant le deux-pièces qu'ils visitaient avec Sammi, dans East Harlem.

— Tu exagères ! renchérit cette dernière. L'appartement est très lumineux et le parquet superbe.

— L'électroménager est complètement désuet et il n'y a pas de dressing. Et puis c'est minuscule par rapport à celui que tu occupes actuellement.

— Il sera plus vite meublé, dit-elle sur le ton de la plaisanterie, sans en paraître bien convaincue elle-même. En tout cas, il y a largement de la place pour installer un berceau et une table à langer dans la chambre.

— Non, c'est inenvisageable ! s'exclama-t-il.

— Absolument pas ! répliqua-t-elle.

Ils se disputaient comme deux vieux amis, sans la moindre acrimonie : lors de tels moments, il avait du mal à croire qu'il connaissait Sammi depuis si peu de temps. On aurait dit qu'ils avaient partagé ensemble tous les bonheurs et malheurs que la vie apporte.

En outre, quand les journalistes le harcelaient, elle ne lui posait pas de questions, mais demeurait silencieuse, et son empathie était alors palpable.

— Arrête ! Tu n'es pas sérieuse d'imaginer que tu vas pouvoir vivre ici.

Il repensa à son deux cents mètres carrés de Midtown,

ses hauts plafonds, sa vue spectaculaire et ses meubles design…

Croisant les bras, elle lui adressa un regard entêté, ce qui lui donna envie de glisser la main sous le pull angora blanc qu'elle portait sur un jean, avec aux pieds des boots motif léopard. D'ailleurs, plus le temps passait, moins il comprenait pourquoi il résistait à sa libido.

— C'est abordable, reprit-elle. Je me suis fixé un budget et je tiens à le respecter.

— Et moi, je ne tiens pas à ce que mon enfant grandisse ici, rétorqua-t-il d'un ton aussi obstiné que le sien. Je vais te trouver un bel immeuble avec gardien.

— Qui me coûtera le double de ce que je peux m'offrir !

Oliver serra les dents : c'était le cinquième appartement qu'ils visitaient, et aucun ne convenait.

— Je t'aiderai.

— Non.

Même s'il appréciait sa volonté d'indépendance, il avait aussi envie de la raisonner.

— J'ai accepté de t'accompagner pour tes visites d'appartement, car je pensais que mon avis t'importait.

— Mais c'est le cas !

— Eh bien, prends-le en compte !

Sur ces mots, la saisissant par le bras, il la conduisit vers la porte.

— Ceci n'est pas un endroit pour toi.

Elle fit mine de se dégager, mais sans trop insister non plus. De toute évidence, elle n'était pas aussi enthousiaste qu'elle voulait bien le montrer.

— J'ai donné mon préavis depuis deux semaines, déclara-t-elle alors qu'ils arrivaient à la hauteur de la voiture qui les attendait. Je vais finir SDF si je ne trouve rien cette semaine.

Puis elle s'engouffra à l'arrière du véhicule et, après qu'il eut donné ses instructions au chauffeur, il la considéra. Elle avait l'air bien lasse, se dit-il, et d'instinct il l'enlaça par les épaules pour la réconforter mais, au contact de ce pull aussi doux qu'il en avait l'air, il eut une terrible envie de goûter à ses lèvres qui l'étaient tout autant. Il se pinça l'arête du nez pour se dominer.

— Allons, jamais tu ne seras sans toit, reprit-il, conscient que sa voix était rauque du désir qui coulait dans ses veines. Mais pas question que l'on continue des visites dans ce genre de quartiers.

— Évidemment, toi tu as été élevé dans une grande maison, avec chef cuisinier, domestiques et chauffeurs !

— On peut trouver un juste milieu, tout de même ! rétorqua-t-il en poussant un soupir exaspéré. Je veux juste le meilleur pour mon enfant, tu ne peux tout de même pas me le reprocher !

— J'ai appris à marcher dans des appartements bien plus petits et miteux que celui que nous venons de visiter ! répondit-elle d'un ton meurtri.

Il fronça les sourcils, désolé de l'avoir blessée.

— Je ne voulais pas…

— Et c'était la plus belle époque de mon enfance, parce que même si nous avions peu de moyens ma mère trouvait toujours, en ce temps-là, des distractions gratuites pour moi : un pique-nique à Central Park, des lectures pour enfants dans des librairies ou un tour de ferry pour Staten Island.

En l'écoutant, il se surprit à l'envier !

Il repensa alors à la canne à pêche que lui avait fait parvenir son père, un bien petit geste qui arrivait de surcroît beaucoup trop tard !

— Tu as de la chance d'avoir eu une mère si attentive, quand tu étais petite fille, je ne possède pas de tels souvenirs, répondit-il.

Mais il ne put s'empêcher de revoir la virago qui les avait accueillis, lorsqu'il l'avait raccompagnée chez elle : quand tout avait-il donc changé, entre elles ?

Elle lui lança un regard en coin.

— Et toi, tu as eu de la chance de recevoir tous les cadeaux que tu voulais, de passer tes vacances dans des endroits fabuleux et d'avoir des badges VIP pour assister aux concerts les plus convoités.

— Tu as raison, mais je n'ai aucun souvenir d'enfance avec mes parents.

— Où étaient-ils donc ?

— Ils avaient une vie sociale intense ! Ils s'affairaient à développer tout un réseau de connaissances que mon père a ensuite escroquées par des fonds spéculatifs, ce qui lui vaut aujourd'hui la prison !

— Je suis désolée, dit-elle en posant la main sur son genou, geste innocent qui suffit à faire battre son cœur plus fort. Je ne voulais pas remuer le couteau dans la plaie.

Elle marqua une pause, puis reprit :

— Ma mère a énormément changé quand ma carrière a décollé. Soudain, je me suis mise à gagner en un mois ce qu'il lui fallait un an pour amasser, et elle en a perdu la tête.

— Donc, tu cherches à recréer ton enfance heureuse dans des petits appartements, et moi à dépenser tout l'argent possible comme mes parents en guise de compensation ?

— On peut trouver un juste milieu, dit-elle avec un sourire, en reprenant ses mots.

Et elle posa la tête sur son épaule, ce qui l'apaisa subitement, mais lorsque le chauffeur s'arrêta devant son immeuble elle releva vivement la tête. La trêve était passée !

— Que faisons-nous devant chez toi, au juste ? s'enquit-elle.

— Monte, on va discuter un peu.

— Discuter ? Et de quoi ?

Sans répondre, il ouvrit la portière mais, une fois sorti, se rendit compte que Sammi n'avait pas bougé et se mordait la lèvre.

— Tu ne me fais pas confiance ? questionna-t-il.

Et une vague d'amertume l'envahit, ce qui le surprit fortement : ce genre de réactions, il le réservait en général à ses relations familiales.

— Bien sûr que si, ce n'est pas la question.

Poussant un soupir, elle descendit à son tour de la voiture et ajouta :

— Très bien, montons et discutons !

Eu égard à son agacement évident, sa petite victoire ne lui valut aucune satisfaction intérieure, mais il sentit au contraire son irritation s'accroître, tout comme les battements de son cœur s'accélérer. Une crise d'angoisse, pensa-t-il. Il était si important pour lui qu'elle réponde favorablement à la proposition qu'il s'apprêtait à lui faire !

— Tu m'as demandé de t'aider à trouver un appartement, commença-t-il une fois qu'ils furent entrés dans le salon. Aussi, maintenant, tu vas écouter ce que j'ai à te dire.

Elle pinça les lèvres, comme si elle allait répliquer, mais se contenta finalement de hausser les sourcils et d'attendre qu'il s'exprime.

— Je pense que tu devrais t'installer chez moi.

— Quoi ? Voyons, ça ne tient pas debout, enfin, je ne peux pas te mettre à la porte de chez toi.

— Il y a assez de pièces ici pour que chacun ait son espace.

Ce qu'il voulait, c'était qu'elle reste près de lui pendant sa grossesse, pour être présent au cas où le moindre problème se présenterait. Et puis l'idée de voir son ventre s'arrondir était incroyablement excitante.

— Ainsi, je n'aurai pas à m'inquiéter sans arrêt pour toi ou le bébé.

— Donc, si j'ai bien compris, ce serait une cohabitation ?

Son besoin de clarifier la situation attisa davantage encore le désir fou qu'il éprouvait pour elle, comme si un courant électrique le traversait…

— Je veux que tu sois bien installée, éluda-t-il.

— Et que se passera-t-il si je me sens si bien chez toi que je n'ai plus envie d'en repartir ?

Et, se méprenant sans doute sur le petit sourire qui lui monta spontanément aux lèvres, elle ajouta bien vite :

— Non, ne t'inquiète pas, je n'ai pas du tout envie de m'incruster dans ta vie de célibataire.

— Il ne s'agit pas de s'incruster et je ne suis pas franchement célibataire…

— Mais si, tu l'es ! Laisse-moi quelques jours pour réfléchir !

Enfin, pourquoi lui opposait-elle tant de résistance ?

— Je t'offre l'opportunité de ne pas consacrer une bonne partie de ton argent à ton loyer, je ne vois pas très bien à quoi tu veux au juste réfléchir. Pense à ton budget !

La vitesse à laquelle se transformait le corps de Sammi allait sous peu affecter ses revenus. D'après ce qu'elle lui avait dit, elle avait déjà dû annuler les défilés de la Fashion Week à New York, pour le printemps suivant ! Et, quant aux espoirs de poser pour des maisons de mode vendant des habits prénataux, ils étaient maigres, étant donné que l'on préférait demander aux mannequins de poser avec un ventre factice.

— Je ne fais que ça ! répliqua-t-elle alors.

Fort de la capitulation qu'il perçut à cet instant dans sa voix, il reprit :

— Emménager chez moi est le meilleur choix, pour toi.

Elle poussa un lourd soupir.

— Vraiment ? J'ai toujours laissé ma mère décider de tout pour moi, car c'était plus facile, et maintenant j'ai l'impression de commettre la même erreur avec toi.

— Je n'ai pas du tout l'intention de te dicter ta conduite. Si je t'ai fait cette proposition, c'est pour des raisons purement égoïstes.

— C'est-à-dire ?

Et, faisant glisser son long manteau en lainage de ses épaules, elle s'avança vers lui. Il n'eut pas besoin de plus d'encouragements ! Le désir l'embrasa littéralement lorsqu'il vit la même faim que la sienne se refléter dans ses prunelles.

— J'adore ta compagnie, murmura-t-il en enfouissant les doigts dans ses boucles soyeuses. Depuis le début, il y a quelque chose de spécial, entre nous.

— C'est ce que je ressens aussi. Et, si je t'ai demandé de m'accompagner pour ces visites d'appartements, c'était seulement pour avoir le prétexte de passer du temps avec toi.

Poussant un grognement, il la prit dans ses bras et, quand toute la chaleur de Sammi l'enveloppa, il sentit sa propre raison lui échapper… Dans un sursaut de lucidité, il lui prit le menton et plongea les yeux dans les siens.

— Donne la cadence, Sammi, chuchota-t-il.

Et il ferma les paupières…

À sa respiration saccadée, il comprit qu'elle luttait

contre ses propres contradictions, mais qu'ils étaient sur la même longueur d'onde... Et quand elle agrippa ses bras tout son corps vibra d'anticipation.

— Je veux être avec toi, murmura-t-elle alors.

Des étincelles électriques ricochèrent le long de son dos, et fort de toute l'énergie qui dansait en lui il voulut capturer sa bouche... avant de se raviser. La dernière fois, tout était allé bien trop vite, comme s'ils avaient été piégés par le déchaînement des éléments ; en l'occurrence, il voulait qu'elle le supplie...

— Oliver, marmonna-t-elle alors, embrasse-moi !

Sammi éprouva presque un petit vertige quand la bouche d'Oliver effleura enfin la sienne, et comprit bien vite, aux baisers qu'il posa sur ses lèvres, pareils à des caresses de papillon, qu'il avait l'intention de prendre tout son temps, cette fois-ci. À cette pensée, le désir monta en flèche en elle... Elle s'accrocha à lui quand il aspira lentement sa lèvre et que leurs langues se mêlèrent enfin, se consumant tout entière pour lui.

Bras noués autour de son cou, elle se cambra contre lui et éprouva une vive satisfaction en sentant son érection contre son ventre. Et le monde se mit à tournoyer lorsqu'il fit tout à coup courir sa langue sur sa nuque, et elle empoigna sa chevelure ondulée pour capturer à son tour sa bouche, savourant le prélude prometteur de leur baiser.

Au moment où il la souleva de terre pour la porter dans sa chambre, elle crut défaillir... mais contre toute attente il la déposa devant la porte. Croisant son regard, elle comprit que le retour en arrière était encore possible. À nouveau, elle sentit ses jambes vaciller, mais pour une autre raison : s'était-il ravisé ? Estimait-il qu'une liaison platonique, sans cœur brisé à l'arrivée, était préférable ?

— Oliver ? demanda-t-elle d'un ton paniqué.

Non, il ne pouvait pas s'arrêter en si bon chemin, l'idée la mettait aux supplices. Ne le comprenait-il donc pas ?

— Sammi…

— Ah non ! Ne joue pas les nobles chevaliers au dernier moment, il est trop tard !

Et soudain elle se rappela ses mots : « Donne la cadence, Sammi. » Parfait ! Elle allait relever le défi…

Mue par un sentiment de totale irrationalité, elle lui ôta son T-shirt et le fit voler par terre, puis plongea les yeux dans les siens.

— Décris-moi ce que tu as envie de me faire, Oliver, murmura-t-elle, les joues en feu.

Sans doute était-ce le signal qu'il attendait, car il glissa tout de suite la main sous son pull et le lui retira… Elle frissonna et vit ses yeux s'assombrir quand il répondit :

— Te mordre les mamelons jusqu'à ce que tu en gémisses.

Ceux-ci se durcirent instantanément et un petit son inarticulé lui échappa quand il dégrafa son soutien-gorge sans la toucher.

Aussitôt, il captura un de ses seins, le couvrit de petits baisers avant d'accorder les mêmes attentions à l'autre. Ce n'était pas du tout ce qu'il lui avait promis ! Alors cette fois ce fut un gémissement de frustration qu'elle laissa échapper !

Enfonçant les ongles dans les épaules d'Oliver, elle s'exclama :

— À quoi joues-tu au juste ?

Avec désinvolture, il souffla sur le bout tout hérissé d'un de ses seins avant de le faire rouler entre ses doigts.

— Tu avais employé le mot mordre, il me…

Et le dernier mot céda la place à un petit cri aigu quand il referma les dents sur un de ses mamelons. Puis il glissa la main vers son entrecuisse et encore une fois s'immobilisa.

— Qu'y a-t-il encore ? s'énerva-t-elle.

— Du calme, chérie, dit-il en la caressant à travers le tissu, tu es déjà toute trempée.

— Pour toi, eut-elle le temps de murmurer avant qu'il ne bâillonne sa bouche.

Puis il trouva son clitoris et elle s'embrasa littéralement sous ses caresses langoureuses …

— Assez ! dit-elle tandis que, de ses mains tremblantes, elle tentait d'ouvrir sa ceinture.

Il émit un rire rauque et, repoussant ses mains, se dévêtit lui-même : devant le captivant spectacle qu'il lui offrait, elle recula jusqu'au matelas, où elle se laissa tomber, et un plaisir primal la saisit quand quelques instants plus tard il la recouvrit de son corps. Il lui attrapa alors les poignets et les plaqua sur le lit, au-dessus de sa tête, avant de capturer à nouveau un de ses mamelons, pendant que, de ses mains, il se mettait à palper les plis froissés de sa chair. Elle poussa un cri lorsqu'il la pénétra de ses doigts…

— Oh oui ! chuchota-t-elle.

Et elle ferma les yeux, capitulant devant la montée du désir, en elle… Au moment où il plaqua la bouche sur la sienne, elle enfonça à nouveau les ongles dans ses épaules, et un cri de volupté lui échappa… Quelques instants plus tard, elle lui adressa son plus beau sourire et demanda :

— Dis-moi ce que tu veux me faire, maintenant.

— Tu es juste incroyable, Sammi, murmura-t-il d'un

ton ravi. Ce que je veux, maintenant, c'est être en toi, me perdre dans ta chaleur intérieure.

— Je n'attends que toi, souffla-t-elle.

Et elle se cambra pour mieux s'offrir à lui… Il semblait fait sur mesure pour elle, pensa-t-elle. Puis il se mit à aller et venir en elle, leurs langues dansant au rythme de ses coups de reins et, alors qu'elle pensait être allée au bout de ses sensations, il exerça de petites pressions sur son clitoris…

Sa respiration s'accéléra d'un coup, elle s'accrocha à lui : la montée du plaisir était si tangible, si puissante, qu'elle en eut les larmes aux yeux. Elle était si proche de s'envoler…

— Je veux te voir jouir, chuchota-t-il.

Elle ouvrit les paupières, et quand l'orgasme la saisit elle ne put lâcher les yeux couleur azur d'Oliver : l'amour et le désir se mêlèrent en une explosion incandescente, l'emportant dans une véritable transe quand il lui donna un ultime coup de reins et enfouit le visage dans sa nuque, le corps tremblant…

Lorsqu'elle revint des rives du plaisir, elle se sentit à la fois comblée et songeuse…

Oliver n'allait-il pas lui briser le cœur ? Pourrait-elle un jour se passer de ce qu'elle partageait actuellement avec lui ? Faisait-elle le bon choix en emménageant chez lui ?

À cet instant, elle entendit une respiration bien régulière à ses côtés : Oliver s'était endormi ! Alors, se blottissant contre son corps solide, elle comprit qu'elle était exactement là où elle avait envie d'être et que, pour l'heure, c'était tout ce qui comptait.

- 8 -

Oliver prit la direction du fleuve pour regagner le New Jersey, où il devait déjeuner avec son frère Joshua. De nombreuses choses le préoccupaient, notamment Sammi et la paternité qui l'attendait. Devenir parent était un engagement pour la vie, et un projet qu'il n'avait jamais envisagé, car il ne nourrissait aucune illusion sur lui-même et son caractère : il n'était qu'un fieffé égoïste, bien plus prompt à prendre qu'à donner.

Et, comme si cela ne suffisait pas, il n'avait pas connu dans son enfance de moments en famille touchants, dont il aurait pu s'inspirer. Malgré tout, il avait toujours pu compter sur Joshua et tenait à partager la nouvelle avec lui : il espérait que les épreuves que son frère avait traversées concernant sa propre paternité l'aideraient à relativiser ses peurs.

En effet, une rumeur s'était récemment répandue sur Josh : on racontait qu'il était le père d'une petite fille de quatre ans, et de fait les résultats du test ADN et une source anonyme le désignaient comme le géniteur. Après avoir enquêté parmi ses anciennes maîtresses pour retrouver la mère et l'enfant, Josh en avait conclu que cette histoire était montée de toutes pièces, ce dont Oliver ne doutait pas. Son frère n'était-il pas un homme de confiance, le héros qui avait reconstruit peu à peu la fortune de la famille ?

Il espérait toutefois que Josh éprouverait une certaine empathie pour lui et comprendrait son chamboulement émotionnel actuel. À moins qu'il ne le traite de fou, et ne décrète qu'il n'était pas du tout fait pour endosser le rôle de père… À bien y réfléchir, n'était-ce pas ce qu'il espérait entendre de sa bouche ? Ainsi, son frère lui donnerait un blanc-seing pour disparaître de la vie de Sammi, le convaincrait que celle-ci et le futur bébé se porteraient bien mieux sans lui. N'avait-elle pas une vie déjà assez compliquée avec sa mère sans qu'il y apporte son propre chaos ? Chacun s'y retrouverait assurément bien mieux s'il se contentait d'une simple contribution financière.

Quand il entra dans la bourgade de Falling Brook, il fut brusquement saisi par des émotions contradictoires. Parmi ces demeures imposantes, avec pelouse bien entretenue et luxueuses voitures garées dans l'allée, combien hébergeaient de familles dysfonctionnelles ? Tout semblait certes idéal, mais les apparences étaient si trompeuses, d'ailleurs, les Lowell n'en étaient-ils pas la parfaite illustration ? De l'extérieur, ils avaient pu paraître attirants, intelligents et doués, tout ce qu'ils touchaient se transformait en or, mais à l'arrivée tout n'avait été qu'un marché de dupes.

Lorsqu'il passa devant l'école où il avait suivi ses classes préparatoires, il se rappela les ennuis que sa conduite lui avait valus avec l'administration scolaire ; il avait quitté l'établissement sans être du tout préparé aux défis qui l'attendaient…

Ce fut la boule au ventre qu'il gara sa voiture près du restaurant où il devait retrouver son frère. Comme il était en avance, il se glissa sur une banquette, au fond de la salle, et un serveur, grand sourire aux lèvres, s'approcha immédiatement de lui ; il commanda une eau de Seltz avec une tranche de citron. Cinq minutes plus tard, son frère arriva, vêtu d'un costume bleu marine impeccablement taillé pour sa stature impressionnante. Alors que lui-même n'était pas toujours très exigeant sur son apparence, Joshua, parangon d'élégance, la soignait dans les moindres détails.

Après l'avoir salué avec un sourire relativement aimable, Joshua s'assit en face de lui et porta ses yeux vert-marron sur le verre que le serveur avait posé sur la table, quelques instants auparavant. Immédiatement, Oliver se tendit devant le regard suspicieux de son frère, mais il se retint de formuler le moindre commentaire.

— Je prendrai la même chose, dit Joshua au serveur, en désignant sa boisson du menton.

Quand ce dernier apporta ce que son frère tenait vraisemblablement pour un cocktail, il s'adossa à son siège, attendant que Josh en avale une première gorgée… Et le ressentiment qui brûlait en lui se transforma en une satisfaction à l'état pur lorsque Joshua s'aperçut, visiblement surpris, que sa boisson ne contenait pas une goutte d'alcool.

— C'est de l'eau de Seltz au citron, souligna alors Oliver, renonçant à sa colère. Ma boisson préférée.

Pourquoi son frère pensait-il toujours le pire de lui ? Si Joshua ne l'estimait pas capable de demeurer sobre, le jugerait-il apte à devenir père ? Il y avait de quoi en douter, aussi n'aborda-t-il pas d'emblée la question.

— Je m'en réjouis, répondit Joshua. À propos, l'avocat de papa a-t-il tenté de te joindre ?

— Oui, dit-il en hochant la tête.

— Et vas-tu te rendre à son cabinet ?

— Non.

Sur cette réponse, il considéra son frère, ce fils aîné

dont Vernon avait toujours été si fier ; à son grand étonnement, l'idée ne le contrariait même plus, aujourd'hui.

— Et toi ? enchaîna-t-il.

— Je n'ai pas encore pris ma décision, déclara-t-il d'un air sombre. Il y a des jours où… où je me dis qu'il aurait été préférable qu'on ne le retrouve jamais.

— Sa réapparition a-t-elle eu des répercussions sur Black Crescent ?

— Je redoute que son procès ne porte atteinte à la renommée de la société. Qui plus est, tout ce cirque médiatique sur sa capture et son procès va m'empêcher de trouver celui qui me succéderait comme P-DG.

— Donc le recrutement ne se passe pas bien ?

Josh secoua la tête.

— Ceux que j'avais retenus m'ont tourné le dos au point que je me demande si je trouverai un jour quelqu'un qui a la carrure pour prendre le poste.

Joshua avait vraiment l'air d'un homme qui regardait l'avenir d'un œil sombre. Il remuait son verre entre ses paumes, regrettant sans doute qu'il ne contienne pas quelque chose d'un peu plus fort qu'une eau pétillante.

— Et toi ? ajouta-t-il soudain. Même si tu prétends ne pas avoir les compétences requises, il ne t'intéresse toujours pas ?

Oliver se mit à rire.

— Ah non, sans façon ! J'aime mon métier, et je suis doué dans ma partie.

Un sourire amusé éclaira alors le visage de son frère, mais celui-ci retomba bien vite dans la mélancolie.

— Tu sais que j'envie vraiment ce que tu as fait de ta vie.

Il crut s'étrangler : il l'avait tout de même soupçonné de boire de l'alcool !

— Arrête ! dit-il.

— Tu as suivi ce que te dictait la passion, tes photographies sont fantastiques. Et aujourd'hui tu exerces un métier qui te comble.

— Tu as tout de même effacé mon passé tumultueux de ma biographie, fit-il d'un ton dérisoire. L'aurais-tu oublié ?

— Non, répondit Joshua, je n'ai pas oublié que tu as failli gâcher ta vie, mais tu as changé. Énormément changé, et il se pourrait que tu sois celui qui ait le mieux réussi de nous trois.

Il en resta bouche bée. Cela dit, Josh penserait-il toujours autant de bien de lui quand il lui annoncerait qu'il allait bientôt être père ?

— Après la disparition de papa, reprit Oliver, pourquoi n'as-tu pas tourné le dos à la société et poursuivi dans la voie artistique ?

Il avait toujours vu en lui le fils parfait, qui avait fait son devoir, alors que Jacob avait pris la fuite et que lui-même avait sombré dans l'enfer de l'addiction.

— J'aurais aimé être égoïste, dit-il, mais il fallait bien qu'un de nous veille sur maman et reprenne la société en main.

Il savait pertinemment que le ton de reproche qu'il entendait dans la voix de Josh ne le visait pas, mais s'adressait à son frère jumeau : après la disparition de leur père et de tous les millions volés à Black Crescent, Jacob avait refusé de modifier ses plans et continué à sillonner l'Europe, avec son sac à dos. D'ailleurs, même si Oliver avait eu le goût des affaires, il était alors bien trop jeune pour gérer une société multimillionnaire spécialisée dans les fonds spéculatifs.

— En as-tu éprouvé du ressentiment, vu que Jake et moi avons choisi de faire ce qui nous plaisait ?

— Tu me demandes si je vous en ai voulu de vous moquer de moi parce que j'emboîtais les pas de notre *cher* vieux papa, et si cela m'a plu de sacrifier le rêve de ma vie pour prendre soin de maman ?

— Mouais, murmura Oliver, c'est la question.

Un sourire ironique passa alors sur les lèvres de Joshua.

— Au début, non. Je me prenais pour un héros, d'autant que mes sacrifices ont rapidement été compensés par la réussite alors que vos vies allaient à vau-l'eau…

Il secoua la tête.

— Mais au fond qu'est-ce que cela m'a rapporté ? J'étais seul et malheureux, incapable de communiquer avec toi ou Jake. J'avais dressé des murs entre les autres et moi, et je m'étonnais de surcroît que personne ne veuille sauter par-dessus.

Ces révélations l'affectèrent : il n'avait jamais imaginé que son frère puisse éprouver des regrets.

— Et donc quels sont tes plans, une fois que tu auras passé la main ? demanda Oliver afin que la conversation roule sur l'avenir.

— Je vais me concentrer sur ce qui me rend heureux.

— Tu l'es déjà avec Sophie, non ?

Sophie Armstrong était entrée dans la vie de Joshua en rédigeant un article pour « l'anniversaire » du fiasco de Black Crescent. Elle y avait écrit de nombreuses approximations, de sorte que son frère avait pris contact avec elle… et Cupidon s'en était mêlé. C'était elle aussi qui avait appris à Joshua l'existence de cette prétendue petite fille de quatre ans. Elle n'avait rien publié à ce sujet, mais la rumeur avait fait son chemin.

— Elle est ce que la vie m'a apporté de plus beau,

approuva Joshua. Et elle m'a cru d'emblée quand je lui ai dit que je n'étais pas le père de cette petite fille, que je n'étais pas homme à refuser de reconnaître sa descendance, déclara Joshua avec ferveur.

— Mais les résultats des tests ADN, alors ?

— J'ai appelé le médecin qui les a réalisés. Il se trouve que ses résultats sont exacts, seulement…

Il marqua une pause, et un vague sourire traversa son visage.

— Le père, c'est Jake, ajouta-t-il.

— Ah bon ?

— Autant qu'un homozygote peut l'être. J'aurais tant aimé que pour une fois Jake me surprenne.

— Il ne s'est pas du tout manifesté ?

— Rien du tout !

Ils restèrent un instant silencieux et le serveur choisit ce moment pour venir prendre leur commande. Après quoi, son frère plongea les yeux dans les siens.

— Bon, je suis certain que tu ne m'as pas invité à déjeuner pour parler de ma vie amoureuse ou de Black Crescent. Ni même de papa. Donc, Ol, qu'est-ce qui te tracasse ?

— Tu te souviens de notre conversation sur la paternité ? Nous étions tous les deux d'accord sur le fait que nous serions des vraies catastrophes, si nous devenions pères, tu te rappelles, n'est-ce pas ? J'avais même assuré que jamais je ne voudrais endosser une telle responsabilité.

Après quoi, il se tut et attendit que son frère comprenne le message… Quand celui-ci plissa les yeux, il se prépara à la semonce qui allait suivre.

— Tu vas être père ? questionna alors Joshua d'un ton neutre.

Oliver poussa un soupir de soulagement.

— Oui.

— Tu pensais que j'allais hurler, je le vois bien. Rassure-toi, ces temps-là sont révolus. Tu es un adulte, vieux, et il est temps que tu prennes des responsabilités. Mais tu le sais déjà, précisa Joshua avec tact, aussi en quoi puis-je t'aider ?

— J'ai l'intention de faire tout ce qu'il faut, s'empressa de répondre Oliver avec un sourire. Seulement, est-ce que tu étais vraiment sérieux le jour où tu m'as dit que jamais tu ne saurais t'occuper d'un enfant, lorsque la rumeur affirmait que tu étais le père d'une petite fille ? Quand tu disais que tu ferais ce qu'il fallait, tu parlais juste de soutien financier ou tu envisageais de t'impliquer dans sa vie ?

— À vrai dire, je n'ai pas vraiment réfléchi à tout cela, à l'époque, j'étais trop obsédé par l'idée de découvrir la vérité.

Il reconnaissait bien là le côté pragmatique de son frère, qui accordait la priorité aux problèmes réels, et non aux spéculations métaphysiques.

— Et, maintenant que tu es avec Sophie, pensez-vous avoir des enfants ?

— Pour être honnête, je crois que nous en aurons, mais je n'ai pas encore réfléchi au père que je serai, dit-il.

Et Josh fronça les sourcils, comme si Oliver venait d'ouvrir une boîte de Pandore, avant d'ajouter :

— Désolé de ne pas pouvoir être d'une plus grande utilité.

— Ce n'est pas grave, renchérit-il en masquant son dépit. C'est vraiment un problème personnel, que je dois régler seul.

— Qui est la mère ? Tu la connais depuis longtemps ?

— Elle s'appelle Samantha Guzman. Sammi. On

s'est rencontrés il y a plusieurs semaines, peu après que j'ai reçu la fameuse canne à pêche. J'ai un peu perdu la tête, le premier soir.

Joshua acquiesça d'un air compréhensif.

— Vous êtes ensemble ?

— C'est compliqué, admit Oliver. Elle me plaît énormément, et d'ailleurs je lui ai demandé d'emménager chez moi, mais je ne sais pas réellement comment tout cela va évoluer. Le mariage, la paternité… Je n'avais pas envisagé une relation aussi traditionnelle.

— Moi non plus, jusqu'à ce que je rencontre Sophie !

— Bien sûr, mais tu me connais, je n'ai jamais été très fiable, ni romantique, et toutes les femmes avec qui je suis sorti ont fini par penser à un moment ou un autre que j'étais un vrai crétin. Et comme si cela ne suffisait pas papa resurgit, et avec lui tout le passé, toutes mes erreurs rejaillissent en moi…

Après cette tirade, il marqua une pause : dès qu'il pensait à son père qui avait vécu pendant quinze ans tranquillement sur son île, sans se soucier que sa famille endure mille souffrances, il avait juste envie de hurler. Il s'efforça de respirer calmement et poursuivit :

— Je ne veux pas entraîner Sammi et notre bébé dans tout ce chaos, une petite voix me dit qu'elle serait mieux sans moi. Et l'enfant aussi.

À ces mots, son cœur se serra affreusement : comment pourrait-il survivre sans elle ? Sans sa douceur, ses beaux yeux chaleureux posés sur lui quand il se réveillait ? Et puis il voulait vivre sa grossesse avec elle, suivre l'évolution de leur enfant…

— Papa ne fera pas toujours la une des journaux, tu sais, dit Josh d'un air songeur. On survivra tous. Même maman le prend mieux que ce que je redoutais. Ne le laisse pas gâcher ton bonheur.

— Et si c'est moi qui gâche tout ? s'écria-t-il, soudain au désespoir. Chaque jour, je lutte contre mes addictions… Si je retombais dans l'enfer de l'addiction ? Quand je suis stressé, la tentation est dix fois plus grande. Sammi mérite mieux que moi.

— Tu es certain que tu ne te cherches pas une bonne excuse pour te soustraire à tes obligations ? objecta alors Joshua.

Sa question le décontenança : depuis huit ans, il n'avait connu que deux ou trois écarts, même pas des rechutes, et il n'évitait jamais les situations qui mettaient sa résistance au défi. Preuve que la lutte n'était pas si dure qu'il le prétendait…

— Et puis, ajouta son frère, tout le bien que Samantha peut t'apporter n'est certainement pas à négliger. Mais il est vrai que nous, les frères Lowell, avons parfois du mal à accepter cette idée.

Debout devant son armoire, Sammi passait en revue ses vêtements tout en analysant ses sentiments pour Oliver, à la lumière de son invitation à emménager chez lui. Elle lui avait demandé quelques jours de réflexion, et hésitait toujours ; afin de ne pas se retrouver démunie si finalement elle décidait de ne pas s'installer chez Oliver, elle avait repéré un meublé confortable, mais n'avait encore rien signé. Le studio était situé dans un quartier que ce dernier approuverait, mais elle doutait en revanche que son volume – qui représentait celui d'une chambre d'hôtel – lui conviendrait. Peu importait, elle devait épargner de l'argent pour élever son enfant, et ne pas tout dépenser en loyer. Elle n'avait rien dit à personne, mais était fière de son initiative.

Brusquement, sa playlist s'arrêta et le silence de l'appartement la frappa. Sa mère avait déménagé, emportant avec elle l'atmosphère lourde qu'elle y faisait régner, mais la laissant face à sa tristesse et ses regrets. Elle en voulait à Celeste d'avoir sacrifié leur relation en l'incitant à en faire toujours plus dans le mannequinat, et bien qu'il fût frustrant de ne pouvoir discuter de sa situation avec sa mère elle savait aussi que celle-ci l'aurait exhortée à passer un contrat financier avec Oliver, qui leur aurait assuré, à elle et au bébé, une existence tranquille, sans soucis pécuniaires. Elle devait toutefois admettre qu'elle commençait à comprendre la paranoïa de sa mère quant à la pauvreté…

Aujourd'hui, la vidéo qu'elle avait tournée pour le fiancé de Kimberly lui avait montré la dure réalité de la vie et le peu de gains qu'elle tirerait du projet qui avait, au départ, soulevé son enthousiasme. Elle était pourtant décidée à y participer, espérant que d'autres opportunités en naîtraient.

Ce qui la ramena à son idée de s'installer chez Oliver… La décision aurait été plus simple à prendre s'ils n'avaient pas couché à nouveau ensemble : peut-être aurait-elle pu alors s'en tenir à une relation platonique avec lui, faire mine d'être insensible à son charisme et à la douceur qui émanait de temps à autre de son abord mystérieux, semblable à des rayons de soleil perçant un ciel chargé de nuages.

Qu'arriverait-il quand il se lasserait d'elle ? Et, d'ailleurs, aurait-il encore de l'attirance pour elle lorsque son ventre commencerait à grossir ?

Soudain, elle repensa à la session photographique qui

lui avait coûté vingt-trois dollars et qui n'avait jamais eu lieu. En fait, elle ne lui en avait jamais reparlé : redoutait-elle de voir sa vraie nature, puisque tel était ce qu'il prétendait faire, à savoir révéler les gens à eux-mêmes ?

Comme s'il avait senti qu'elle pensait à lui, il lui envoya au même instant un texto.

On dîne ensemble ?

Un élan de joie la saisit : finalement, sa visite à son frère ne l'avait pas incité à fuir toute compagnie, même s'ils avaient à n'en pas douter reparlé de la réapparition de leur père et si l'ambiance n'avait pas dû être des plus gaies.

Elle tapa alors :

Avec plaisir.

Mais elle se ravisa au dernier moment. Autant aller droit au but !

Quelle heure te conviendrait ?

Maintenant, par exemple ? Une voiture t'attend en bas.

Elle roula les yeux. Elle aimait l'impulsivité d'Oliver, mais elle appréciait moins qu'il attende d'elle qu'elle laisse tomber toute activité séance tenante pour le rejoindre. Ce qui l'amena aussitôt à s'interroger sur le style de père qu'il serait avec leur enfant : il serait assurément drôle, toujours partant pour un jeu à l'heure de la sieste et lui laissant à elle le soin de calmer un enfant excité…

Assez ! Elle devait cesser d'échafauder de tels scénarios, qui supposaient une vie commune qui leur permettrait de s'occuper à deux de l'enfant, qui signifiaient qu'elle faisait vraiment partie de sa vie. Or, ils n'avaient encore rien décidé. Se projetait-il dans une vie de famille avec elle ?

Et elle, d'ailleurs, savait-elle seulement ce qu'elle souhaitait ? Le paysage intérieur d'Oliver était bien plus compliqué qu'il n'y paraissait. À la simple mention du nom de son père, il entrait dans une folle fureur, souvent suivie de longs silences, et elle se sentait alors bien impuissante.

Comment deux personnes aussi blessés par la vie qu'elle et lui pourraient-elles entretenir une relation saine ? Serait-elle assez solide pour supporter les orages émotionnels ?

Se rendant compte qu'il attendait sa réponse, elle tapa :

Donne-moi dix minutes.

Et elle troqua rapidement ses leggings et son T-shirt estampillé GIRL POWER contre un jean *skinny* et un pull noir, puis nouant ses cheveux en un chignon elle se dirigea vers l'ascenseur.

Quand les portes de la cabine s'ouvrirent, son regard se heurta d'abord à une énorme girafe en peluche, derrière l'immense cou de laquelle apparut tout à coup le visage d'Oliver, avec aux lèvres le plus charmant sourire qu'elle lui ait jamais vu. Son cœur manqua un battement.

— Qu'est-ce que c'est, au juste ? questionna-t-elle sur un ton faussement détaché.

En toute honnêteté, comment pouvait-elle raisonnablement espérer lui résister quand il mettait tout en œuvre pour qu'elle succombe ?

— C'est la première décoration pour la chambre de notre futur bébé. Je me suis dit qu'on pouvait commencer à choisir des petites choses.

— C'est vraiment adorable, mais je ne suis qu'à deux mois de grossesse, dit-elle, touchée, en sentant ses yeux se remplir malgré elle de larmes. Tu ne crois pas que c'est un peu prématuré ?

Le sourire d'Oliver disparut immédiatement.

— Je pensais que tu serais tout excitée à l'idée de commencer la décoration de la chambre.

Tout allait décidément trop vite avec lui, elle n'avait plus le temps de réfléchir à rien, ni de planifier quoi que ce soit. Elle n'avait même pas encore accepté sa proposition de s'installer chez lui, mais son cœur se serrait à l'idée de le rendre malheureux si elle refusait.

— C'est le cas !

— Mais ?

Pourquoi était-elle toujours si pondérée ? Sans doute parce qu'elle n'avait jamais eu d'amis avec qui jouer et échanger, dans sa jeunesse, trop accaparée par les pressions de sa mère qui enchaînait sans répit les contrats pour sa fille…

N'était-il pas déraisonnable d'accepter moins que ce à quoi elle aspirait ?

— Je meurs de faim, éluda-t-elle en passant le bras sous le sien. Tu avais bien parlé d'un dîner, non ?

- 9 -

Déçu par son manque d'enthousiasme pour sa girafe, Oliver s'interrogea cependant sur la réaction qu'il attendait exactement de Sammi, puisque celle-ci n'avait pas montré auparavant non plus un grand emballement face à sa proposition d'emménager chez lui.

Il espérait néanmoins que la soirée serait agréable. Il avait réservé dans un petit restaurant à l'atmosphère feutrée, où l'on proposait des plats basques, et Sammi lui prouva qu'elle était aussi affamée qu'elle le clamait ! Elle poussa même un petit gémissement en avalant des champignons de Paris farcis au beurre et à l'ail, et relevés de chorizo… Il en changea de position sur sa chaise, soudain à l'étroit dans son jean.

Tout se déroula à merveille jusqu'à ce qu'ils rentrent à la maison et que la girafe se transforme en un éléphant dans un magasin de porcelaine, agitant le spectre de leur désaccord au sujet de la décoration de la chambre…

Convaincu que le sexe serait une excellente diversion, il posa la girafe dans une chambre et souleva Sammi de terre pour l'entraîner dans son lit, où ils firent l'amour avec un abandon total, leurs corps n'ayant aucun problème pour communiquer, tandis que leurs caractères ressemblaient à des îles isolées, farouchement désireuses de se protéger des déceptions du monde…

Encore sous les effets de leurs folles étreintes, il

remercia le destin d'avoir mis Sammi sur sa route, et fit courir ses doigts sur son dos cambré.

— Comment s'est passé ton déjeuner avec ton frère ? demanda-t-elle par-dessus son épaule. Et à quoi ressemble au juste Falling Brook ?

Dans sa voix perçaient à la fois de la curiosité et de l'inquiétude, et pour cause, puisqu'il lui avait fait part de ses réticences, concernant la bourgade.

— À chaque fois, cette ville me rappelle de terribles souvenirs, avoua-t-il.

Sans doute était-ce pour cette raison qu'il y avait acheté une maison dès que son premier gros chèque était tombé, pour prouver à tous qu'il avait réussi – même s'il n'y séjournait jamais.

Poussant un soupir, il ajouta :

— Et puis l'attitude de mon frère les ravive aussi, j'ai toujours l'impression qu'il me surveille comme s'il redoutait que je replonge.

— Oh !

Et il comprit immédiatement qu'il venait de lui donner matière à se tracasser ! Quel sombre crétin il était ! L'angoisse était néfaste pour le bébé, et Sammi n'avait-elle pas suffisamment de soucis sans qu'il fasse peser les siens sur ses épaules ? En outre, pour qu'elle ait confiance en lui, il devait lui montrer qu'il ne doutait pas de lui.

— Désolé, dit-il. Je suis parfaitement maître de moi-même, je ne serai plus jamais la proie de mes addictions passées. Ne t'inquiète surtout pas pour ça.

— Je ne suis pas inquiète, lui assura-t-elle avec un doux sourire qui illumina son cœur.

— Je me sens tellement bien en ta présence, Sammi, renchérit-il en effleurant son épaule de ses lèvres.

— Je m'en réjouis, répondit-elle de derrière ses paupières alanguies.

Elle aurait tout de même pu montrer un peu plus d'entrain, pensa-t-il, mais il fallait dire qu'il avait les mêmes travers que son père : il cherchait toujours à imposer de façon égoïste sa volonté aux autres, sans se demander si cela leur plairait ou non.

Un silence s'ensuivit et il ne se rendit pas compte qu'il s'était endormi…

Quand il se réveilla en sursaut, ce fut pour découvrir qu'elle n'était plus dans le lit. Un moment de panique l'envahit : il se redressa immédiatement… pour constater que leurs vêtements étaient encore disséminés sur le parquet de la chambre. Ouf !

Il se glissa hors du lit, certain qu'elle ne devait pas être bien loin…

Quelques instants plus tard, il la découvrit dans l'encadrement de la porte, vêtue de son T-shirt à lui et de rien d'autre, en train d'inspecter la chambre devant elle. Il s'approcha lentement, admirant ses longues jambes et imaginant ses mains les caresser, puis se glisser dans son entrecuisse… Soudain, sa respiration altérée le trahit et elle se retourna.

— C'est vide, dit-elle tandis qu'il l'enlaçait par la taille.

Poussant un soupir, elle s'appuya contre lui et se mit à tracer, d'un geste absent, des cercles sur ses bras.

— Comme un tableau vide que nous allons remplir, chuchota-t-il en aspirant son parfum, où se mêlaient l'odeur de leurs étreintes et un soupçon de lavande.

— Tout va si vite, murmura-t-elle.

Repoussant les cheveux de Sammi sur le côté, il plaqua

la bouche au bas de sa nuque, et elle poussa un petit cri, tremblante.

— Je renonce rarement à ce que je veux.

Puis il palpa ses courbes, s'immergeant dans sa chaleur : elle représentait tout pour lui, et plus il passait de temps en sa compagnie, plus il la désirait. Lui tenir la main le calmait, la faire jouir le remplissait de joie.

— C'est peut-être prématuré, reprit-elle d'une voix sensuelle, mais je crois que nous devrions parler de ce qui se passera *après* la naissance. Tu crois qu'une forme de coparentalité marcherait, pour nous ?

Malgré lui, il se tendit, bien que conscient qu'elle avait raison de lui poser cette question.

— Tu connais ma position : je pense que nous devrions vivre ensemble afin que notre enfant profite de ses deux parents en même temps.

À cet instant, il coula les mains sous son T-shirt et fit courir ses doigts sur son ventre… Un élan de désir l'envahit, et il la sentit elle aussi frémir sous sa caresse, néanmoins, elle lui saisit les doigts pour l'immobiliser.

— Ne vaudrait-il pas mieux nous concentrer sur notre enfant ? demanda-t-elle.

Son cœur battait à tout rompre, sans doute au même rythme que le sien, car la pointe de son sein était bien dressée quand il la pinça légèrement.

— Il faut trouver une solution qui nous convienne à tous les deux, poursuivit-elle d'un ton accéléré.

Comme si elle voulait en finir au plus vite avec cette question pour pouvoir enfin s'abandonner au plaisir qu'il entendait lui donner.

Mais il n'était déjà presque plus en mesure de parler. Posant la main sur son mont de Vénus, il attira ses reins contre son érection et crut en perdre la tête… Elle enfonça alors les ongles dans sa cuisse, et il la pénétra de ses doigts, alternant caresses et exploration, comme elle l'aimait.

— Une semaine chez toi, une semaine chez moi, reprit-elle d'une voix haletante, en chaloupant contre lui. Avec une certaine souplesse pour les dates, car tu as un agenda bien rempli.

Tout cela n'avait rien d'excitant : il ne voulait pas que leur enfant passe incessamment d'un appartement à un autre ! Résolu à mettre un terme à cette conversation qui ne mènerait nulle part, Oliver la fit pivoter sur elle-même et la plaqua contre l'encadrement de la porte.

— Nous reparlerons de tout cela plus tard, dit-il de la voix la plus calme possible, eu égard aux émotions qui faisaient rage en lui. Pour l'instant, tout ce qui m'intéresse, c'est toi et moi.

Et, lisant dans son regard le même désir ardent que le sien, il captura sa bouche pour lui donner un baiser possessif, fiévreux… Quelques secondes plus tard, elle nouait les jambes autour de ses cuisses et ils fusionnèrent dans une rhapsodie de plaisirs à assouvir et de délicieux soupirs…

Ce soir-là, Sammi devait choisir sa tenue avec la plus grande attention, car elle allait apparaître pour la première fois au bras d'Oliver à une réception où étaient conviées de nombreuses personnes issues de l'univers de la mode. Elle arrêta finalement son choix sur une robe en organza noir, inspirée des années 1950 et dotée de fines bretelles. Elle se fit un chignon haut d'où s'échappaient savamment deux mèches qui encadraient son visage ; de simples boucles d'oreilles en cristal complétaient le tout.

Quand elle ouvrit la porte de son appartement à Oliver,

qui venait de sonner, elle retint un petit cri : c'était la première fois qu'elle le voyait en smoking, elle n'aurait même pas cru qu'il en possédait un. Ainsi vêtu, pensa-t-elle, il ne pouvait plus faire oublier qu'il était issu de la classe privilégiée de Falling Brook, et avait grandi dans une immense demeure avec domestiques. Ce soir, dans ce costume impeccable signé Tom Ford, il incarnait une richesse qu'elle ne pouvait même pas imaginer, ce qui renforçait aussi les différences de leur éducation.

Il avait dû noter sa soudaine gêne car il demanda :

— Qu'y a-t-il ?

— Rien, je suis juste un peu nerveuse à la perspective de cette soirée, c'est tout, lui assura-t-elle en passant le bras sous le sien.

Qu'allait-elle répondre aux personnes qui ne manqueraient pas de les interroger sur la nature de leur relation ? Ce soir, serait-elle sa petite amie, celle qui partageait sa vie, la mère de son futur enfant, ou juste une amie ?

— Pourquoi ? Tu n'as aucune raison d'être inquiète.

— C'est la première fois que nous nous affichons ensemble parmi des gens de notre connaissance.

— Et tu crains que ta réputation n'en pâtisse ? demanda-t-il, tendu.

— Certainement pas, lui assura-t-elle avec une détermination qu'elle aurait tant aimé posséder. Seulement… tu es bien certain que ma tenue est à la hauteur de l'événement ?

— Tu es splendide, dit-il d'une voix rauque qui la fit frémir de plaisir. Cependant, quelle que soit ta tenue, sache que je serai toujours fier de te tenir à mon bras.

La gravité qu'elle entendit alors dans sa voix la troubla profondément : il était si inédit pour elle qu'un homme la traite avec admiration, la chérisse ! Tous les autres avant lui ne s'intéressaient qu'à sa beauté et à son apparence, peu préoccupés de ce qu'elle pensait ou ressentait, indifférents en réalité à la personne qu'elle était vraiment. Oliver posait sur elle un regard bien différent.

— Même quand mon ventre sera aussi gros qu'une montagne et que je ne pourrai plus voir mes pieds ? le taquina-t-elle, le cœur battant, tandis qu'il prenait sa main dans la sienne.

— Surtout à ce moment-là, répondit-il en faisant pleuvoir des baisers sur le dos de sa main. Tu occupes une place importante dans ma vie, Sammi.

Souffle coupé, elle flotta littéralement jusqu'à l'ascenseur et ils rejoignirent bien vite la limousine qui les attendait. Une fois qu'ils furent assis à l'arrière, il se rapprocha d'elle et elle vint se blottir contre lui, humant à pleins poumons la fragrance épicée et masculine qui émanait de sa personne.

— Tu sens si bon, murmura-t-elle d'une voix sensuelle.

— Continue ainsi et je vais être tenté de sauter l'étape de la réception pour t'emmener directement chez moi !

Sa menace la fit presque glousser de plaisir. Après tout, ne pouvait-elle pas profiter des bons instants sans en attendre autre chose ? Bien sûr, sa grossesse compliquait leur relation, mais elle ne devait pas non plus représenter un frein constant. Même s'il lui fallait savoir à quoi s'en tenir...

La fête avait lieu dans un luxueux appartement de l'Upper East Side et, dans le taxi qui les y menait, elle était tout aussi excitée qu'angoissée. Elle avait certes l'habitude de ce genre de soirées, mais jamais elle n'y avait assisté au bras d'une personne aussi connue qu'Oliver Lowell...

Une main plaquée sur ses reins, il l'entraîna vers l'immense salon de leurs hôtes, après qu'ils eurent traversé un hall imposant. Après quoi, chaque fois qu'il la présenta à un nouveau petit groupe d'invités, ceux-ci n'avaient qu'une obsession en tête : savoir comment il gérait la réapparition de son père après quinze ans d'absence. Elle était impressionnée par la façon dont il répondait, avec la plus grande courtoisie sans pour autant révéler ses véritables sentiments : si elle n'avait pas été témoin du bouleversement que l'événement constituait pour lui, elle aurait elle aussi été dupe de la nonchalance qu'il affichait.

Au bout d'une heure, un peu fatiguée et désireuse de se reposer, elle se retira dans la salle de bains sous prétexte de se repoudrer. À son retour, elle trouva Oliver en grande conversation avec un groupe d'hommes ; préférant ne pas les interrompre, elle se rendit sur le balcon pour respirer un peu d'air frais. La vue sur New York, de nuit et du dix-huitième étage, y était magique, avec les myriades de lumières scintillantes.

— Bonsoir !

Une blonde élancée, vêtue d'une robe couleur pivoine, venait de se matérialiser à ses côtés. Elle avait l'air d'appartenir à l'élite sociale, mais aussi un peu lasse des mondanités auxquelles elle devait probablement assister depuis bien trop longtemps pour les trouver encore excitantes.

— Je vous ai vue entrer en compagnie d'Oliver. Est-ce lui qui vous a amenée à cette soirée ?

— Oui.

— Votre visage m'est familier, pourtant, je connais bien les amis d'Oliver et je suis certaine que nous ne nous sommes jamais rencontrées.

Sammi la considéra : était-elle une ancienne conquête ? Ou une personne qu'il avait photographiée ? Les deux peut-être…

— Sans doute parce que nous ne nous connaissons que depuis quelques semaines, Oliver et moi.

— Vous sortez ensemble ? questionna-t-elle alors en plissant les yeux.

Indécise quant à sa réponse, elle jeta un coup d'œil vers l'intérieur, dans l'espoir – vain – qu'Oliver surgirait comme par miracle pour la sauver.

— Nous sommes amis, éluda-t-elle.

— Évidemment. Oliver n'a jamais de *petites* amies ! Tant de femmes se sont épuisées à retenir son intérêt sans y parvenir. Une fois qu'il a obtenu ce qui l'intéresse, il a tendance à prendre le large.

Sammi resongea à la photographie qu'il n'avait pas encore prise d'elle et à sa crainte que l'intérêt qu'il lui trouvait ne s'émousse quand le portrait lui dévoilerait son âme… Était-il déraisonnable de sa part de penser que l'union fantastique de leurs corps entraînerait leur relation vers une autre dimension ? Pourrait-il concevoir pour elle des sentiments non liés au futur bébé ?

Soudain, des effluves familiers mirent ses sens en éveil tandis qu'elle sentait l'étoffe d'un smoking contre son épaule : Oliver ! Sa présence solide à ses côtés lui procura tout de suite un vif soulagement ; spontanément, il l'enlaça et la femme blonde écarquilla de grands yeux.

— Bonsoir, Bianca, dit-il. Je vois que Sammi et toi avez fait connaissance.

— Sammi ? répéta Bianca en haussant un sourcil.

— Samantha Guzman, précisa-t-elle aussitôt.

— Je lui demandais juste si elle et toi sortiez ensemble, enchaîna Bianca, sourire cauteleux aux lèvres.

— Et qu'a-t-elle répondu ? s'enquit Oliver en serrant un peu plus fort Sammi.

— J'avoue que ta réponse m'intéresse bien plus !

Elle retint sa respiration…

— Tu sais bien que je n'aime pas parler de mes affaires personnelles mais, si la question est de savoir si je me suis retiré du marché, la réponse est oui.

Un petit vertige saisit alors Sammi, tandis que le visage de Bianca se renfrognait. Visiblement, sa réponse était juste destinée à décourager la belle mondaine, en déduisit-elle avant de se retourner vers lui, une fois cette dernière partie, et de lui demander avec ironie :

— Parce qu'un jour tu as été sur le marché ?

Il se contenta de lui adresser un sourire mystérieux et s'enquit à son tour :

— Que lui as-tu dit sur notre relation ?

— Que nous étions amis, répondit-elle.

À ces mots, il se raidit, et elle sentit son estomac se serrer. Tirant sur la manche de son smoking, elle ajouta :

— C'est bien ce que nous sommes, non ?

— Est-ce tout ce que nous sommes l'un pour l'autre ? répliqua-t-il d'un ton presque agacé.

— Je l'ignore, marmonna-t-elle, le cœur en tumulte. Nous n'avons pas encore parlé de nous deux, jusque-là.

— Je t'ai demandé de venir t'installer chez moi. N'est-ce pas la preuve que je souhaite t'inclure dans ma vie ?

Certes, mais ils n'étaient qu'un couple de circonstance, la remarque de Bianca sur l'intérêt volatil d'Oliver pour la gent féminine renforçant encore cette impression.

— Tu m'as proposé cette solution parce que je suis enceinte, lui rappela-t-elle. Je ne peux m'empêcher de penser que tout va un peu trop vite, entre nous.

— Tu as raison, une discussion s'impose, répliqua-t-il en jetant un coup d'œil autour d'eux. Mais pas ici. Partons !

- 10 -

Quand ils prirent congé de leurs hôtes, Oliver était préoccupé par les paroles de Sammi ; une fois dans le taxi, il enjoignit à son chauffeur de les conduire chez lui. Elle n'avait pas explicitement accepté d'emménager dans son loft, mais elle y passait la plupart de ses nuits.

Seulement, une fois arrivés, ni elle ni lui n'eurent envie de parler, et la communication passa encore une fois par le langage des corps, désespérés qu'ils étaient de s'étreindre…

— Waouh ! C'était fantastique, murmura-t-elle, alors qu'il reprenait à grand-peine sa respiration.

Se redressant sur un coude, il essuya délicatement l'émouvante perle de sueur accrochée à son front : rien ne le touchait tant que la preuve de son abandon total. En dehors de la chambre, chacun était sur ses gardes, mais toutes les frontières tombaient entre ces quatre murs… Il savait exactement comment lui procurer un puissant orgasme et elle acceptait de lui toutes les caresses les plus osées.

Il roula sur le côté puis se tourna vers elle de façon à lui faire face ; elle détourna alors le regard. À mesure que les vapeurs de la passion se dissipaient, les propos qu'elle avait tenus à la sortie de la réception revenaient le hanter… Qu'elle continue à douter de leur relation le meurtrissait : ne pouvait-elle comprendre qu'il n'était jamais allé aussi loin avec une femme ? Mesurer le pas de géant qu'il avait effectué en lui proposant de s'installer chez lui, en choisissant de prendre à cœur son rôle de père ? Qu'attendait-elle de plus ?

Même s'ils se connaissaient depuis peu, ils avaient passé beaucoup de temps ensemble, de doux moments à dîner en tête à tête, ou bien à assister à un spectacle et puis à s'aimer avec ardeur à leur retour ; il ne pouvait plus vraiment imaginer sa vie sans elle…

Elle avait accroché des vêtements dans son armoire, et disposait de son propre espace dans sa salle de bains ; le réfrigérateur était rempli de ses aliments préférés et il lui avait remis une clé. Elle n'avait pas encore changé d'adresse, ni renoncé à se rendre dans son ancien appartement, même si sa mère en avait déménagé une semaine plus tôt. Elle prétendait que tout allait trop vite entre eux, ou bien qu'elle ne voulait pas s'incruster, mais en réalité il lisait clair en elle : elle redoutait qu'il ne la considère bientôt plus que comme la mère de son enfant, et non plus comme une femme désirable.

Il avait énormément réfléchi à la question, et était parvenu à trouver une façon de combiner son rôle de père et d'amant, tout en lui procurant la stabilité dont elle rêvait tant ! Aussi, la saisissant par le menton, effleura-t-il du pouce ses lèvres gonflées par les baisers ardents échangés et décréta-t-il :

— Je crois qu'on devrait se marier !

Sammi écarquilla de grands yeux.

— Pardon ? Mais pourquoi ?

Parce que, si elle tenait à mettre une étiquette sur leur relation, c'était celle de mari et femme qui s'imposait !

— C'est la proposition la plus sensée que je puisse te faire.

— Sensée ? répliqua-t-elle, sourcils froncés. Comment ça ?

— Le mariage est important pour moi, et pour toi aussi, je suppose.

— Je sais pour ma part ce que j'en attends. Mais toi, pourquoi aurais-tu envie de te marier ?

— Je pense que nous sommes tous les deux d'accord sur le fait que nous ne voulons pas que notre enfant manque de quoi que ce soit, non ?

— Bien sûr, mais nous n'avons pas besoin de nous marier pour cela.

— Sans doute, cependant, je désire fonder une famille, et tu hésites à venir t'installer chez moi, voilà pourquoi j'ai pensé qu'un engagement de ma part aussi fort que le mariage te rassurerait. Alors marions-nous !

Bien qu'il n'ait jamais envisagé de se lier aussi définitivement à une femme auparavant, il ne voyait pas très bien d'autre solution.

— Résumons la situation sans ambages, répliqua-t-elle. Tu m'épouses uniquement parce que je suis enceinte.

À son ton querelleur, il comprit que son motif l'avait irritée.

— Comment peux-tu m'en vouloir de souhaiter que mon enfant ait le sentiment d'avoir un foyer, ce que je n'ai jamais connu ? rétorqua-t-il.

Elle haussa imperceptiblement les sourcils, et ce fut la seule réaction qu'il obtint d'elle. De fait, elle était devenue si silencieuse qu'on aurait cru qu'elle avait cessé de respirer.

— Eh bien, que penses-tu de ma proposition ? insista-t-il, exaspéré de devoir lui arracher une réponse.

— Qu'attends-tu que je te dise ?

— « Oui », tout simplement ! renchérit-il, geste impatient à l'appui.

Il n'arrivait pas à comprendre pourquoi sa demande en mariage ne la remplissait pas d'une joie immense, pourquoi elle ne se jetait pas à son cou pour le couvrir de baisers !

Ce fut alors qu'elle répondit avec retenue et politesse :

— Je suis très heureuse que tu veuilles t'impliquer dans la vie de notre futur enfant.

Puis elle prit une grande inspiration et ajouta :

— Mais je ne veux pas t'épouser.

— Ah bon ? Et peux-tu me donner une seule bonne raison ?

— Je te connais à peine, Oliver, dit-elle.

Sur ces mots, elle serra les lèvres. Qu'avait-elle au juste en tête ?

— C'est faux, répliqua-t-il. Tu me connais bien mieux que n'importe qui d'autre au monde.

Elle battit des paupières, prenant visiblement son argument en considération, puis reprit :

— J'ai déjà eu des relations sérieuses avec des hommes, et celle-ci est la seule qui me plaise vraiment… Seulement…

Et sa voix se fit si ténue qu'il dut tendre l'oreille quand elle ajouta :

— J'avais toujours imaginé que, lorsque je me marierais, ce serait parce que nous nous aimerions.

« Nous », avait-elle dit. Il comprit tout de suite ce qu'elle voulait dire.

— Que me demandes-tu au juste ? Si je t'aime ?

Et il sentit sa gorge se contracter… Il ne voulait surtout pas avoir affaire à l'amour, ce sentiment synonyme de douleur !

— Bien sûr que non, comment pourrais-tu m'aimer ? enchaîna Sammi, qui semblait avoir réponse à tout. Comme je te l'ai dit tout à l'heure, nous nous connaissons à peine.

Pourquoi ne pouvait-elle se contenter d'être heureuse d'être la femme avec qui il voulait passer le reste de sa vie ? L'amour n'était en rien un gage de durée. N'était-il pas préférable qu'ils soient amis et se désirent ? Que les seules attentes qu'ils aient l'un pour l'autre, ce soit l'honnêteté et la fidélité ? Sa mère était amoureuse de son père, mais celui-ci l'avait trahie et abandonnée. Ce qu'il lui proposait n'était-il pas de loin préférable ?

— Honnêtement, Sammi, je ne vois pas ce qui pose problème. Je te répète que je suis prêt à m'engager complètement pour toi et le bébé.

— Non, pas complètement. Pas pour ce qui est important.

— Qu'y a-t-il donc de plus important qu'un foyer stable pour mon enfant ? C'est ce que je n'ai pas eu, ni toi d'ailleurs. Nous n'avons jamais pu compter sur l'amour et le soutien inconditionnels de nos parents.

Elle répondit d'un ton plus farouche :

— Avec ou sans mariage, il en est assuré.

— Effectivement, mais ne serait-il pas préférable que nous n'ayons qu'un seul foyer ?

Puis, se rendant compte que lui montrer sa frustration ne la convaincrait en rien de l'épouser, il choisit une autre approche.

— Tu as dit que je n'étais pas prêt à m'engager pour ce qui comptait le plus. Que veux-tu dire au juste ?

Ils se regardèrent dans un silence alourdi par l'affrontement de leurs deux volontés. Sa respiration s'accéléra et il refoula la panique qui montait en lui : il avait vu briller au fond de ses prunelles la détermination qui animait les marathoniens, les décrocheurs de médailles d'or, ceux qui mettaient tous les autres K-O.

— Je suis en train de tomber amoureuse de toi, dit-elle comme si elle prononçait une prière. Imaginer une existence sans toi est un supplice, mais je ne peux pas t'épouser si tu te lies à moi pour les raisons que tu avances. J'ai besoin que tu me rendes l'amour que je ressens pour toi. Voilà, c'est aussi simple que ça.

La colère et le désespoir s'abattirent d'un coup sur lui quand il comprit qu'elle lui remettait les clés de leur avenir.

— Donc, tu ne seras satisfaite que lorsque je te jurerai un amour éternel, c'est bien ça ? questionna-t-il d'un ton sarcastique.

Il regretta aussitôt ses propos, qui s'apparentaient à une effroyable rebuffade, et ajouta bien vite :

— Mais qu'en est-il de ton installation chez moi ? Envisages-tu aussi de refuser ce déménagement ?

Redressant les épaules, elle fit front avec calme et résolution à son hostilité.

— Avec tout ce qui se passe dans ta famille, et la réapparition de ton père, je ne suis pas certaine que ce soit une très bonne idée.

— Pardon ? Tu refuses ma proposition parce que mon père est en prison ?

— Je refuse ta proposition, commença-t-elle alors d'un ton adouci, parce que, depuis qu'il est réapparu, tu es furieux à l'idée de devoir affronter ton passé.

— C'est vrai, je suis furieux contre mon père, mais cela n'a rien à voir avec nous.

— Toutes tes émotions sont régies par l'amertume que tu éprouves envers ta famille, souligna-t-elle. Tu m'as dit que tu étais tombé dans l'enfer de la drogue pour échapper au mal-être dont tu étais constamment la proie. Pourtant, le ressentiment persistant que tu éprouvais envers tes frères t'a poussé à aller jusqu'au bout de tes ambitions, et tu ne vois ta mère que lorsque c'est inévitable.

Que pouvait-il lui répondre alors qu'elle énumérait des vérités les unes après les autres ? Sa famille lui inspirait effectivement de l'hostilité et moins il la voyait, mieux il se portait. Le passé était comme une plaie béante en lui et il n'avait aucune solution pour la refermer.

— Dans ce cas, que préconises-tu ? marmonna-t-il.

En dépit de son attitude de rebelle, il avait désespérément besoin d'aide.

— Je pense que tu devrais rendre visite à ton père.

— En prison ? Tu as perdu la tête ou quoi ? Quel avantage pourrais-je en tirer, à part lui donner l'impression qu'il a gagné ?

— Gagné ? Mais il ne s'agit pas d'une compétition, entre vous !

— Vraiment ? répliqua-t-il, gorge nouée. Je me suis battu toute ma vie pour gagner sa reconnaissance et son approbation. Mais rien de ce que je faisais n'était assez bien pour lui !

Se frottant le visage, il reprit :

— Lui rendre visite ressusciterait un passé douloureux, alors que je ne veux qu'une chose : le sortir de ma vie.

— Le problème, c'est qu'il fait partie de ton existence, et je ne suis pas certaine que vouloir l'en rayer puisse t'aider.

Cette fois, il sentit sa colère se diriger contre elle.

Comment osait-elle se poser en donneuse de leçons, alors qu'elle ne connaissait absolument rien à leurs relations ? Bien sûr, il avait sombré dans les pires addictions après la disparition de Vernon, mais il en était sorti ! Et, quand il s'était aperçu qu'il n'avait rien à prouver à personne, il avait pu se concentrer sur sa carrière de photographe et gagner ses titres de gloire comme il l'entendait.

Enfin débarrassé du besoin de s'autodétruire pour prouver à son père que celui-ci avait raison depuis le début, de pratiquer la politique de la terre brûlée, il avait pu exploiter ses talents artistiques, et réussir.

Fort de ces pensées, il désigna de la main ce qui les entourait.

— Il te suffit de regarder autour de toi pour comprendre que tu te trompes.

— Malgré ta réussite, il est clair qu'il demeure une part d'insatisfaction en toi !

— Tu me rends heureux, répondit-il, ne pouvant aller au-delà de cet aveu, et je suis tout excité à l'idée d'être père. Pourquoi t'est-il donc impossible d'emménager chez moi pour que l'on soit heureux ensemble ?

— C'est aussi ce que je souhaite ardemment, admit Sammi sans en avoir l'air convaincue, mais j'ai passé toute ma vie à faire plaisir aux autres et à me mettre en retrait. Tu m'as montré ce que c'était que d'être fort, et de se battre pour ce qui est bon pour soi.

Il réfléchit un instant à ses paroles…

— Et donc tu estimes que je ne suis pas bon pour toi ?

— Si, mais ta colère ne l'est pour personne.

— Et tu crois qu'aller voir Vernon résoudra tout ?

— Pas juste le *voir,* mais lui pardonner. Si tu ne peux pas surmonter ta colère, tu seras toujours sa victime.

De quel droit osait-elle le traiter de victime ? Rongeant son frein, il répliqua :

— Comment puis-je lui pardonner alors qu'il n'a présenté aucune excuse ? Il est incapable d'assumer la responsabilité des dégâts qu'il a engendrés.

— Ce n'est pas parce qu'il est incapable de changer que toi aussi tu l'es.

— Mais il se fiche éperdument d'avoir volé et dupé tout le monde. Que le reste de la terre nous ait blâmés à sa place parce qu'il avait orchestré sa disparition. Cette pourriture n'en a strictement rien à faire que l'on ait payé pour lui !

Il s'interrompit brusquement devant le désarroi qu'il lisait sur les traits de Sammi et avant que la rage ne prenne définitivement le contrôle de lui-même. Ne venait-il pas d'illustrer la raison pour laquelle elle ne pouvait pas emménager chez lui ? Il était en train de creuser un gouffre entre eux en affichant son courroux et, s'il refusait de le gérer, elle risquait bien de le quitter.

— Tu as raison, finit-il par admettre par peur de la perdre. Je suis en colère. Mais, si tu crois que rendre visite à mon père en prison m'aidera à surmonter ma fureur, c'est que tu ne comprends pas par quelles affres je suis passé.

— Qu'est-ce que tu en penses ? questionna Sammi en émergeant de la cabine d'essayage vêtue d'un fourreau en satin jaune canari qui contrastait avec sa chevelure brune.

Kimberly détourna les yeux de son propre reflet et hocha la tête.

— Génial ! Et toi, qu'est-ce que tu penses de ça ?

Et son amie désigna la robe portefeuille en velours bleu qui dévoilait ses jambes à la longueur infinie avant d'ajouter :

— Avec des sandales à lanière ou des boots talons aiguilles ?

— Des boots, sans hésitation ! répondit Sammi.

Toutes deux étaient en train de choisir des tenues pour

une inauguration qui avait lieu le soir même, et plusieurs clientes les observaient du coin de l'œil, de toute évidence fascinées par ces mannequins dont les traits leur étaient familiers.

La marque Adina lançait en effet une nouvelle ligne de sacs à main végane en similicuir à Into the Now, une boutique de SoHo spécialisée dans les accessoires et le maquillage de luxe ; Kimberly et Sammi avaient participé à la campagne médiatique, et avaient donc été invitées à l'inauguration.

Leurs achats effectués, elles se rendirent dans un restaurant voisin pour déjeuner ; Sammi avait hâte de parler à son amie de la demande en mariage qu'elle avait reçue d'Oliver, deux jours plus tôt.

— Il y a du nouveau entre Oliver et moi, déclara-t-elle en plongeant avec énergie sa fourchette dans sa salade.

Kimberly la regarda attentivement.

— C'est positif ou négatif ?

— Je ne sais pas trop, avoua Sammi. Il m'a demandé de l'épouser.

— Waouh ! C'est rapide !

— Un peu trop, oui. J'ai dit non.

— Quoi ?

Kimberly avait suivi tous les détails des aventures entre Oliver et elle, et connaissait les espoirs et peurs qu'elle entretenait.

— Enfin, poursuivit-elle, je ne comprends pas, tu es folle de lui, et visiblement c'est réciproque.

— Tu as raison, je suis éperdument amoureuse de lui, mais je ne sais pas si lui l'est.

Et elle poussa un soupir tremblant.

Dans les heures qui avaient suivi la demande en mariage d'Oliver, elle avait été certaine de sa décision, mais plus le temps passait, plus les doutes affluaient. Serait-ce si affreux de l'épouser ? Même s'il ne l'aimait pas, il ne la tromperait pas : l'attitude de son père envers sa mère l'ayant révulsé durant toute son enfance, il ne reproduirait assurément pas le même schéma. Elle savait aussi qu'il serait dévoué à sa famille, mais le devoir lui suffisait-il ? Si la passion charnelle était assouvie, mais que son cœur demeure vide, serait-elle heureuse ?

— J'ai envie de croire qu'il finira par m'aimer, poursuivit Sammi, mais je crains qu'il ne soit trop pessimiste pour baisser un jour la garde. Il a énormément souffert du mépris et de l'indifférence de son père pendant son enfance, alors qu'il était précisément en quête de l'amour paternel. Il avait beau avoir d'excellents résultats à l'école et en sport, seuls ses deux aînés comptaient pour Vernon Lowell. Et, depuis que celui-ci a fait sa réapparition, Oliver est tout le temps en colère.

— Mais cela s'apaisera après le procès, tu ne crois pas ?

— Je ne sais pas... Il lui en veut depuis si longtemps.

Et elle redoutait que cela ne s'applique aussi à elle, désormais.

— Que vas-tu faire ?

— Si je ne veux pas que mon enfant grandisse dans des conditions précaires, il va falloir que je prenne rapidement une décision.

Plus tard dans la soirée, quand elle sortit de la chambre vêtue de sa nouvelle tenue, et qu'Oliver la considéra, sourcil levé, avec une admiration évidente, elle repensa à sa conversation avec Kimberly et il lui sembla alors avoir dépeint leur relation sous un jour un peu trop noir.

— Tu es incroyablement belle, murmura-t-il en lui prenant la main, pour la faire pivoter sur elle-même.

L'enlaçant par la taille, il fit glisser ses lèvres de sa tempe à son oreille, et commença à spéculer à haute voix sur toutes sortes de possibilités autres que l'inauguration, ce soir-là.

Frissonnante, elle le repoussa gentiment avec un petit rire essoufflé.

— Je dois vraiment y faire une apparition, j'ai participé à la campagne, dit-elle, même si elle aussi se consumait de désir.

— Dans ce cas, on se rattrapera après…

Into the Now n'était très loin du loft d'Oliver, mais en ce début de novembre venteux et pluvieux ils préférèrent héler un taxi pour effectuer le court trajet à l'abri.

Outre de nombreux mannequins, plusieurs acteurs et actrices connus assistaient à la soirée, ainsi que l'élite new-yorkaise et les influenceurs de mode. Circulant parmi les convives au bras d'Oliver, Sammi s'efforçait de se détendre ; en réalité, elle n'était à l'aise avec lui que dans l'intimité, où la faim qu'ils avaient l'un pour l'autre explosait littéralement.

Ils vivaient dans une sorte de bulle où seul comptait le présent, l'avenir et le passé étant des sujets bien trop brûlants. Depuis sa demande en mariage et la discussion musclée qui s'en était suivie, Oliver ne mentionnait plus la frénésie médiatique autour de son père, et ne parlait du bébé à venir que lorsqu'il lui demandait comment elle allait. Il se faisait clairement du souci pour elle, mais il était tout aussi évident qu'il broyait du noir.

Ce soir, pourtant, il était fort chaleureux envers elle, au point qu'elle s'interrogea sur elle-même : étaient-ce ses propres doutes qui empêchaient un véritable épanouissement de leur relation ? Après tout, c'était elle qui avait nié leur statut de couple… Elle avait tellement peur de prendre de mauvaises décisions qu'elle le tenait à distance.

Oliver et elle discutaient avec Kimberly et son fiancé du projet de ce dernier, auquel les deux femmes avaient participé, lorsque le téléphone d'Oliver vibra. Il le sortit discrètement de sa poche et y jeta un coup d'œil furtif.

— C'est l'avocat de Vernon, expliqua-t-il face à son regard interrogateur.

— Tu ne peux pas toujours rejeter ses appels, répondit-elle, soudain dégrisée devant son expression sombre. Si tu ne comptes pas rendre visite à ton père, dis-le-lui !

Il hocha la tête, puis s'excusa et se dirigea vers la sortie.

Sammi était restée à discuter avec ses amis, quand Kimberly lui donna soudain un coup de coude ; regardant dans la direction que celle-ci pointait du menton, elle aperçut alors Ty en compagnie d'une blonde élancée. Ce fut alors que ce dernier braqua les yeux sur elle, comme s'il avait perçu l'attention qu'elle venait de lui porter : et il semblait si furieux qu'elle redouta un esclandre s'ils se croisaient de plus près ! Par conséquent, il était préférable qu'elle retrouve au plus vite Oliver ; s'excusant à son tour auprès de ses amis, elle se mit à sa recherche.

La soirée se tenait principalement sur les trois premiers niveaux de la boutique, qui en comportait six, et ce fut au fond du corridor, au troisième, qu'elle le découvrit, près des ascenseurs.

Malgré le brouhaha, elle distingua tout de suite les réponses qu'il donnait à son interlocuteur : sa voix tendue trahissait son agitation intérieure.

— Je me fiche complètement de ce que veut mon père. Je n'irai pas le voir en prison. Jamais.

Sammi battit rapidement en retraite avant qu'il ne la découvre en flagrant délit d'espionnage, angoissée par la rage profonde d'Oliver. Elle avait vécu, enfant, des accès semblables de la part de sa mère, quand certains événements prévus n'avaient finalement pas lieu ; désormais, elle comprenait que c'était la peur qui motivait la fureur de Celeste, sa crainte de retomber dans le dénuement qu'elle avait connu enfant.

Sammi avait besoin d'une stabilité émotionnelle, ce qui lui avait manqué dans son enfance ; or, Oliver pouvait s'emporter de façon assez virulente, ce qui n'était pas sain pour son entourage et certainement pas pour un enfant ! Pas question que celui-ci soit entraîné dans l'atmosphère délétère liée à la famille Lowell. Ce qui la choquait le plus, c'était qu'Oliver refuse de lui parler à cœur ouvert de son passé si douloureux et de ses répercussions actuelles sur lui : comment était-il possible d'envisager l'avenir avec un partenaire qui ne vous laissait même pas entrer dans son présent ?

Devait-elle rompre avec lui sur-le-champ ou lui proposer une thérapie de couple, afin qu'il surmonte la rage qui le minait, dès qu'il s'agissait de son père ?

Perdue dans ses pensées, elle se dirigeait vers l'escalier design de la boutique pour rejoindre ses amis, lorsqu'une voix masculine à l'insupportable arrogance résonna à ses oreilles :

— Je me disais bien que j'allais te trouver ici.

Et son ex lui barra le chemin.

— Tiens, Ty, bonjour ! s'exclama-t-elle en tentant de donner le change. Désolée, mais je ne peux m'attarder, je cherche mon compagnon.

Elle fit alors mine de le dépasser, mais il referma l'étau de sa main autour de son bras.

— Lâche-moi ! se récria-t-elle vivement.

Et elle se dégagea de sa cruelle poigne.

— Quel compagnon ? Oliver Lowell ?

— Oui, répondit-elle avec réticence, se méfiant de son ton soudain insidieux.

— Donc, c'est bien toi qui étais derrière tout ça, renchérit-il d'une voix cette fois plus menaçante.

— Derrière quoi ? s'insurgea-t-elle en redressant les épaules.

Puis elle le regarda droit dans les yeux : comment avait-elle pu côtoyer cet individu ? Dans son regard se lisaient des incertitudes qui expliquaient sans doute son comportement de harceleur, mais ce n'était pas son problème !

— Comme si tu ne savais pas ! J'ai perdu mon boulot à cause de toi.

— À cause de moi ? Franchement, je ne vois pas du tout de quoi tu parles et je n'ai rien à voir avec ton licenciement.

— Ton déni serait plus crédible si tu n'étais pas en couple avec Lowell.

— En toute honnêteté, je ne saisis pas le rapport.

— C'est ça, joue les innocentes ! Deux semaines après notre rupture, mon chef m'a convoqué pour me signaler que mon plus gros client s'était plaint de moi à plusieurs reprises auprès de lui.

— Et quel rapport avec Oliver ou moi ?

— Il m'a fallu un certain temps pour faire le lien, mais j'ai finalement trouvé que c'était ton petit ami qui était derrière tous mes ennuis.

— Oliver ? dit-elle dans un souffle.

Et une brusque nausée la saisit.

— Mais c'est insensé. Pourquoi aurait-il déployé tant d'énergie pour te nuire ?

— Au début je n'ai pas compris, d'ailleurs c'est

resté un mystère pour moi jusqu'à ce que je vous voie ensemble, ce soir.

— Pardon ?

— Il est clair que tu lui as demandé de me pourrir la vie.

— Quoi ? Mais c'est absurde.

— Vraiment ? Vous semblez plutôt intimes, tous les deux. Depuis quand vous connaissez-vous ?

Sammi regarda fixement son ex-petit ami, plongée dans la plus grande perplexité.

— On s'est rencontrés en septembre.

— Quand, exactement ?

Elle redressa la tête.

— Puisque tu tiens à savoir, c'était le soir de notre rupture.

— Et vous ne vous êtes pas quittés depuis ?

— Si. Je suis ensuite partie pour Paris à la Fashion Week et je ne l'ai revu qu'en octobre. Pourquoi ?

— Donc, quand vous vous êtes rencontrés, ce soir-là, tu n'as pas pleuré sur son épaule parce que c'était fini entre nous ?

— Mais non ! s'insurgea-t-elle en tentant de se rappeler la fameuse soirée. Il m'a juste demandé si j'allais bien, parce qu'il avait assisté à la scène que tu avais faite avant de sortir du bar. Et il a payé l'addition pour ton verre et le mien.

— Et donc tu voulais prendre une petite revanche, avoue !

Elle plissa le front, s'efforçant de comprendre ses propos.

— Pas du tout ! De plus, Oliver n'avait aucune idée de qui tu étais. Comment pourrait-il être responsable de ton licenciement ?

— Il avait ma carte de visite. Je la lui ai donnée ce

soir-là, puisqu'il m'avait bousculé avec son verre et avait taché mon costume, afin qu'il me rembourse la facture du pressing.

— Je suis certaine que c'est un pur hasard.

— Tu peux nier tant que tu veux, mais je sais que c'est toi qui es derrière tout ça.

— Je t'assure que je ne suis au courant de rien, redit-elle, tout en espérant tout à coup que cela valait aussi pour Oliver. Je suis certaine que le client ne s'est pas plaint gratuitement.

Et, sans attendre la réponse, elle s'éloigna de Ty pour rejoindre Oliver.

Était-il possible que celui-ci ait intrigué contre Ty, qu'il se soit laissé emporter par un mouvement de colère ?

La nausée au cœur, elle fit une pause dans les toilettes, et s'adossa au mur pour reprendre sa respiration. Son téléphone vibra alors : c'était Oliver qui la cherchait…

Jamais elle ne serait capable de tenir sa langue à propos des accusations de Ty, elle souhaitait par ailleurs une relation franche avec Oliver, même si le prix à payer était de ne pas vivre avec lui ! Un coût incalculable vu qu'elle lui avait déjà donné son cœur, mais il devait comprendre que ses accès de fureur étaient dommageables à tous.

Poussant un soupir, elle lui envoya un texto pour lui indiquer qu'elle ne se sentait pas bien et lui donner rendez-vous près de l'entrée. Puis, s'armant de courage pour se préparer à la conversation qui les attendait, elle se dirigea vers l'ascenseur…

- 11 -

Dans le corridor, au troisième niveau de la boutique, Oliver raccrocha, bouillant de colère contre l'avocat de son père. Comment Vernon pouvait-il espérer le pardon, la rédemption ou que savait-il encore, par le biais d'une visite de ses fils en prison ? D'autant que pour sa part il se réjouissait bien trop de le décevoir en s'en abstenant.

Il s'efforça de se calmer avant de retrouver Sammi, pour ne pas lui gâcher la soirée avec sa sale humeur. Il lui était chaque jour plus difficile de se dominer en sa présence, car à chaque instant il croisait des gens qui, incapables de refréner leur curiosité, lui posaient des questions sur le procès à venir de son père. Sans compter ceux que celui-ci avait dépouillés et qui donnaient des entretiens dans les journaux. Il ne pouvait aller nulle part sans qu'on lui renvoie au visage les crimes de son père.

Ce déluge versait du sel sur des plaies ouvertes, et il devait lutter chaque jour pour demeurer sobre : il avait même commencé à se rendre à nouveau aux réunions pour les gens comme lui, et il trouvait du réconfort dans l'anonymat. Il ne s'en était pas ouvert à Sammi, jugeant que ce n'était guère opportun au moment où il tentait de la persuader d'emménager chez lui.

Ayant enfin retrouvé son calme, il descendit l'escalier, et lui envoya un texto pour savoir où la retrouver. C'est alors que, passant devant le bar, il hésita longuement…

Assez ! s'ordonna-t-il. Et il s'apprêtait à poursuivre son chemin quand la réponse de Sammi lui parvint. Il parcourut rapidement son message, qui l'alarma aussitôt : sa nausée était-elle liée à son état, ou cela signifiait-il que le bébé était en danger ? Une fois dans le vestibule, ne la voyant nulle part, il sortit à toute vitesse de la boutique…

Une onde de soulagement le submergea quand il aperçut sa silhouette élancée enveloppée dans un long manteau en fausse fourrure. Et cette simple vue, conjuguée à la fraîcheur de la nuit, chassa le reste de colère en lui.

— Tout va bien ?

— Oui, ça va mieux, dit-elle en prenant le bras qu'il lui offrait. J'avais juste envie de respirer un peu d'air frais. Rentrons à ton appartement.

Se remémorant tous les plaisirs qu'il lui avait promis plus tôt dans la soirée, il héla un taxi et se glissa contre elle. Il nota tout de suite une certaine raideur chez elle. Son malaise était-il vraiment passé ? Inquiet, il lui serra la main, mais son regard s'adoucit à peine quand elle le posa sur lui.

— S'est-il passé quelque chose, à la fête ? s'enquit-il alors qu'ils entraient dans son immeuble.

— J'ai croisé Ty, dit-elle alors qu'ils arrivaient au niveau des ascenseurs.

Puis elle s'adossa au mur et le regarda attentivement.

Il lui fallut quelques instants pour comprendre de qui elle parlait…

— Ah, ton ex ! C'est à cause de lui que tu es dans cet état ?

— C'est peu de le dire.

L'ascenseur arriva, et il eut un instant la sensation de perdre l'équilibre quand il le regarda s'immobiliser. Il suivit Sammi à l'intérieur, se rappelant la façon abjecte dont Ty l'avait traitée ce soir-là. Et ce qu'il avait fait pour réparer la situation.

— Tu aurais dû me prévenir, dit-il avec douceur en tapant le code qui ouvrait la porte de son appartement.

La tension qu'elle affichait déjà dans le taxi était encore plus palpable.

— J'aurais eu une petite discussion avec lui, ajouta-t-il.

— Je crois que tu en as déjà assez fait, répondit Sammi.

Au beau milieu du salon, elle s'arrêta et pivota sur ses talons, pour lui faire face.

— Il m'a dit que c'était à cause de toi qu'il avait perdu son travail. Est-ce vrai ?

— Après la scène de rupture à laquelle j'avais assisté, j'ai effectivement eu une conversation avec un de mes amis, admit-il, l'estomac noué.

Et, quand son beau visage s'empreignit de déception, il en fut frappé de plein fouet : il avait eu la sensation de revoir le regard critique de son père. Allons, c'était Sammi, pas Vernon qui se tenait devant lui ! s'efforça-t-il de se rappeler.

Elle pinça la bouche et, quelques battements de cœur plus tard, lui demanda :

— Tu savais que cela lui coûterait son poste ?

— Oui. Cet homme avait été odieux avec toi, tu ne pouvais tout de même pas espérer que je ne prendrais pas ta défense.

— Arrête ! dit-elle en entourant frileusement son propre corps de ses bras. Il ne s'agissait pas de me défendre. La scène t'a rendu furieux, et tu t'es vengé parce que tu étais en colère. Il m'a dit que cela s'était passé en septembre.

Elle marqua une pause pour reprendre sa respiration qui s'était altérée et ajouta :

— On se connaissait à peine !

Faux ! Il la connaissait déjà très bien, pensa-t-il en repensant à leur nuit enfiévrée.

— Peu importe, éluda-t-il.

Et la colère qu'il avait maîtrisée tout à l'heure le menaça à nouveau, face à ce nouvel outrage. Il avait voulu lui rendre justice et c'était ainsi qu'elle le remerciait ? Il ajouta alors :

— Il n'avait pas à te traiter ainsi, il méritait une bonne leçon !

— C'était à moi de décider si je voulais la lui donner ou non.

— Et la lui as-tu donnée ? Non.

Ty, pas plus que son père, ne méritait la compassion !

— Je n'en ai finalement pas éprouvé le besoin, répondit-elle. Tu es entré dans ma vie et, tout ce qui m'intéressait, c'était passer du temps avec toi. Tout le reste ne comptait plus, c'était comme si mon existence avait commencé le jour de notre rencontre.

Oliver resta sans voix, en se rendant compte que c'était exactement ce qu'il avait ressenti ; c'était pour cette raison qu'il l'avait recherchée partout. Seulement voilà : elle allait ressortir de sa vie, il le sentait bien !

— Ce n'est pas toi que je voulais atteindre, dit-il.

— Je sais, mais ton comportement me déçoit. Je pensais que ta colère était uniquement dirigée contre toi, car elle t'isolait des autres.

En dépit du ton calme sur lequel elle les prononçait, ces mots le cinglèrent littéralement, réveillant en lui des souvenirs d'enfance fort douloureux : décidément, ce qu'il ferait ne serait jamais à la hauteur des attentes de Sammi !

— Jusqu'à présent, je ne m'étais pas rendu compte que ta colère visait aussi les autres, poursuivit-elle, et cette prise de conscience m'effraye ! Qui sera ta prochaine victime ? Moi ?

Cette fois, ce fut comme un coup de poing en plein ventre.

— Je ne ferai jamais rien pour te blesser, Sammi…

— Pas de façon intentionnelle, sans doute. Mais prenons l'exemple de Ty. Il pense que c'est à cause de moi qu'il a été licencié. Tu imagines s'il répand la nouvelle autour de lui ? Cela pourrait porter atteinte à ma réputation, et me fermer toutes les portes à un moment pivot de ma vie professionnelle.

Il secoua la tête.

— Ne t'inquiète pas pour cela, je prendrai toujours soin de toi.

Elle écarquilla de grands yeux.

— Mais je ne veux pas que tu me protèges ! Je veux que tu me soutiennes dans mes choix, je n'ai pas besoin que tu te battes pour moi. Je veux que tu m'encourages.

— Et tu sais que c'est ce que je ferai.

— Ah bon ? Et de quelle façon ? En m'incitant à prendre un appartement bien au-dessus de mes moyens ? En me répétant que je ne dois pas m'inquiéter, car tu pourvoiras aux besoins du bébé et aux miens ?

— Si tu veux vraiment trouver un appartement dans tes moyens, je t'aiderai, dit-il.

Ces mots lui coûtèrent, mais visiblement c'était ceux qu'elle attendait.

— Parfait ! enchaîna-t-elle sur un ton encore plus déterminé. Car je n'ai pas l'intention d'emménager chez toi, ni de t'épouser.

N'avait-elle donc pas compris le sens de sa demande en mariage ? Ce n'était pas juste pour sauver la face en raison de la grossesse, mais parce qu'il avait besoin d'elle…

— Jamais ? questionna-t-il alors, pris de panique. Ou juste maintenant ? Je comprends que tout aille trop vite pour toi, mais je ne veux pas te perdre. Je ne peux pas te perdre.

— Allons dans ton studio, dit-elle alors.

— Mais pourquoi ? renchérit-il, abasourdi par le brusque changement de sujet.

Se dirigeant vers l'escalier, elle répondit :

— Je veux que tu prennes la photo promise. Je te l'ai payée vingt-trois dollars. Tu me la dois.

— OK…

— Depuis des semaines, je me dis qu'une fois que tu auras pris cette photo je perdrai tout intérêt à tes yeux, car tu connaîtras alors le moindre de mes secrets. L'heure est venue pour moi d'affronter ma peur.

À contrecœur, il la suivit dans l'escalier. Il n'avait pas imaginé un instant qu'elle avait pris cette séance avec un tel sérieux !

Pourquoi n'arrivait-elle pas à comprendre qu'elle lui était aussi nécessaire que l'air qu'il respirait ? Visiblement, elle recherchait des preuves, les mots ne lui suffisaient pas.

— Tu ne me fais pas confiance, marmonna-t-il.

Une fois en bas des marches, Sammi se retourna pour lui faire face, sans mot dire, et ce fut dans ses yeux qu'il lut la réponse. Elle avait besoin qu'il se conduise mieux, qu'il cesse de toujours s'emporter, seulement, il ne savait pas comment s'y prendre ! La rage faisait partie intégrante de son être, elle était dans son ADN, il ne pourrait jamais s'en débarrasser, quand bien même il le souhaitait sincèrement.

— Écoute, je ne peux pas prendre cette photo ce soir, enchaîna-t-il, troublé par tout ce qu'elle attendait de lui.

— Tu as effectué tout le travail de préparation, lui rappela-t-elle.

Et, s'emparant d'un de ses appareils photo, elle le lui tendit.

— Tu m'as posé toutes les questions voulues, et tu connais parfaitement bien mon âme. La seule chose à faire, c'est de prendre la photo qui me la révélera.

Il croisa les bras, refusant de se saisir de l'appareil. Il redoutait en effet qu'elle ne se serve de ce cliché comme justification pour le quitter.

— Il est insensé de croire qu'une seule photo suffirait pour que je me désintéresse de toi.

Elle lui enfonça quasiment l'appareil dans les côtes.

— Prends-la, et nous verrons.

Mue par le vertige de l'appréhension, Sammi le considéra tandis qu'il accusait le choc de ses propos et de son comportement. Que faisait-elle, au juste ? Voulait-elle vraiment perdre Oliver en lui lançant un tel ultimatum ? Pourquoi testait-elle ainsi ses résistances et prenait-elle le risque qu'il n'explose de colère ?

Elle avait beau le provoquer avec cet appareil-photo, il refusait obstinément de s'en emparer ! Il était soudain devenu tout raide, et s'était refermé à elle, la laissant seule sur une froide banquise…

Elle voyait dans ses yeux impénétrables qu'elle était allée trop loin, et déjà elle sentait que les larmes la menaçaient… Et si elle rétropédalait sur-le-champ et acceptait de l'épouser ? Tout était préférable à le sortir de sa vie. Elle l'aimerait pour deux.

Une petite voix lui rappela alors ce qu'il avait fait à Ty…

Pouvait-elle le laisser sombrer dans son amertume ? Ne devait-elle pas au contraire le mettre au défi de surmonter une fois pour toutes ses démons ? Si elle l'aimait, il fallait qu'elle se montre courageuse et l'incite à se battre pour eux deux. Pour eux trois.

— Très bien, dit-il enfin. Allons-y.

Et il lui prit l'appareil des mains.

Hochant la tête, elle ôta son manteau, puis s'assit à la table de maquillage pour enlever soigneusement le sien. Après quoi, elle ôta sa robe pour enfiler un peignoir, puis se prépara mentalement à ce qui allait suivre car, de toute évidence, Oliver n'allait pas prendre de gants.

Pendant qu'elle se préparait, il avait réglé les lumières et placé une chaise devant le fond blanc ; elle vint s'y asseoir en s'efforçant de respirer calmement pour se détendre.

— Parle-moi d'une chose que tu as toujours voulu faire, mais pas encore réalisée, commença-t-il d'une voix curieusement adoucie.

D'un ton qui invitait à la confidence.

Elle repensa à toutes leurs conversations, et à ce qu'elle lui avait tu sur elle… Pendant qu'il attendait, aussi immobile que silencieux, elle envisagea plusieurs possibilités avant de se décider pour un sujet qu'elle évitait toujours soigneusement.

— Je ne suis jamais allée aux Philippines, commença-t-elle avec calme. Or, j'ai de la famille, là-bas, que je ne connais pas.

— Pourquoi n'y es-tu jamais allée ?

— Quand j'avais dix ans, j'avais en tête l'image d'une famille parfaite qui n'attendait que moi, à l'autre bout du monde. Mais ce n'était pas le cas. Ma mère a grandi dans le plus grand dénuement, son père est mort quand elle avait cinq ans, et elle a dû ensuite travailler dans les champs. Sa famille avait à peine de quoi se nourrir, et pouvait encore moins se payer un logement. À ses onze ans, ils ont tous déménagé en ville, où habitait une sœur de ma grand-mère. Celle-ci a alors obtenu un emploi de domestique chez un homme riche.

Elle marqua une pause pour qu'il ait le temps d'absorber ses paroles, de comprendre d'où elle venait, tout en se demandant si cet aveu n'allait pas changer la façon dont il la percevait. La propre mère d'Oliver était issue d'une famille extrêmement fortunée, et avait été élevée dans le genre de maison où la grand-mère de Sammi avait travaillé.

— La vie s'est alors un peu améliorée pour ma mère. Ma grand-mère a pu louer un petit studio et l'a envoyée à l'école. Ma mère savait pertinemment que son seul salut passait par l'école.

— Ta grand-mère est-elle toujours en vie ? s'enquit-il alors.

— Je n'en ai aucune idée, ni aucun moyen de le savoir.

— Qu'en est-il de ton père ?

— Lorsque ma mère l'a rencontré, il était déjà marié. Mais il ne le lui a dit qu'une fois qu'elle a été enceinte. Le beau-père de mon père a alors acheté un billet d'avion à ma mère, en lui faisant promettre de ne jamais chercher à reprendre contact avec lui.

Elle sentit son cœur se serrer en se rappelant les larmes qu'elle avait vu briller dans les yeux de sa mère, lorsque celle-ci lui avait raconté cette histoire, un soir.

— Tu as donc été son passeport pour les États-Unis, murmura Oliver.

— J'imagine, dit-elle. Je ne sais pas si elle m'aurait gardée sinon.

— Tu ne le lui as pas demandé ?

— Non, je n'ai jamais osé…

— Mais cette incertitude doit nourrir une certaine colère en toi contre elle, non ?

— Cette colère s'est apaisée avec le temps. Pendant longtemps, je lui en ai voulu de la pression qu'elle me mettait pour que je devienne mannequin et gagne beaucoup d'argent. Mais, depuis que je suis enceinte et que je me rends compte que je risque de perdre mes revenus, je commence à mieux comprendre sa terreur à l'idée de retomber dans la pauvreté. Je ne peux pas lui en vouloir d'avoir fait ce qu'il fallait pour survivre.

— Et je suppose que tu vas me dire à présent que tu lui as pardonné ?

Sammi perçut le ressentiment sous le ton sceptique.

— Je ne peux pas me permettre de lui en vouloir, car cela ne m'apportera rien de positif, et à ma mère non plus. Je suis autant en colère contre moi, pour ne pas avoir suivi mes instincts et pour l'avoir laissée diriger ma vie, que contre elle pour s'être servie de moi pendant toutes ces années.

— La différence entre toi et moi, souligna alors Oliver, c'est que je ne suis pas furieux contre moi-même, juste contre mon père.

— La différence entre nous, renchérit-elle, c'est que j'ai compris qu'elle est ma seule famille, et que je ne pourrai pas être heureuse si elle ne fait pas partie de ma vie. J'ai décidé de m'affranchir du passé. Demain, nous déjeunons ensemble pour fêter son nouvel emploi et j'espère que ce sera un nouveau départ pour nous deux.

À ces mots, Oliver se leva et posa l'appareil-photo sur la table.

— C'est fini ? Tu as fait la photo ? demanda-t-elle en se levant.

— Je ne sais pas. J'en ai pris de nombreuses, dit-il en regardant fixement un point derrière elle.

— Je n'avais payé que pour une seule, c'était notre accord.

Il plongea alors les yeux dans les siens.

— J'avais été présomptueux de penser qu'une seule suffirait à saisir l'essence de ton être.

Gorge serrée, incapable de prononcer le moindre mot, elle le prit par la main et l'entraîna vers le canapé. Puis elle lui retira son pantalon et le prit dans sa bouche…

Soudain, un grognement lui échappa.

— Arrête ! dit-il, haletant.

Et, enfouissant les mains dans ses cheveux, il ajouta :

— Pas comme ça ! J'ai besoin d'être en toi.

En un rien de temps, elle se départit de son peignoir et de ses sous-vêtements, et se retrouva sur lui.

— Comme ça ? demanda-t-elle en s'ajustant à son érection.

— Oui…, répondit-il d'une voix rauque.

Et il l'empoigna vigoureusement par les hanches.

Elle se mit à bouger sur lui, à moitié de sa propre volonté, à moitié sous l'impulsion d'Oliver. Le tumulte faisait rage en elle, tandis qu'elle chaloupait énergiquement et qu'il lui donnait de puissants coups de reins. Elle ne détourna pas la tête quand il inclina la sienne en arrière, aux prises avec la jouissance naissante… Son propre plaisir monta en intensité comme jamais… Ce soir, elle lui ouvrait son cœur, se donnait entièrement à lui, se sentait transcendée… Un orgasme pareil à un tsunami s'engouffra subitement en elle, balayant sur son passage ses peurs, ses angoisses, ses ressentiments pour laisser une grève vierge de toute impureté.

Ce fut alors qu'Oliver se redressa et, l'enlaçant, se mit

à trembler dans ses bras, comme traversé par un violent orage. Cet ouragan lui avait-il permis, à lui aussi, de faire table rase du passé ? Pourrait-il enfin renaître des cendres du passé ?

Car, s'il continuait à s'agripper à ses vieux schémas, elle redoutait de ne pouvoir le suivre sur cette voie.

- 12 -

Le lendemain de la réception à Into the Now, Oliver se réveilla seul dans son lit pour la première fois depuis des semaines. En manque de sommeil, il resta d'abord étendu, prêtant l'oreille aux bruits de l'appartement : mais le plus grand calme y régnait, ce qui l'alarma.

Puis il s'efforça de se raisonner : Sammi était forcément dans la cuisine en train de préparer du café, son absence à ses côtés ne signifiait tout de même pas qu'elle avait disparu ! Certes, elle était furieuse contre lui la veille au soir, mais n'avaient-ils pas fait l'amour avec fougue et frénésie par la suite ? Pourtant, à bien y réfléchir, n'y avait-il pas eu aussi une lueur désespérée, au fond de ses yeux ? Elle avait été si calme, après leurs folles étreintes ; elle avait alors l'air d'une femme décidée, qui savait ce qu'elle voulait. Or, ce qui le tracassait, c'était qu'il ignorait s'il faisait partie de ce qu'elle désirait.

Roulant sur le côté, il se leva et ouvrit la garde-robe : ses tenues y étaient encore, nota-t-il, réconforté. Mais le soulagement fut de courte durée : quand il entra dans la salle de bains, il constata en effet que les crèmes et articles de maquillage dont la vue lui était familière avaient disparu.

Il en ressortit immédiatement pour vérifier ses messages sur son téléphone portable, avant de se rappeler qu'il l'avait laissé dans le studio, en bas. Enfilant un caleçon et un T-shirt, il s'y rendit.

L'odeur du café que Heidi venait de préparer flottait dans la pièce. Ses vêtements ainsi que les dessous noirs de Sammi formaient une pile au bas des marches.

— Bonjour, dit-il à son assistante, en cherchant son portable dans les poches de sa veste. Quel est le programme, aujourd'hui ?

— Pas de rendez-vous, ni de séances de photos, si c'est ce que tu es en train de me demander.

— Parfait.

Son téléphone enfin en main, il s'apprêtait à écrire un message à Sammi, quand il se ravisa : qu'aurait-il pu lui écrire qui soit plus fort que ce qu'ils avaient partagé, la nuit passée ? Qu'est-ce qui aurait bien pu réparer cette fêlure entre eux, la confiance qu'il avait brisée en la vengeant à son insu de son ex-petit ami ?

— Pourrais-tu me faire une faveur, Heidi ? reprit-il en s'emparant du mug de café qu'elle lui tendait.

— Tu me payes pour cela, non ? répondit-elle avec un bref sourire. De quoi s'agit-il ?

— Envoie deux douzaines de roses à…

Il s'interrompit, soudain conscient qu'un geste romantique ne suffirait pas à régler ce qui n'allait pas. La seule façon de regagner le cœur de Sammi, c'était de surmonter ses ressentiments envers sa famille, et notamment son père.

— Non, oublie, poursuivit-il. D'ailleurs tu peux prendre ta journée. Va au spa, au restaurant avec une amie, bref, fais ce qui te plaît aujourd'hui et paye avec la carte de notre société.

Heidi ouvrit de grands yeux.

— Tu es bien certain ? Et si quelqu'un appelle ?

— Eh bien, on le rappellera demain ! Amuse-toi bien.

Et, laissant son assistante visiblement en proie à la confusion, il remonta dans son appartement. Une fois en haut, il effectua une recherche dans ses appels récents, puis joignit l'avocat de son père, avec qui il convint d'une visite à Vernon !

Il avait déjà perdu trop de temps sans Sammi, trop de temps à ruminer sa colère et ses blessures, à meurtrir ceux qu'il aimait. Elle avait raison : pour se délester de sa rage, il devait affronter son père. Et, tant qu'il éviterait la source de sa souffrance, il ne pourrait jamais se séparer de la peur d'être rejeté qui l'empêchait de vivre pleinement sa relation avec Sammi.

Trois heures plus tard, il se dirigeait vers la prison fédérale où se trouvait son père, surpris de la vitesse à laquelle le tout s'était produit, et également soulagé : ainsi, il n'avait pas eu le temps de revenir sur sa décision.

Les murs gris qui l'encerclèrent quand il pénétra dans l'établissement pénitentiaire firent jaillir en lui à la fois de la tension, de l'anxiété et de la colère… Et il se prépara mentalement à retrouver ce père qu'il n'avait pas revu depuis une décennie et demie. Mâchoires serrées, il se soumit aux différentes procédures pour les visiteurs, tout en se demandant ce qu'il faisait ici : quel bien pourrait-il tirer d'un tête-à-tête avec un homme qu'il méprisait ? D'autant que Vernon ne l'avait jamais aimé, en dépit de sa quête de reconnaissance auprès de lui. Et, même quand il avait choisi le pire pour attirer l'attention de son père, celui-ci n'avait pas voulu entendre son appel au secours.

D'ailleurs, personne dans sa famille ne lui avait tendu la main lorsqu'il avait sombré. Il était remonté tout seul de l'enfer, tout comme il ne devait sa réussite actuelle qu'à lui-même : ce n'était pas grâce à son père qu'il était aujourd'hui un photographe célèbre, mais malgré ce dernier.

Le cœur cognant très fort, il entra dans une salle compartimentée, avec d'un côté les visiteurs, de l'autre les détenus : il comprit, soulagé, qu'il ne parlerait pas à Vernon dans un espace ouvert, mais serait séparé de lui par une vitre. Cinq ou six visiteurs étaient déjà en grande conversation avec un prisonnier, et il prit place sur un siège vide, en attendant qu'on amène Vernon.

Une fois assis, il sentit grandir le malaise qui montait à bruit sourd en lui, tel un train qui se rapproche, puis un tremblement le saisit, comme quand il était enfant : la peur et l'angoisse rampaient à présent en son for intérieur, prêtes à attaquer son assurance. Il n'était plus le photographe à succès, mais le petit garçon malheureux qu'il avait été face à un père affreusement indifférent, dont l'attitude l'avait ensuite empêché de vivre et d'aimer… Jusqu'à ce qu'il rencontre Sammi et qu'il baisse la garde : avec elle, il avait enfin trouvé un port, un sentiment d'appartenance. Avec elle, il était résolu à faire de son mieux, à être meilleur, elle lui avait montré qu'il en était capable, lui avait redonné confiance en sa capacité à être une bonne personne.

Soudain, de l'autre côté de la vitre, la porte s'ouvrit et on fit entrer un nouveau prévenu… Vernon ! Sous le choc, il regarda cet homme vieilli s'avancer vers le siège disposé en face de lui. S'il n'avait pas le moindre cheveu blanc et avait une carrure toujours athlétique, son visage tanné était en revanche sillonné de rides : le prix à payer sans doute pour quinze ans de belle vie sous le soleil. Ses cernes et son uniforme de prisonnier mis à part, il avait l'air d'un homme qui revenait, détendu, de longues vacances.

Sauf que maintenant la fête était finie et qu'il devait faire face à la dure réalité ! Il était évident que Vernon le savait, même s'il conservait une arrogance dans le regard, et s'il émanait encore de lui une assurance inaltérée. Incroyable, songea Oliver en sentant sa colère renaître d'un coup quand Vernon plissa les yeux et les posa sur lui, de toute évidence déçu qu'il soit son premier visiteur. Sans doute aurait-il préféré voir Josh pour avoir des nouvelles de Black Crescent, ou bien Jake.

Une fois assis de l'autre côté de la vitre, Vernon lui adressa un grand sourire à la blancheur et à la morgue inchangées. Il se crispa, se contentant de le regarder fixement, empli de haine : son père n'avait pas droit au bonheur, après tout le mal qu'il avait fait aux siens, et notamment à sa mère, qui l'avait d'abord défendu, avant de se rendre à l'évidence. Oliver en avait eu le cœur brisé.

Vernon décrocha le téléphone et le colla contre son oreille, attendant avec un sourire figé qu'Oliver l'imite. Toutes les questions qui lui avaient traversé l'esprit sur le trajet qui le menait à la prison se résumaient à présent à une seule : son père estimait-il que sa femme et ses enfants étaient des objets jetables aux yeux desquels on pouvait se faire passer pour mort ?

Comme dans un brouillard épais, il prit lui aussi le combiné et, yeux dardés sur son père, attendit qu'il entame la conversation.

— Tu as l'air en forme, dit Vernon, comme s'il s'agissait d'une conversation banale, dans un endroit et par un jour qui l'étaient tout autant.

— Toi aussi, répliqua Oliver d'un ton ironique. Mais il est vrai que tu as passé quinze ans sur une île tropicale, à mener la belle vie, alors que ta famille gérait les conséquences du gâchis que tu as laissé derrière toi.

— Ta mère est venue me rendre visite, reprit Vernon sans prêter attention au ton accusateur et hostile d'Oliver. Elle m'a dit que tu étais devenu photographe. Tu as toujours été intéressé par ce genre de futilités au lieu de te focaliser sur ce qui est important.

Il n'était pas venu ici pour échanger des incivilités stériles avec cet homme, mais pour obtenir des réponses. Cependant, il tenait d'abord à lui rappeler que sa famille ne l'accueillerait pas à bras ouverts.

— Parlons-en de maman ! Peux-tu imaginer un instant dans quel état ta disparition avec tout l'argent l'a laissée ? Le mal que tu lui as fait ?

— Cet argent, je l'avais gagné !

Il crut s'étouffer ! Volé, oui ! Bon sang, comment avait-il pu espérer un seul instant que Vernon reconnaîtrait sa responsabilité dans le désastre qu'il avait déclenché ? Faisant abstraction des tentatives pathétiques de son père pour se justifier, il reprit :

— Pourquoi n'as-tu fait savoir à aucun d'entre nous que tu étais en vie ?

— Je t'ai envoyé une canne à pêche, rétorqua-t-il sur un ton condescendant. Ne l'as-tu pas reçue ?

— Elle m'est bien parvenue, mais avec des années de retard, répondit-il, surpris de ne pas être étreint alors par une rage brûlante, mais juste empreint d'un froid mépris. Ce que je ne comprends pas, c'est la raison de cet envoi.

Et en prononçant ces mots il se rendit compte qu'en réalité cela ne l'intéressait même plus. Rien de ce que pourrait dire Vernon ne le rachèterait, à ses yeux ; tout ce qui comptait pour lui aujourd'hui, c'était d'être en paix.

Et comment avait-il pu se leurrer au point de la chercher non pas en lui, mais en dehors de lui ? D'imaginer que son père la lui procurerait après tout le mal que celui-ci avait engendré ? Pourquoi lui avait-il accordé une telle puissance ?

À cet instant, tous les mauvais souvenirs et autres doutes invalidants disparurent en lui dans un éclair de lucidité, et une lumière intérieure l'envahit, chassant toute noirceur de son être : un soulagement indicible prit alors possession de son âme.

Il n'avait pas besoin des explications de Vernon, ni de sa reconnaissance, et encore moins de son amour. Les seules personnes vitales à son bonheur, c'était Sammi et leur futur enfant. Avec elle, il pourrait vraiment tourner la page, accueillir l'avenir à bras ouverts, et rétablir de vraies relations avec ses frères et sa mère.

Presque saisi de vertige, il raccrocha et se leva, sans accorder le moindre regard à Vernon, puis sortit de la salle empli d'une incroyable légèreté et d'un calme absolu, comme s'il marchait sur un trampoline, au lieu de fouler les durs carreaux d'un établissement pénitentiaire.

Une fois à l'extérieur, il tourna le visage vers le ciel, et éclata de rire quand des flocons de neige le caressèrent. Mû par le besoin urgent de voir Sammi et de lui raconter les révélations qu'il venait de vivre, il s'élança en courant vers sa voiture.

— Félicitations ! dit Sammi en levant son verre d'eau pétillante vers celui de sa mère. L'agence Paulson a beaucoup de chance de t'avoir recrutée.

Sammi repensa alors à tout ce que sa rencontre avec Oliver avait provoqué dans sa vie, quelques mois auparavant. Les répercussions s'étendraient-elles à la famille d'Oliver ? Et cela aurait-il un impact positif sur sa relation avec ce dernier ?

— En entrant chez eux, je me suis rendu compte à

quel point le temps des premières séances et démarchages auprès des agences avec toi m'avait manqué.

Et le sourire nostalgique de Celeste transporta Sammi au temps magique où sa mère et elle avaient la sensation que New York leur appartenait. Elle n'avait alors jamais perçu le stress sous-jacent qui devait en permanence habiter sa mère. Avant qu'elle ne décroche son premier défilé important, elles avançaient main dans la main…

— Je suis désolée, dit-elle soudain, gorge nouée.

— Désolée pourquoi ? répliqua Celeste, surprise du ton sombre que prenait soudain la conversation.

— Je ne t'ai jamais remerciée pour tout ce que tu avais fait pour moi.

Sa mère cligna des yeux.

— Tu n'as pas à me remercier. C'est le rôle d'une mère de veiller sur son enfant, répondit-elle avant d'ajouter avec un beau sourire : Même quand votre fille n'a plus besoin de vous.

— Non, protesta Sammi en posant la main sur son verre, j'aurai toujours besoin de toi, et aujourd'hui plus que jamais.

— Et j'en suis si heureuse ! Après les tumultes que nous avons traversés ces derniers temps, j'ai cru que tu m'avais sortie de ta vie…

— Tu avais exigé que je fasse une IVG !

— Je sais, et je le regrette profondément. J'étais si obsédée par ta carrière, la mienne, incapable de prendre en compte tes sentiments et tes désirs. Je te demande pardon.

Délestée du poids qui pesait sur son cœur grâce aux excuses que sa mère venait de lui présenter, Sammi enchaîna sur un autre sujet qui la tracassait.

— Maman, j'aimerais te poser une question… Regrettes-tu de m'avoir mise au monde ?

— Non, bien sûr que non…

Devant le regard sceptique de Sammi, elle ajouta :

— Peut-être que ma vie aurait été plus facile si je n'avais pas été mère aussi jeune et, même si j'étais terrifiée quand j'ai appris ma grossesse, rien au monde n'a jamais autant compté que toi, dans mon existence.

À ces mots, Sammi comprit qu'il existait entre elles une chance de retrouver la relation qu'elles avaient connue avant que sa carrière ne s'envole.

— Je savais que notre vie serait plus facile ici, poursuivit Celeste en lui étreignant la main. Je voulais repartir de zéro, mais tu as raison, ce n'était pas facile, comme je n'avais ni talent ni formation. J'espérais juste te permettre de connaître une meilleure existence que celle que j'avais vécue aux Philippines.

— Et tu es parvenue à tes fins, lui assura Sammi. Sans toi, je ne serais pas la femme que je suis devenue.

— Une femme magnifique et forte, renchérit Celeste, les yeux brillants de fierté. Et qui sera bientôt une formidable mère.

— Je ferai de mon mieux, répondit-elle. Et j'espère être capable d'autant de sacrifices que toi.

— Merci de ta gratitude. Nous nous étions éloignées l'une de l'autre, ces dernières années.

— C'est logique, j'avais grandi et envie d'indépendance, une relation mère-fille tout à fait normale, en somme, dit Sammi en souriant.

Une fois rentrée chez elle, elle finit ses derniers cartons : son préavis arrivait à son terme le lendemain. Même si elle aimait Oliver de toutes ses forces, elle ne pouvait emménager chez lui, en raison de la rage profonde et viscérale qui animait ce dernier. Elle s'installerait dans le meublé qu'elle avait retenu.

Elle avait le cœur brisé à l'idée de ne pouvoir vivre avec lui, mais elle avait suffisamment d'expérience pour comprendre que leur relation ne pourrait pas fonctionner tant qu'il ne changerait pas en profondeur, et que son passé l'empêcherait de s'ouvrir à l'amour.

- 13 -

Dans le taxi qui le conduisait chez Sammi à travers un New York se parant de blancheur sous les flocons de neige persistants, Oliver eut tout le temps de réfléchir à ce qui l'avait empêché, jusque-là, de lui avouer ce qu'il éprouvait pour elle. Et il comprit qu'il avait été, en réalité, dans le déni des sentiments qui grandissaient en lui à son endroit, à l'endroit de leur intimité, et qu'il refusait de voir l'engagement qu'elle attendait de lui.

Comment allait-il à présent la convaincre qu'il avait changé d'avis en une nuit, alors qu'il n'avait cessé de lui prouver jusque-là que seule la colère l'animait ?

Mais au fond les discours étaient-ils nécessaires ? La situation n'appelait-elle pas plutôt à passer aux actes ? Comme le taxi avançait très lentement à cause de la circulation dense, il mit ce temps à profit pour chercher dans quelle agence de publicité travaillait désormais Ty, pour au moins lui présenter des excuses.

Quand ce dernier décrocha, il eut à peine le temps de se présenter que l'ex de Sammi l'interrompit d'un ton peu amène :

— Qu'est-ce que tu veux ?

Il en fut un instant décontenancé : était-ce l'effet qu'il produisait lui-même sur les autres quand il perdait le contrôle de ses nerfs ? Cette image n'était guère flatteuse et il était vraiment résolu à donner désormais une autre impression de lui.

— Sammi m'a dit qu'elle t'avait croisé hier à l'inauguration d'Adina.

— Et ?

— Elle était toute chamboulée, car tu l'as accusée d'être responsable de tes problèmes récents.

— Et pour cause ! Mon agence m'a licencié à cause d'elle, répondit-il d'un ton virulent.

— Elle n'a rien à voir avec cela, lui assura Oliver en s'efforçant de demeurer calme. C'est moi qui suis derrière cette affaire, donc, ton différend, il est avec moi.

— Tu as bousillé mon plan de carrière ! Tu es un vrai salaud !

Et lui, ne l'avait-il pas été avec Sammi ?

Il se mordit la langue : l'obstination de Ty le renvoyait à son propre comportement.

— Je n'aurais jamais dû agir ainsi, je regrette, renchérit-il en serrant les mâchoires, avant de poursuivre sur un ton plus conciliant : Je te serais réellement reconnaissant de laisser Sammi hors de cette affaire. Et, si je peux t'aider en quoi que ce soit à l'avenir, n'hésite surtout pas à m'appeler.

Une fois qu'il eut l'assurance que Ty ne s'en prendrait pas à Sammi, sa tension intérieure régressa nettement. Quand il raccrocha, le trafic s'était fluidifié et, à son grand étonnement, il se sentit bien mieux d'avoir discuté avec Ty, comme si en tentant de réparer un peu le mal qu'il avait fait son acte positif rejaillissait sur lui. Et c'est le sourire aux lèvres qu'il descendit du taxi, devant l'immeuble de Sammi.

Il salua d'un hochement de tête le portier, qui le connaissait fort bien étant donné ses visites répétées, et se dirigea vers l'ascenseur. Une fois à l'intérieur, il sentit son ventre se serrer : il avait été si absorbé par la métamorphose intérieure qui venait de se produire depuis qu'il avait revu son père en prison qu'il n'avait pas pensé un instant que Sammi puisse le rejeter…

Quand il toqua à sa porte, sa nervosité était à son comble, d'autant qu'il eut l'impression qu'elle mettait une éternité à répondre… Elle se matérialisa subitement, vêtue d'une robe à pois blancs et noirs et de baskets blanches.

— Comment s'est passé ton déjeuner avec ta mère ? s'enquit-il d'emblée.

Il nota aussitôt l'éclair de surprise qui passa dans son regard : de toute évidence, elle ne s'attendait pas à ce qu'il s'en souvienne.

— Tu n'es quand même pas venu jusqu'ici pour me poser cette question ? répliqua-t-elle.

Elle l'examina attentivement, poussa un soupir et poursuivit :

— C'était sympa. Elle se réjouit vivement de son nouveau poste à l'agence Paulson.

— Super ! Je peux entrer ? renchérit-il, conscient de sa réticence. J'ai des tas de choses à te raconter.

— Il me semble pourtant que l'on s'est tout dit hier soir.

— Non, pas tout, lui assura-t-il alors.

Puis, lui prenant les mains, il les étreignit doucement avant d'ajouter :

— Je suis allé voir mon père, aujourd'hui.

Elle leva vivement les yeux vers lui, et lui serra à son tour les doigts.

— Et comment cela s'est-il passé ? Tu vas bien ?

— Ai-je l'air d'aller mal ? la taquina-t-il.

L'inquiétude qu'elle avait tout de suite nourrie pour

lui l'avait réconforté. Soudain bien moins anxieux, il lui sourit.

— Tu veux bien me laisser entrer ? Ainsi, je te raconterai ma visite.

Elle l'entraîna à l'intérieur et referma la porte derrière elle. Il découvrit alors les cartons tout autour d'eux.

— Tu déménages ?

Il n'osa pas lui demander où…

— Mon préavis arrive à terme demain, répondit-elle.

Et, lui tenant toujours la main, elle le conduisit dans le salon.

— Eh bien, comment se sont passées ces retrouvailles ? questionna-t-elle.

— Je t'aime, déclara-t-il pour toute réponse.

Elle le considéra un bon moment, visiblement sans comprendre.

— Pardon ?

— Tu es tout pour moi, Sammi, enchaîna-t-il en resserrant son étreinte.

Et il sentit un barrage céder en lui.

— Je ferai tout pour te rendre heureuse, quoi qu'il en coûte.

Comme elle restait figée, il répéta :

— Je t'aime, Sammi.

Elle plongea alors un regard à la fois dubitatif et plein d'espoir dans le sien.

— Et depuis quand ? murmura-t-elle.

Il était tout à fait normal qu'elle soit sur ses gardes : quand elle lui avait avoué qu'elle l'aimait, il avait été incapable de lui dire que lui aussi.

— Depuis que je t'ai vue franchir le seuil du SoHo Grand Hotel. Quelque chose a changé en moi ce jour-là et, depuis, tu fais constamment partie de mes pensées.

Elle en demeura bouche bée, ses yeux intenses rivés sur lui ; on aurait dit qu'elle avait cessé de respirer ! Il la secoua légèrement, presque inquiet… Elle expira alors l'air qu'elle retenait dans ses poumons et reprit la parole :

— Mais, quand tu m'as demandée en mariage et que je t'ai répondu que sans amour ce serait non, tu m'as dit que tu ne m'aimais pas.

— Je n'ai jamais dit cela ! protesta-t-il. Mais je reconnais que je ne t'ai pas répondu que moi aussi je t'aimais et, ma seule excuse, c'est que je n'avais pas encore compris que j'étais amoureux de toi.

— Et… comment se fait-il que maintenant tu l'aies *compris* ?

— Lorsque j'ai revu mon père, tout à l'heure, je me suis rendu compte que je n'étais plus l'enfant qui le craignait tant, autrefois. Il a tout de suite été clair pour moi que tu avais raison, que je devais lâcher prise, que la colère et le ressentiment ne faisaient pas le poids face au bonheur que tu m'apportes. Toi et notre bébé. Tu représentes tout ce que je veux et dont j'ai besoin.

Elle cligna bien vite des yeux, puis posa les mains sur son torse, cherchant dans son regard la garantie qu'il disait vrai.

— Je veux croire que cela suffira…

— Eh bien, crois-le !

Il posa la main sur les siennes, puis effleura son front de ses lèvres.

— Je n'ai rien à prouver à mon père, et je n'ai pas non plus besoin de son approbation pour vivre. En fait, je n'arrive pas à croire que j'ai perdu tout ce temps à ruminer mon ressentiment contre lui.

— Mais le procès de ton père va rouvrir de nombreuses blessures…

— Tu as raison, et je ne peux pas te promettre que je serai toujours serein, mais une chose est certaine : ce sera bien plus difficile pour moi si tu ne fais pas partie de ma vie.

Sammi avait peine à croire qu'Oliver prononçait enfin toutes les paroles qu'elle attendait de lui depuis si longtemps… Qu'il ait subi une telle métamorphose en si peu de temps… Et pourtant, il semblait si sincère ! Pourquoi n'aurait-elle pas fait le pari de le croire ?

— Mais j'en ferai partie, finit-elle par dire, puisque nous allons avoir un enfant ensemble.

Oliver plissa le front.

— Je vois bien que tu n'es pas convaincue.

— Si… Enfin, j'ai envie de l'être.

— Viens avec moi rendre visite à mon père, proposa-t-il d'un ton des plus déterminés. Allons-y tout de suite, et tu verras de tes propres yeux que je n'ai plus de colère en moi contre lui.

— Mais tu en reviens juste ! Tu ne veux quand même pas y retourner maintenant ?

Elle voyait nettement qu'il n'en avait aucune envie, et pourtant il répondit :

— S'il le faut pour te prouver qu'il m'est devenu indifférent, j'y retourne sur-le-champ avec toi, lui assura-t-il avec le plus grand sérieux. Quand tu m'as expliqué que tu avais compris en quoi le passé de ta mère avait influencé sa façon de réagir envers toi ces derniers temps, j'ai vraiment saisi moi aussi la portée de ton raisonnement. La seule manière de surmonter la colère qui m'animait, c'était de lâcher prise pour surmonter également le passé.

— Et donc c'est ce que tu vas faire, enchaîna-t-elle, consciente qu'il était des plus sérieux.

— Le voir aujourd'hui derrière les barreaux a été salutaire pour moi. Il est tombé d'un coup de son piédestal. Il était évident qu'il n'avait aucune envie de me voir, et celui qui est dans la panade c'est lui, pas moi.

— Je crois que nous attendons bien trop de nos parents, dit-elle alors. Ils sont loin d'être parfaits, mais ont des défauts et sont mus par la peur comme tout un chacun.

Oliver hocha la tête.

— Si je l'avais compris quand j'étais plus jeune, je me serais épargné des tonnes d'ennuis, dit-il.

Aux regrets qu'elle perçut dans sa voix, elle sentit son cœur se serrer.

— C'est vrai, mais tu ne serais pas l'homme que tu es devenu aujourd'hui. Tu es un vrai diamant, Oliver, une gemme incassable façonnée par l'adversité.

— Et toi tu es la seule personne au monde à me considérer comme un diamant, dit-il, ses yeux reflétant clairement de la gratitude. La plupart des gens voient en moi un empêcheur de tourner en rond.

Elle lui effleura la joue, pleine d'amour pour lui.

— C'est parce que tu as du mal à t'ouvrir aux autres.

— Tu parles de mon ancien moi, répliqua-t-il avec un beau sourire. Je te garantis que tout va changer. J'ai décidé de reprendre une vraie relation avec mes deux frères et de me réconcilier avec ma mère. J'ai été trop dur avec elle, alors qu'elle a fait de son mieux avec ce qu'elle avait.

Oliver enserra le visage de Sammi et lui donna un doux baiser sur la bouche.

— Mais surtout je te promets d'être bien présent pour toi et notre bébé. Je veux être à la hauteur de la confiance que tu m'accordes.

Face à la détermination qui brillait dans ses beaux yeux bleus, Sammi sentit tous ses doutes se dissiper : pour avoir appris à bien le connaître au cours des derniers mois, elle savait que, lorsqu'il avait pris une décision, il s'y tenait. Et elle trouvait cela extrêmement sexy, peut-être parce qu'elle-même avait tant de difficultés à effectuer des choix.

— Avant de te connaître, renchérit-elle, je n'aurais jamais imaginé rencontrer une personne qui me donne autant confiance en moi, un homme à qui je puisse entièrement me fier.

Oliver l'étreignit alors contre lui, et elle sentit toute tension l'abandonner : avec lui, elle avait trouvé un havre.

— Et toi, tu m'as montré combien il était merveilleux d'être en couple, et bientôt père, répondit-il. J'ai hâte que l'on forme une famille.

Elle était loin d'imaginer, en lui ouvrant la porte tout à l'heure, qu'ils finiraient dans les bras l'un de l'autre : juste avant son arrivée, elle s'apprêtait à emménager seule dans un petit studio, or, voilà qu'il venait de lui dévoiler son amour.

La métamorphose d'Oliver l'emplissait de joie : elle ne s'était pas trompée sur lui quand elle avait perçu la bonté qui l'animait, sous ses aspects un peu rudes, mais elle avait en revanche sous-estimé le nombre d'ombres qui bloquaient son âme jusqu'à ce que celles-ci s'envolent...

Fascinée, elle profitait à présent de l'adoration évidente qui émanait de son beau regard clair.

— Je t'aime, Samantha Guzman, déclara-t-il, avec un sourire qui lui alla droit à l'âme. Veux-tu m'épouser ?

Son cœur cessa de battre un instant... Puis une joie diffuse l'envahit tout entière : son rêve devenait réalité. Elle ne pouvait imaginer meilleurs débuts pour fonder leur famille.

— Oui, répondit-elle, submergée de bonheur. Oh oui ! Je veux devenir ta femme.

Et, quand le baiser d'Oliver se fit plus ardent, elle s'abandonna entièrement à la ferveur qui l'animait, prête à affronter tout ce que l'avenir lui réserverait avec un homme de sa trempe à ses côtés.

BRENDA JACKSON

Sur la route de l'amour

Traduction française de
MORGANE FROGERE

PASSIONS

HARLEQUIN

Titre original :
CLAIMED BY A STEELE

Prologue

— Vous pouvez embrasser la mariée.

Gannon Steele se retint de rire en voyant Mercury prendre son épouse dans ses bras et l'embrasser avec passion. Qui aurait imaginé que son frère, si déterminé à ne plus jamais aimer, puisse récidiver et tomber à nouveau amoureux. Gannon savait que personne au monde n'aurait pu en être plus heureux que leur mère, Eden Tyson Steele, qui adorait la jeune épouse de Mercury et qui attendait le mariage de chacun de ses fils avec impatience.

Il passa en revue les membres de sa famille. Ils devaient probablement tous se dire la même chose. Sloan Donahue avait changé la vision de Mercury sur l'amour, et Mercury avait changé la sienne sur le fait d'être farouchement indépendante. Comme tout le monde, Gannon était convaincu que Mercury et Sloan étaient faits l'un pour l'autre.

— Tu te rends compte que tu es le suivant ?

Gannon lança un coup d'œil à Galen, son frère aîné. Leurs parents, Drew et Eden Steele, avaient donné naissance à six fils. Durant des années, les manières libertines des six frères leur avaient valu le surnom des « Bad New Steele » dans tout Phoenix. À présent tous ces célibataires endurcis étaient mariés – tous sauf Gannon.

Contrairement à ses cinq frères, Gannon n'avait jamais projeté de rester célibataire jusqu'à la fin de ses jours. Il considérait le mariage comme faisant partie de son avenir, mais n'était tout simplement pas pressé de se caser, et maintenant que Mercury était marié cela signifiait plus de femmes pour lui tout seul à courtiser, ce qui le réjouissait.

— Évidemment que je suis le prochain, Galen, puisque je suis le dernier Steele de Phoenix. Mais ça n'arrivera pas avant au moins dix ans et j'ai l'intention de bien profiter de la vie en attendant.

— Dix ans ? répéta Galen en haussant un sourcil sceptique.

— Tu m'as bien entendu. Dix ans minimum. D'ici là je compte bien profiter de mon statut de dernier Steele célibataire.

— Fais attention, petit frère. Tu feras moins le malin quand tu rencontreras la femme de ta vie. Crois-moi.

Gannon s'esclaffa sans paraître le moins du monde prendre les paroles de son frère au sérieux. Il était maître de son esprit et de son destin, et aucune femme sur terre ne pouvait changer cela.

— Qui aurait cru ? dit-il.

Galen lui lança un regard interrogateur.

— Quoi donc ?

— Qu'en vieillissant tu te mettrais à parler comme maman.

— Ris autant que tu veux, Gannon. Mais tu ne viendras pas me dire que je ne t'avais pas prévenu. Dois-je te rappeler comment ça s'est passé quand Brittany est entrée dans ma vie ? Je n'étais pourtant pas quelqu'un qu'on aurait imaginé capable de tomber amoureux.

Gannon savait que c'était vrai, mais après tout il suffisait de regarder Brittany ou n'importe laquelle de ses belles-sœurs pour comprendre pourquoi tous ses frères avaient été foudroyés par l'amour. Elles étaient non seulement belles, mais aussi intelligentes. Cependant Gannon était persuadé que, même si la femme parfaite entrait dans sa vie à cet instant, il ne mordrait pas à l'hameçon. À présent que ses frères n'étaient plus de la partie, il y aurait encore plus de femmes prêtes à se jeter dans ses bras. C'était une perspective bien trop séduisante et il comptait fermement s'en tenir à son « plan sur dix ans ».

— Alors Zion va avoir un bébé ? demanda-t-il soudain afin de changer de sujet.

Galen éclata de rire.

— Non, c'est Céline qui est enceinte. Zion fait la roue comme un paon, comme s'il était le seul homme sur terre capable de concevoir un bébé. C'est hilarant de le voir aussi investi, quand on sait qu'il a été le célibataire le plus endurci de tous les temps.

Gannon rit également, et observa le groupe d'hommes et leurs épouses qui se tenaient côte à côte. Pendant des années, ces hommes avaient été estampillés « célibataires convoités ». Aujourd'hui ils étaient tous mariés et paraissaient très heureux, et pas un n'avait perdu de temps pour mettre sa femme enceinte.

Gannon n'était pas encore prêt pour tout cela.

Un peu plus tard, durant la réception, son portable se mit à vibrer. Il y jeta un coup d'œil et vit qu'il s'agissait d'une certaine Delphine Ryland. Il fronça les sourcils. Comment connaissait-il cette personne ? Pourquoi était-elle dans son répertoire téléphonique ? Était-ce une ancienne conquête ?

— C'est quand ton interview avec *Simply Irresistible,* Gannon ?

Il tourna la tête vers Nikki, la femme de son frère Jonas. Le couple avait annoncé la semaine dernière attendre un bébé. Son autre frère Tyson et sa femme Hunter avaient fait la même annonce quelques semaines auparavant. Gannon devinait que ces deux nouvelles n'étaient pas étrangères à la mine rayonnante de sa mère. En effet, cinq de ses six fils étaient mariés, et à cette même époque l'année prochaine elle aurait des petits-enfants à gâter.

— Je crois que c'est la semaine prochaine, dit-il.

À vrai dire, entre l'excitation du mariage et tous les amis et membres de la famille arrivés en ville, il avait complètement oublié l'interview.

Simply Irresistible, un magazine de Denver, était dirigé par Chloe Westmoreland, leur cousine par alliance. Gannon s'était senti flatté quand Chloe l'avait contacté pour lui expliquer que le magazine voulait réaliser une série de portraits sur des chefs d'entreprise innovants, et qu'elle souhaitait le mettre à l'honneur. En fait, elle voulait qu'il fasse la couverture.

Quarante ans auparavant, le père de Gannon avait créé sa petite entreprise de transport, qu'il avait réussi au fil des ans à hisser au rang de grande entreprise nationale. Gannon avait pris sa place après son départ à la retraite, mais il prenait plaisir de temps à autre à troquer son rôle de P-DG contre celui de conducteur de semi-remorque et à livrer à travers le pays.

Il était convaincu que la plupart des gens n'imaginaient pas l'importance de l'industrie du transport, et il espérait que l'article contribuerait à mieux faire connaître cette profession ainsi que son rôle bénéfique au sein de l'économie d'un pays.

— Chloe m'a dit que l'interview sera effectuée par Delphine Ryland, déclara Nikki en coupant le fil de ses pensées.

Delphine Ryland.

C'était donc Chloe qui lui avait donné le nom et le numéro de cette femme.

— Est-ce que tu la connais ?

— Delphine ? Oui, tout à fait.

Gannon n'en fut pas surpris, car il connaissait les relations professionnelles passées de Nikki et de Chloe, ainsi que leur amitié actuelle. Avant son mariage Nikki collaborait de temps à autre avec *Simply Irresistible* en tant que photographe. Il était donc logique qu'elle connaisse les personnes travaillant pour le magazine.

— Je viens justement de rater un appel de Mme Ryland.

— Elle voulait sans doute te rappeler l'interview et s'assurer que tu n'avais pas oublié.

— Aucun problème. Je la rappellerai demain.

— Delphine est quelqu'un de gentil et c'est une grande journaliste de surcroît. Elle te plaira sûrement.

Gannon ne trouva rien à répondre à cela. Il appréciait les femmes de manière générale, et il n'y avait aucune raison que ça soit différent avec Delphine Ryland.

Delphine regarda son téléphone portable et poussa un énorme soupir. Elle avait essayé deux fois de joindre Gannon Steele ce week-end, et il ne l'avait pas encore rappelée. Ce projet était d'une grande importance pour elle, et Gannon Steele était le dernier P-DG à interviewer.

Jusque-là, elle avait vu Ron Paulus, le P-DG d'une pizzeria, qui passait souvent dans ses succursales effectuer des livraisons, Jack Zelle, le propriétaire d'une gigantesque entreprise, qui n'hésitait pas à retrousser ses manches pour donner un coup de main dans ses entrepôts, et Nathan Beam, propriétaire d'une chaîne de restaurants, qui mettait souvent la main à la pâte en tant que serveur. Tous ces chefs d'entreprise avaient un point en commun :

ils pensaient que maintenir des liens avec leurs employés était la clé pour les responsabiliser, et que la meilleure méthode de management était de ne pas exiger quelque chose qu'ils n'auraient pas fait eux-mêmes.

D'après ses recherches, Gannon Steele n'était guère différent. Depuis qu'il avait pris la place de son père, le P-DG de trente-trois ans avait grandement fait évoluer l'entreprise : la Steele Trucking Company était à présent une société valant plusieurs millions de dollars. Non seulement il en avait multiplié la richesse par dix, mais il avait su en conserver l'esprit de famille.

Gannon écoutait ses employés et n'hésitait pas à parcourir les mêmes routes qu'eux quand il quittait parfois le bureau pour prendre le volant d'un semi-remorque, chose qui lui avait permis de mieux connaître les défis auxquels ses routiers faisaient face.

Il avait ainsi mis en œuvre un certain nombre de changements afin d'améliorer leurs conditions de vie : ouverture d'écoles pour les enfants de ses salariés et mise en place d'un système de soutien pour les familles lorsque les routiers étaient sur la route, prise en charge des frais de scolarité des employés qui voulaient reprendre leurs études ainsi que de leur famille, éliminant ainsi une grande source de stress. Il avait de plus augmenté les salaires, offrant la plus haute rémunération du secteur et faisant de la Steele Trucking Company une des entreprises les plus attractives de l'Arizona. Gannon avait d'ailleurs déjà fait la couverture de plusieurs magazines en tant que jeune prodige du secteur des transports.

Quant à *Simply Irresistible,* c'était un magazine s'adressant à des femmes actives. La parution la plus populaire était le numéro spécial désignant l'Homme Irrésistible de l'année. L'article comprenait une photo de couverture et la biographie détaillée de l'homme qui, selon la revue, méritait une distinction particulière en raison à la fois de son physique irrésistible et de son impact positif sur son entreprise.

De nombreuses personnes en avaient déjà fait la couverture, y compris le célèbre sportif LeBron James, le riche rancher Ramsey Westmoreland, le pilote de course moto Thorn Westmoreland et l'ancienne star de cinéma à présent rancher Walker Rafferty. Cette année le conseil d'administration avait choisi Gannon Steele, pour ses mérites professionnels mais également son physique séduisant. *Simply Irresistible* savait que l'homme présenté en couverture devrait être considéré par ses lectrices comme l'amant idéal.

D'après les recherches de Delphine, Gannon Steele pouvait assurément être considéré comme l'amant idéal. C'était son point de vue en tout cas. Les yeux verts de cet homme auraient fait tomber n'importe quelle femme en pâmoison. Voilà donc pourquoi elle se retrouvait à Phoenix, prête à faire cette interview. Mais pour le moment l'homme en question était injoignable.

Sa responsable, Lucia Westmoreland, qui connaissait personnellement Gannon en raison de leurs liens familiaux, lui avait donné ses coordonnées et dit que Chloe Westmoreland, la directrice de *Simply Irresistible,* avait déjà donné celles de Delphine à Gannon. Alors pourquoi est-ce qu'il ne décrochait pas ? Avait-il changé d'avis ?

Cette pensée la fit frissonner de nervosité. La dernière chose qu'elle souhaitait était de faire faux bond à Chloe ou Lucia alors qu'elles avaient été si gentilles avec elle. Toutes deux lui avaient donné sa chance en voyant en elle une ambition similaire à la leur, du temps de leurs débuts.

Chloe avait lancé le magazine une fois son diplôme

universitaire en poche, et quand elle s'était étendue au Colorado elle avait fait appel à sa meilleure amie Lucia, pour l'aider à gérer le bureau de Denver. Chloe ne comptait pas rester à Denver au départ, mais elle et Lucia avaient fini par épouser deux frères, et à présent c'était principalement Lucia qui gérait l'entreprise. Chloe travaillait surtout depuis la maison et se consacrait essentiellement à sa famille et à seconder son mari dans la gestion de son ranch. Tout comme Lucia, Chloe connaissait Gannon personnellement en raison de leurs liens familiaux.

Delphine serait toujours redevable aux deux femmes de lui avoir offert ce travail de journaliste. Après sa rupture avec Liddell Bartley, elle n'aurait jamais pensé retourner un jour à Denver. Son cœur s'était brisé quand l'homme qu'elle avait aimé – l'homme dont elle pensait être aimée en retour – lui avait envoyé une lettre de rupture un mois avant le mariage, l'informant qu'il était tombé amoureux d'une autre.

Finalement, l'état de santé de sa mère l'avait obligée à retourner dans sa ville natale. C'était Lucia qui lui avait écrit pour l'avertir de la gravité de la situation. La mère de Lucia et celle de Delphine avaient été meilleures amies durant leur enfance et, quand la mère de Delphine avait fait jurer à celle de Lucia de garder le secret sur son état de santé, Lucia avait estimé que le secret ne s'étendait pas à elle. Elle s'était donc sentie obligée de prévenir Delphine.

Une fois mise au courant, Delphine avait aussitôt quitté son emploi à New York et était retournée à Denver pour soigner sa mère, sans plus s'inquiéter de son sentiment d'embarras après sa rupture humiliante avec Liddell. Sachant qu'elle aurait besoin de consacrer la majeure partie de son temps et de son attention à sa mère, Chloe et Lucia lui avaient offert un emploi de journaliste indépendante pour qu'elle puisse travailler depuis la maison. C'était ce qu'elle avait fait pendant trois ans.

Après le décès de sa mère l'année dernière, Delphine avait recommencé à travailler à temps plein, chez *Simply Irresistible.* Elle aimait son travail et les missions qui lui étaient confiées. Ce qu'elle aimait le plus, c'était que ces missions l'envoyaient souvent loin de Denver durant des semaines entières, ce qui l'aidait à faire son deuil.

À l'âge de six ans, Delphine avait vu son père déserter le foyer familial sans un regard en arrière, et les quitter pour autre femme. Depuis, elle et sa mère avaient vécu très proches l'une de l'autre. À l'heure actuelle, elle ignorait si son père était mort ou en vie, et ça lui était complètement égal. Manifestement, c'était le destin des femmes Ryland de se faire quitter pour une autre par les hommes qu'elles aimaient.

La sonnerie de son portable la fit sursauter. L'appel provenait de Gannon Steele. Enfin !

— Allô !

— Madame Ryland, c'est Gannon Steele. Je m'excuse de ne pas avoir répondu à vos appels plus tôt, mais nous avions un mariage dans la famille ce week-end et j'ai été assez occupé.

Elle se souvint soudain que Lucia avait parlé d'un mariage, mais elle ignorait qu'il devait se dérouler cette semaine précisément.

— Inutile de vous excuser, monsieur Steele. Je comprends.

Elle inspira profondément pour se ressaisir. La voix de Gannon lui donnait des frissons ; une voix profonde et riche de baryton, qui lui rappelait Barry White.

— Alors, quand pourrons-nous nous rencontrer ? lui demanda-t-il.

Elle savait que sa question n'était en aucun cas personnelle : ils devaient se voir dans le cadre de l'interview. Mais l'espace d'un instant le son de cette voix lui fit imaginer toutes sortes de scénarios. Elle secoua la tête, consciente qu'aucun n'était réaliste. Au cours de ses recherches, elle en avait appris bien plus au sujet de Gannon Steele que ce qui concernait ses succès commerciaux. Elle savait qu'il était le dernier de ce que les femmes de Phoenix appelaient les « Bad New Steele ». Un autre de ses frères s'étant marié, il était à présent le dernier célibataire d'une fratrie dont la réputation auprès des femmes était légendaire. Est-ce qu'il comptait arborer fièrement la bannière du dernier Steele célibataire désormais ?

— Je suis à votre disposition, dit-elle sans réfléchir.

Elle eut peur que sa réponse ne prête à confusion, et ajouta aussitôt :

— Je suis disponible quand vous le souhaitez, pour discuter de l'interview, monsieur Steele.

— Que diriez-vous de ce soir pour dîner ?

Dîner ? Il voulait faire connaissance autour d'un dîner ? Prise de court, elle déglutit en se remémorant que son offre était uniquement professionnelle. Pas besoin de paniquer. Mais quel dommage que ce soit lui le premier homme à retenir son attention depuis sa rupture avec Liddell. Une attention qu'il avait attirée rien qu'avec ses photos parues dans la presse et les recherches qu'elle avait effectuées. Beaucoup de femmes le considéraient comme un véritable tombeur.

— Madame Ryland ?

En entendant son nom, elle réalisa qu'elle ne lui avait pas encore donné sa réponse.

— Oui, monsieur Steele, dites-moi simplement où vous retrouver et…

— Je suis désolé, mais par la faute de ma mère je suis un peu vieux jeu. Que ce soit professionnel ou privé, si j'invite une femme à sortir avec moi, je me sens responsable de l'emmener et de la raccompagner. Dites-moi simplement le nom de votre hôtel et je vous retrouverai dans le hall à 19 heures, si l'heure vous convient.

Elle connaissait tout de sa mère également, la belle et enjouée Eden Tyson Steele, un ancien mannequin international dont le visage avait fait la couverture de magazines tels que *Vogue, Cosmo* et *Elle.* Elle n'avait aucun mal à imaginer cette femme en train d'enseigner à ses six fils l'importance de respecter les femmes, malgré leur attitude de coureur de jupons.

— Je suis au St Laurent.

— Je connais parfaitement. Je vous verrai à 19 heures, madame Ryland.

— Entendu. Merci.

Delphine raccrocha et se demanda ce que cela ferait de s'asseoir en face de Gannon Steele et de parler affaires. Bien sûr, elle commencerait par le remercier d'avoir accepté l'interview. Elle avait entendu dire qu'il était souvent difficile de convaincre les sujets de faire la couverture du numéro spécial « Classement des hommes irrésistibles », mais il semblait que Gannon Steele n'ait pas rechigné à l'idée. D'après Lucia, il avait même été flatté par la proposition. Cela faciliterait sûrement le déroulement de l'entretien.

Beaucoup de femmes considéraient les routiers comme un sujet de fantasme, et Delphine était également curieuse à leur propos. Était-il vrai qu'une femme les attendait à chaque relais routier ? Et que les camions étaient souvent utilisés à d'autres fins que le transport de marchandises ? Bien sûr, ce n'étaient pas des questions qu'elle poserait à M. Steele, mais elle ne pouvait s'empêcher de s'interroger.

Un petit coup d'œil à sa montre lui apprit qu'elle avait cinq heures à tuer avant le rendez-vous, et elle comptait les utiliser à bon escient. Ce serait la première fois depuis cinq ans qu'elle sortirait avec un homme, et même si la soirée n'était qu'un repas d'affaires elle avait l'intention d'être à son avantage.

Gannon descendit de voiture et se dirigea vers l'hôtel. Un embouteillage à l'entrée de l'autoroute avait failli le mettre en retard, mais il était finalement arrivé avec dix minutes d'avance. Lorsqu'il pénétra dans le hall, il se souvint être déjà venu ici plusieurs fois, en compagnie d'autres femmes. Toutes connaissaient la musique et savaient parfaitement qu'il ne cherchait pas une relation durable. Il était du genre coureur et les femmes avec qui il couchait le savaient. La plupart ne cherchaient rien de plus sérieux que lui d'ailleurs.

Bien sûr, il y avait toujours celles qui recherchaient l'amour et le mariage, mais en général il ne les revoyait plus. Seules trois avaient fait exception à la règle. Gannon savait qu'il se marierait le jour où il se sentirait prêt, mais comme il l'avait dit à son frère Galen la veille il ne voyait pas cela se produire de sitôt. Il comptait donc s'en tenir à son plan sur dix ans.

D'après sa montre, il lui restait encore cinq minutes. Il laissa son esprit vagabonder vers ses projets à venir. Il avait hâte de prendre la route et de quitter le bureau pour quelques semaines. Son bras droit, Ozzie Hazouri, était parfaitement en mesure de gérer l'entreprise en son absence. Gannon ferait route vers le sud de la Floride et, après avoir garé son semi-remorque, il louerait une voiture et se rendrait à Miami, où se trouvait sa maison de plage. Une semaine là-bas lui ferait le plus grand bien. On n'était qu'en avril, et il avait encore beaucoup de projets pour sa société florissante. Il avait l'intention de…

— Monsieur Steele ?

Gannon cligna des yeux, sans voix à la vue de la femme qui s'avançait vers lui. Certes, il n'avait jamais rencontré Delphine Ryland et n'avait pas vraiment réfléchi à ce à quoi il s'attendait, mais en tout cas certainement pas à la femme qui se tenait devant lui. Elle était absolument magnifique, d'une telle beauté qu'il en fut saisi.

Elle avait de grands yeux noisette très expressifs, des cheveux mi-longs bruns et bouclés avec des mèches blond doré, et une coiffure qui mettait en valeur son visage ovale et ses pommettes saillantes. Mais, ce qui le subjugua vraiment, ce furent ses lèvres indiscutablement captivantes, au point qu'il fut tenté de se pencher et de leur administrer un baiser mémorable. Gannon était ce que ses frères appelaient souvent un homme « à lèvres ».

Celles de la jeune femme avaient une forme parfaite, séduisant tout ce qu'il y avait de mâle en lui. Le simple fait de regarder sa bouche l'empêchait de penser correctement, et même carrément de penser tout court.

— Monsieur Steele ?

En l'entendant répéter son nom, il reprit aussitôt ses esprits. Aucune femme n'avait jamais retenu son attention de la sorte.

— Oui, je suis Gannon Steele. Désolé de vous avoir fixée, mais vous me rappelez quelqu'un.

C'était un mensonge, mais il espérait que cela excuserait sa première réaction.

— Vraiment ?

— Oui, et la ressemblance est frappante, répliqua-t-il en se félicitant de son invention.

Il se dit qu'ainsi, si elle le surprenait à nouveau à la fixer, elle supposerait qu'il pensait à son sosie imaginaire, et non qu'il était fasciné par elle. Cependant il reconnaissait être bel et bien fasciné par elle, mais il n'était qu'un homme après tout et, très franchement, qui ne le serait pas ?

Si son physique ne l'avait pas captivé, sa tenue l'aurait certainement fait. Sur n'importe quelle autre femme, la robe aurait probablement semblé jolie, mais avec la taille fine, les hanches arrondies et les jambes galbées de Delphine un simple « joli » était loin de convenir. « Une vision affriolante à vous mettre l'eau à la bouche » aurait été plus approprié.

Il lui tendit la main.

— Delphine Ryland, je suppose ?

Elle sourit, et il lui sembla que les lumières du hall brillèrent davantage.

— Oui, je suis Delphine Ryland. J'ai su qui vous étiez à l'instant où j'ai vu vos yeux verts.

Il ne put s'empêcher de rire.

— Grâce à ma mère, mes frères et moi sommes facilement reconnaissables.

Il relâcha sa main à contrecœur avant d'ajouter :

— Prête ?

— Oui.

— J'espère que vous avez faim. Le restaurant que j'ai réservé sert les meilleurs steaks de la ville.

Elle émit un petit rire dont le son lui parut chaleureux et invitant.

— Oui, je suis affamée. J'ai sauté le déjeuner.

— Eh bien, je n'ai pas sauté le déjeuner, mais j'ai

quand même faim, dit-il en la conduisant hors de l'hôtel puis vers sa voiture. J'ai un solide appétit. D'après ma mère, c'est parce que je suis encore en pleine croissance.

Delphine doutait que Gannon Steele soit en pleine croissance, mais elle était tout de même fortement impressionnée.

Tout en lui coulant un regard discret alors qu'ils se dirigeaient vers la Tesla noire et rutilante, elle dut admettre qu'il avait vraiment belle allure dans son pantalon noir et sa chemise blanche. Il était même presque trop beau. Elle avait déjà vu des photos de lui dans différents types de vêtements – costumes, jeans, sweats et tenues sport, et même en maillot de bain quand il avait posé pour un de ces calendriers masculins au bénéfice d'une œuvre caritative. C'était à la page de septembre. Elle s'en souvenait très bien, car son anniversaire tombait en septembre, et elle avait apprécié de le voir épinglé sur le mur de son bureau. Cependant le voir en chair et en os était tout à fait différent. Elle le préférait en vrai.

— Nous y voilà.

Il lui ouvrit la portière et elle se glissa sur le siège en cuir.

— Merci.

— De rien, madame Ryland.

Il referma la portière et elle le regarda faire le tour de la voiture par l'avant pour s'installer du côté conducteur. Il avait une démarche à la fois nonchalante et virile, qui lui était totalement propre : déterminée et emplie de confiance, mais sans aucune arrogance.

— Depuis quand êtes-vous à Phoenix ? lui demanda-t-il une fois hors du parking.

— Depuis vendredi soir. Et encore une fois je tiens

à m'excuser de vous avoir dérangé pendant le mariage de votre frère. Lucia avait mentionné cette cérémonie dans votre famille, mais je pensais que c'était le week-end dernier.

— Il n'y a pas de mal. Je suis sûr que mon frère Mercury n'aurait pas demandé mieux qu'une date plus rapprochée.

— Il était donc si impatient ?

Gannon Steele se mit à rire.

— Oui, complètement impatient de se mettre la corde au cou, mais je suis heureux pour lui et Sloan. Ils sont partis trois semaines en lune de miel, à Paris, en Allemagne et en Suisse.

— Ça a l'air bien.

— Pour eux, certainement. À présent parlez-moi de vous, madame Ryland. Et s'il vous plaît appelez-moi Gannon. Si ça ne vous dérange pas, est-ce que je peux vous appeler Delphine ?

— Ça ne me dérange absolument pas, et il n'y a pas grand-chose à dire. Je travaille pour *Simply Irresistible* depuis un moment maintenant.

— Est-ce que c'était votre premier emploi après l'université ? Vous avez l'air plutôt jeune.

Elle secoua la tête en souriant.

— Je ne suis pas si jeune que ça. J'aurai vingt-six ans en septembre. Après l'université, j'ai occupé un emploi dans une petite maison d'édition à New York en tant qu'éditrice. J'y ai travaillé durant presque un an avant que ma mère ne tombe malade. J'ai alors quitté New York pour retourner à Denver et prendre soin d'elle.

— J'espère qu'elle va mieux.

Elle ne put retenir la tristesse qu'elle savait visible dans son regard.

— Malheureusement non. Elle avait la sclérose en plaques et est décédée en mai dernier.

C'était incroyable de se dire que cela ferait un an le mois prochain. Il n'y avait pas un jour où elle ne pensait pas à elle, et où elle ne lui manquait pas.

— J'en suis navré. Ça a dû être dur pour vous.

Elle acquiesça.

— Oui, très dur. Ma mère et moi étions extrêmement proches, répondit-elle avant d'ajouter : Son état nécessitait des soins à temps plein et je tenais à m'occuper personnellement d'elle, en plus des infirmières qui passaient chaque semaine, bien entendu. Par chance j'ai été embauchée par *Simply Irresistible* et j'ai pu travailler depuis la maison. Je suis également devenue blogueuse.

— Et votre père ?

Elle comprenait que Gannon pose la question. Dans le monde où il avait grandi, les deux parents étaient présents.

— Mes parents ont divorcé quand j'avais six ans. Je ne l'ai jamais revu.

Inutile de lui expliquer la raison du divorce, ou le fait qu'elle et sa mère en avaient pleuré pendant des mois.

— Vous vivez toujours dans la maison de votre mère ?

— Oui. Elle appartient à notre famille depuis deux générations, car c'était autrefois celle de mes grands-parents. J'adore y vivre, même si j'ai décidé de lui donner un petit coup de jeune, déclara-t-elle. Pendant mon absence, je fais refaire les sols pour remplacer la moquette par du parquet.

— Qui supervise les travaux alors ?

— Ma meilleure amie, Mandy. Elle aime bien tout ce qui est en rapport avec les travaux de rénovation. Je lui fais entièrement confiance pour que tout soit fait à mon goût et dans mon budget.

— D'après Chloe et Lucia, vous êtes une bonne journaliste, l'une des meilleures même.

Delphine lui fut reconnaissante de laisser de côté les questions sur la vie privée.

— Oh ! ce n'est pas à moi de le dire, mais je les remercie de le penser. La mère de Lucia et la mienne étaient meilleures amies depuis l'enfance.

Elle songea à tout le soutien que la famille Conyers lui avait témoigné durant toutes ces années, et ajouta :

— Je ne sais pas comment j'aurais fait sans les Conyers pendant les derniers jours de maman.

Il hocha à nouveau la tête.

— C'est toujours formidable d'avoir des gens bien dans son entourage lorsqu'on en a le plus besoin.

Puis il arrêta la voiture et annonça :

— Nous voilà arrivés.

La jeune femme regarda par la vitre, et vit qu'il s'agissait du restaurant Grip. Il y en avait également un à Denver, mais elle n'avait jamais eu les moyens d'y manger.

— C'est un très bon restaurant.

— Un de mes préférés, dit-il en ouvrant sa portière.

Vraiment charmant, songea-t-elle.

Elle n'avait pas les moyens de manger au Grip, et lui le considérait comme un de ses restaurants favoris, ce qui signifiait qu'il y venait probablement souvent. Elle essaya de ne pas penser à leurs différences de revenus et le regarda faire le tour du véhicule par l'avant. Normalement, elle ne resterait pas assise à attendre qu'un homme lui ouvre sa portière, mais elle savait d'après les articles qu'elle avait lus sur lui que Gannon avait des manières irréprochables.

Elle accepta la main qu'il lui offrait et descendit de voiture. Il avait plu un peu plus tôt, et l'odeur de l'herbe humide et du sol mouillé imprégnait l'air. Il y avait aussi le parfum boisé de Gannon, qui lui allait comme un gant et que Delphine huma avec plaisir.

Alors qu'ils marchaient côte à côte vers le restaurant, il lui prit soudain le bras pour lui faire contourner une flaque d'eau. Pourquoi son contact était-il si agréable et réconfortant ?

Lorsqu'ils atteignirent l'entrée, il la relâcha et lui sourit. Elle portait des talons hauts, mais elle savait qu'il devait faire au moins dans les un mètre quatre-vingt-dix.

— Bienvenue au Grip, Delphine. J'espère que vous apprécierez l'endroit autant que moi.

Elle ne put s'empêcher de lui rendre son sourire.

— Merci, Gannon. Ça sera certainement le cas.

- 1 -

— Je comprends maintenant pourquoi ce restaurant est l'un de vos préférés. C'est délicieux.

Gannon regarda Delphine par-dessus son verre à vin et lui sourit.

— Je suis content que ça vous plaise.

Il aimait qu'une femme ait de l'appétit, et était heureux que Delphine fasse partie de cette catégorie. Elle lui avait suggéré de commander pour elle, car tout ce qui était sur la carte lui paraissait excellent. Quand il lui avait dit qu'il était du genre steak et pommes de terre, elle avait rétorqué qu'elle aussi.

Il avait donc commandé des faux-filets juteux accompagnés de pommes de terre au four et d'un mélange de légumes. Le serveur avait d'abord apporté un panier de petits pains délicieux et une bouteille de vin. Gannon l'interrogea à nouveau sur elle. Elle crut qu'il voulait en savoir davantage sur son expérience professionnelle, mais ce n'était pas le cas. C'était sa vie privée qui l'intéressait. Il était curieux de savoir si elle avait quelqu'un dans sa vie, et si c'était une relation exclusive. Bref, il ne comprenait pas qu'une femme comme elle puisse être célibataire.

D'ailleurs pourquoi diable est-ce que cela l'intéressait, s'interrogea-t-il. Était-ce parce que tout son corps le picotait chaque fois que leurs mains se touchaient, ou qu'il regardait sa bouche ? Il avait déjà été captivé par des femmes, mais jamais avec une telle intensité.

Elle lui avait parlé des articles qu'elle avait écrits, comme pour le convaincre qu'elle n'était pas une débutante, et même si ce n'était pas ce qui l'intéressait le plus il n'avait pu s'empêcher d'être impressionné par tout ce qu'elle avait accompli. De même que par la manière dont la lumière des bougies se reflétait sur sa peau, lui donnant un éclat radieux. Delphine Ryland était vraiment une très belle femme, aucun doute là-dessus.

— Je suis sûre que je vous ennuie à parler de moi. Et si vous me parliez de vous maintenant ? suggéra-t-elle en coupant le fil de ses pensées.

Gannon s'adossa à sa chaise. Ils avaient fini de manger et attendaient le dessert à présent : du gâteau aux carottes.

— Je suis sûr que vous avez déjà fait vos recherches sur moi, mais je ne sais pas ce que vous savez de ma famille. Je dois dire que je suis extrêmement fier d'eux, dit-il avec une aisance indiquant qu'il n'en était pas à sa première interview.

Mais aucune des journalistes n'avait été aussi séduisante que Delphine. En fait, ça avait souvent été des hommes, car la plupart les femmes n'étaient pas intéressées par des histoires de semi-remorques. Cependant les remarques de Delphine laissaient entendre qu'elle avait bien appris son sujet – encore une chose qui l'impressionna.

Gannon se retrouva donc à faire quelque chose d'inédit : parler de sa famille. Étrangement, avec elle il se sentait assez à l'aise pour le faire. Il lui parla entre autres de ses parents, de leur rencontre, et de son père qui avait décidé d'abandonner son ancien mode de vie et sa réputation de don Juan pour fonder une famille.

— Mon frère Galen est le plus âgé des six et il a trente-huit ans. Il s'est lancé dans la création de jeux vidéo quand il était encore à l'université, et gagne des millions avec ça. Il est marié à Brittany et ils ont des jumeaux, un fils et une fille. Les premiers petits-enfants de mes parents.

Il prit une gorgée de vin et continua :

— Mon frère Tyson est chirurgien cardiaque. Il a trente-sept ans et est marié à Hunter. Eli a trente-six ans et c'est un éminent avocat. Il est marié à Stacey. Jonas a trente-cinq ans et possède une entreprise de marketing. Il est marié à Nikki. Et enfin le dernier : Mercury. Il a trente-quatre ans et c'est celui qui s'est marié ce week-end avec Sloan.

Un sourire se dessina sur les lèvres de Delphine et Gannon sentit son estomac se serrer. Pourquoi sa bouche était-elle si excitante ?

— Nikki adore être mariée et dit beaucoup de bien de votre frère, déclara la jeune femme.

Gannon acquiesça.

— Tous mes frères ont la chance d'avoir épousé de très belles femmes.

— Vous avez tous les six des âges très rapprochés. Ça veut dire que votre mère était pratiquement tout le temps enceinte.

Gannon s'esclaffa.

— Mes parents voulaient une grande famille. Ma mère dit qu'elle ne regrette pas d'avoir été enceinte si souvent, car chaque fois notre père était aux petits soins pour elle.

Le serveur revint à ce moment avec leurs desserts. Gannon sourit et désigna les gâteaux.

— Vous pouvez l'attaquer, et je ne m'offusquerai pas si vous vous léchez les lèvres.

Elle éclata de rire en rejetant la tête en arrière.

— Est-ce que c'est votre façon de me faire comprendre que ce gâteau est délicieux ?

— Il faut croire que oui.

En vérité, il mourait d'envie de la voir se lécher les lèvres. Ce serait une torture de la regarder, mais il était persuadé que ça en valait la peine.

— Merci pour cette merveilleuse soirée, Gannon, dit Delphine alors qu'il la raccompagnait à l'hôtel quelques heures plus tard.

Elle avait vraiment apprécié sa compagnie.

— Je suis heureux que ça vous ait plu. Nous avons parlé de beaucoup de choses, mais nous n'avons pas vraiment abordé l'interview, n'est-ce pas ?

Effectivement ils n'avaient pas dit un mot à ce sujet, et c'était pourtant la raison de ce dîner. Mais elle avait tout de même beaucoup apprécié leur repas peu orthodoxe, qui ressemblait plus à un rendez-vous galant qu'à une réunion de travail. Elle savait d'après son emploi du temps qu'il partait en Floride le vendredi, pour un de ces voyages où il se transformerait en conducteur de semi-remorque.

Elle l'imagina troquant son costume et sa cravate contre un jean et des grosses bottes, et se demanda si elle pourrait convaincre Nikki de prendre des photos de lui dans cette tenue pour la couverture du magazine. Nikki était une grande photographe et continuait de travailler en free-lance pour *Simply Irresistible*. La jeune femme était convaincue qu'une couverture avec Gannon en tenue de routier plutôt qu'en homme d'affaires ferait sensation, et décida de suggérer l'idée à Lucia dès que possible.

— À quelle heure serez-vous au bureau demain ?

— Quelle heure vous conviendrait ? demanda-t-elle en le regardant.

— Les lundis j'arrive habituellement vers 9 heures, répondit-il avec nonchalance. C'est généralement le jour où je rencontre mes chefs de service pour faire le point.

Elle acquiesça d'un signe de la tête. En plus de l'entretien, il avait accepté de la laisser le suivre durant la journée.

— J'ai hâte de voir comment ça se passe. J'espère que vous avez conscience que vos méthodes de travail ont changé le regard des gens sur l'industrie du transport.

Ils étaient arrivés dans le hall de l'hôtel, à l'endroit où ils s'étaient rencontrés plus tôt.

— Il existe de nombreuses façons de diriger une entreprise de transport. La mienne n'est qu'une parmi d'autres. Mon père par exemple a dirigé cette société avant moi et l'a fait prospérer. Ses employés pensaient beaucoup de bien de lui, et réciproquement. J'ai pris les rênes à un moment où je savais que l'industrie était en plein changement. J'ai créé des groupes de discussion pour déterminer ce qui était important aux yeux des conducteurs, en particulier ceux qui passaient beaucoup de temps loin de chez eux. Une des études a révélé un taux de divorce élevé, et ça m'a interpellé.

— Et vous avez décidé de changer les choses ?

— En tout cas j'ai voulu essayer. Je me suis dit que des salariés heureux feraient de meilleurs employés, expliqua-t-il avant de jeter un coup d'œil à sa montre. Mais je vous ai assez ennuyée pour ce soir, et tout ce que je vous dis en ce moment peut attendre demain. Bonne nuit, Delphine. On se voit donc à 9 heures.

— Je serai là. Bonne nuit, Gannon.

Elle monta dans l'ascenseur et le vit rester immobile à la regarder, jusqu'à ce que la porte se referme entre eux. Elle laissa alors échapper un profond soupir. Cette soirée s'était très bien passée, mais elle avait pris note de toutes les fois où elle l'avait surpris en train de la fixer. Il lui avait dit qu'elle lui rappelait quelqu'un. Cette femme avait sûrement beaucoup compté pour lui. Est-ce qu'elle lui manquait ? Dans ce cas, mieux valait qu'il règle ce problème avant de passer à autre chose. Et s'il s'engageait sérieusement avec quelqu'un pour finir par revenir vers cette autre femme ? Ce serait totalement injuste, mais depuis quand les hommes étaient-ils justes ? Elle et sa mère n'avaient-elles pas fait les frais de leur déloyauté ? D'après son expérience, les hommes n'avaient aucun scrupule à jeter les femmes comme de vieux Kleenex.

Elle poussa un nouveau soupir et rejeta ses idées noires, refusant de laisser son ressentiment envers l'espèce masculine gâcher cette belle soirée passée en compagnie de Gannon. Ce qu'il faisait, et avec qui il le faisait, ne regardait que lui, songea-t-elle en sortant de l'ascenseur.

Un peu plus tard, douchée et prête à se coucher, Delphine entendit son portable sonner. Elle sourit en voyant que l'appel venait de Nikki.

— Bonsoir, Nikki.

— Bonsoir, Delphine. Bienvenue à Phoenix. J'ai cru comprendre que tu étais arrivée il y a quelques jours.

— Oui. Comment l'as-tu su ?

— Grâce à Gannon. Pendant le mariage, il a vu un appel manqué de ta part.

— J'avais oublié le mariage et je me suis excusée de l'avoir dérangé.

— Est-ce que vous avez pu enfin vous parler ?

Delphine s'installa confortablement dans un grand fauteuil avant de répondre.

— Oui. En fait, nous avons dîné ensemble ce soir, dit-elle avant d'ajouter, par peur d'un malentendu : C'était un dîner professionnel.

— Je comprends. C'était comment ?

— C'était bien. Un genre de rendez-vous pour faire connaissance et briser la glace avant l'entretien de demain. C'est là que je commencerai l'interview : en l'observant et en lui posant des questions.

— Eh bien, si je t'appelle, c'est pour t'inviter à dîner. Jonas est impatient de faire ta connaissance. Est-ce que mardi te conviendrait ?

— Tout à fait. Quelle heure ?

— 18 heures ?

— Parfait. J'aurai juste besoin de l'adresse. J'ai loué une voiture avec GPS, donc je ne devrais pas me perdre.

Les deux jeunes femmes discutèrent encore dix minutes, puis raccrochèrent. En se levant du fauteuil, Delphine vérifia le réveil sur sa table de chevet. Il était déjà 22 heures. Elle allait faire une bonne nuit de sommeil pour être en pleine forme le lendemain.

Elle ne pouvait nier qu'elle avait hâte de le revoir.

Gannon rentra chez lui et alla directement au bar se verser un verre de cognac. Il en avait bien besoin. Être en compagnie de Delphine Ryland avait excité sa libido au plus haut point. Chaque fois qu'elle se passait la langue sur les lèvres, son sexe se mettait à palpiter. Et, quand elle s'était excusée pour aller aux toilettes, son regard, ainsi que celui de plusieurs autres hommes, avait suivi sa démarche gracieuse, ses jolies fesses et ses jambes montées sur des talons aiguilles.

Heureusement qu'il avait pu reprendre un semblant de contrôle au moment de quitter le restaurant, sinon, elle aurait compris l'effet qu'elle lui faisait. D'ailleurs n'importe qui aurait compris en le voyant, et ça aurait été extrêmement embarrassant.

Il posa le verre à liqueur et se passa la main sur le visage. La dernière chose dont il avait besoin en ce moment était d'une femme qui lui fasse tourner la tête, comme c'était le cas avec Delphine Ryland. Tout comme ses frères avant lui, il aimait les femmes et il prenait beaucoup de plaisir aux aventures passagères. Il ne devait pas laisser une femme en particulier l'obséder, comme en ce moment. Qu'est-ce qui lui plaisait autant chez Delphine d'ailleurs ?

Gannon se dit que c'était probablement parce qu'il ne s'était pas attendu à ce qu'elle soit aussi belle. À vrai dire, il ne s'était attendu à rien de particulier, mais de là à la fixer ainsi toute la soirée et ressentir une attirance si intense – une attirance qu'il avait dû s'efforcer de maîtriser… Être attiré par une femme n'avait rien de nouveau pour lui, mais sa fascination pour Delphine Ryland était différente, et il ne comprenait absolument pas pourquoi.

Gannon espérait que tout cela était uniquement le fruit de son imagination. D'ailleurs, en y pensant, il était impatient de rendre visite à ses cousins de Charlotte durant l'été pour multiplier les aventures avec les jolies femmes du coin.

Rassuré de sentir son esprit revenir sur les rails et sa libido calmée, il alla se coucher, certain que, quand il reverrait Delphine Ryland le lendemain, son ancien moi serait revenu.

- 2 -

— Alors, Delphine, qu'en pensez-vous jusque-là ? demanda Gannon, comme s'il voulait vraiment avoir son avis.

Dire qu'elle était impressionnée aurait été un euphémisme. Elle était arrivée dans les locaux de la Steele Trucking Company à 8 heures, pensant être la première, mais il était déjà là.

Il lui avait fait visiter son bureau avant de l'emmener à pied à la cafétéria de l'entreprise, où tout le monde avait droit à un petit déjeuner chaud et gratuit avant de commencer la journée. Il lui avait présenté les cuisiniers ; un couple marié qui excellait dans son travail. Effectivement le petit déjeuner était à tomber par terre.

Avant de retourner à son bureau, Gannon lui avait fait faire le tour du site en voiturette de golf. Ils avaient ensuite visité l'immense atelier de mécanique où s'effectuaient les réparations, puis le parking des camions, qui semblait contenir un millier de remorques. Il lui expliqua que certains expéditeurs utilisaient leurs propres remorques et d'autres non. Après cela ils se rendirent sur un autre immense terrain où étaient garées les cabines des remorques. Gannon lui proposa alors de continuer la visite à leur prochaine réunion.

Elle tourna son regard vers lui.

— J'ai l'impression que nous avons fait le tour. La

prochaine fois que je croiserai un semi-remorque sur l'autoroute, je lui témoignerai plus de respect.

Delphine était sincère. Elle n'avait jamais réalisé à quel point l'industrie des transports était réglementée. Elle avait conscience que bon nombre de ces lois visaient à protéger à la fois les routiers et les conducteurs lambda sur la route, mais certaines étaient clairement politiques et variaient d'un État à l'autre. Cela signifiait donc que les routiers devaient connaître les règles et les lois de plusieurs États.

— Bonne réponse, dit Gannon en souriant. Et maintenant que diriez-vous d'aller déjeuner ?

Delphine se passa la main sur le ventre et se mit à rire.

— Vous plaisantez, j'espère ? Qui peut déjeuner après le petit déjeuner de ce matin ?

— Moi. Souvenez-vous de ce que j'ai dit hier. D'après ma mère je suis en pleine croissance.

Soit c'était ça, soit il avait un très bon métabolisme. Il avait également un corps parfait, tout en muscles, sans un gramme de graisse. De toute évidence il utilisait également la salle de sport qu'il avait fait installer pour ses salariés. Elle se remémora d'ailleurs avoir vu plusieurs hommes très musclés durant sa visite du site, ce qui contredisait complètement le mythe des camionneurs au ventre à bière. Du moins pas tant qu'ils étaient sous la surveillance de Gannon Steele. Lorsqu'elle l'interrogea sur la salle de sport ultramoderne, il répliqua qu'il était important de prendre soin de la santé de ses conducteurs.

Delphine avait également remarqué la présence d'un bon nombre de conductrices. Gannon lui expliqua qu'il cherchait constamment des solutions pour répondre aux difficultés qu'elles rencontraient sur la route. Il employait également un certain nombre de routiers en binômes, composés de maris et de femmes.

Quand il réitéra sa proposition de se joindre à lui pour déjeuner, elle accepta, pensant que cela lui donnerait l'occasion de l'interroger davantage. Au moment où ils arrivèrent à la brasserie située à quelques kilomètres de là, elle avait abordé à peu près tout ce qui était prévu sur sa liste pour ce jour-là. Elle comptait donc utiliser le reste de la journée pour l'observer.

Malgré ses trente-trois ans, cela sautait aux yeux qu'il était très respecté de ses employés, jeunes et moins jeunes.

— Ça a toujours été comme ça, Gannon ?

Il lui jeta un regard tout en se garant.

— Comme quoi ?

— Vos employés vous aiment beaucoup. Est-ce que ça a été facile de prendre la suite de votre père ?

Il secoua la tête et rit.

— Pas du tout. Ceux qui travaillaient ici depuis plus de vingt ans pensaient que mon père marchait sur l'eau, et ils n'étaient pas contents de le voir céder l'entreprise à son blanc-bec de fils. Je vous laisse imaginer toutes les rumeurs qui ont circulé avant même que je prenne la direction. Certains pensaient que j'allais licencier les plus de cinquante ans ou que je fusionnerais avec une autre entreprise. D'autres pensaient même que j'allais fermer le site le jour de mon arrivée et que j'embaucherais une nouvelle équipe.

— Comment avez-vous réussi à les convaincre ?

— En étant moi-même et en leur donnant l'occasion de me dire ce qu'ils ressentaient. Je les ai également inclus dans mes groupes de discussion et je les ai convaincus que j'étais là pour améliorer l'entreprise et non pour m'en débarrasser. Je les ai persuadés de me faire confiance et de croire en moi comme ils l'avaient fait avec mon père, car après tout j'étais son fils.

— Ça a marché ?

— Tout à fait.

Il lui ouvrit la portière et ils se dirigeaient vers le café, quand soudain une femme séduisante en sortit. En voyant Gannon, elle se jeta dans ses bras, poussant presque Delphine hors de son chemin.

— Gannon ! Comme je suis heureuse de te revoir. Tu m'as manqué au match de base-ball ce week-end.

Il retira poliment les bras de la femme de son cou.

— Bonjour, Trish. Mercury s'est marié ce week-end.

— Ah, oui, c'est vrai, dit la femme avant de se tourner vers Delphine. Oh ! salut.

— Bonjour, répondit Delphine en s'efforçant d'ignorer le regard assassin de celle-ci.

Elle avait déjà vu ce genre de regards, notamment de la part d'Agatha, la femme de Liddell, chaque fois qu'elle la croisait à l'épicerie. Delphine ne comprenait pas comment celle-ci pouvait s'imaginer qu'elle puisse vouloir récupérer Liddell après la façon dont il l'avait humiliée.

— Trish, j'aimerais te présenter Delphine, dit Gannon.

Les yeux de la femme se plissèrent.

— Vous venez d'arriver en ville ?

Delphine fut tentée de lui conseiller de rentrer ses griffes. Elle n'avait aucune vue sur Gannon, et était d'ailleurs surprise que ce dernier n'ait pas immédiatement rassuré la jeune femme en lui expliquant la nature strictement professionnelle de leur relation.

Néanmoins, elle était intriguée. S'ils étaient tous deux aussi proches que cette dénommée Trish semblait vouloir le laisser entendre, pourquoi n'avait-elle pas été invitée au mariage ? Elle en conclut que Trish n'était qu'une des nombreuses femmes qui se disputaient la première place sur la liste des conquêtes de Gannon.

— Je suis arrivée il y a quelques jours, répondit-elle.

— Oh ? Vous êtes venue pour le mariage ? demanda Trish.

Gannon intervint sans lui laisser le temps de répondre :

— Ce ne sont pas tes affaires, Trish. Maintenant, si ça ne te dérange pas, Delphine et moi aimerions déjeuner.

Sur ce, il prit la main de Delphine, ouvrit la porte du café et l'entraîna à l'intérieur. Après avoir rapidement balayé la salle du regard, il repéra une table vide dans le fond, et l'y conduisit en la tenant toujours fermement par la main.

— Gannon ?

— Oui ?

— Peut-être que déjeuner ensemble n'est pas une si bonne idée.

Il haussa un sourcil.

— Pourquoi donc ?

— Je ne veux pas causer de problèmes entre vous et qui que ce soit.

Autrement dit, entre lui et cette dénommée Trish.

— Vous ne me causez aucun problème, croyez-moi, dit-il en lui tirant une chaise.

Il prit un menu sur une table voisine et le lui tendit.

— Il y a un assortiment d'excellents choix ici. Leurs travers de porc sont excellents.

Est-ce qu'il lui restait vraiment assez de place pour des travers de porc ? Tout comme la veille il portait un costume, et tout comme la veille, quand elle l'avait vu, les nerfs de Delphine avaient fait un bond. Il faisait indubitablement de l'effet sur les femmes, et chaque fois qu'il levait ses yeux verts sur elle elle avait envie de fondre sur place.

— Je vais juste prendre une salade. Une petite.

— Attendez de voir mon assiette. Je parie que vous demanderez la même.

Delphine ne se prononça pas et se contenta d'étudier les lieux. L'endroit était bondé à cette heure-ci. Elle regarda la serveuse apporter une assiette de travers au couple assis à la table à côté.

— Cette assiette est pour deux personnes, n'est-ce pas ? demanda-t-elle à Gannon.

Il suivit son regard et un léger rire s'échappa de ses lèvres.

— Non, c'est pour une personne.

Les travers recouverts de sauce barbecue étaient empilés si haut dans l'assiette qu'ils recouvraient presque toutes les frites et les accompagnements.

— Par pitié, ne me dites pas que vous allez commander quelque chose de cette taille.

Il s'esclaffa à nouveau.

— Bon d'accord, ne paniquez pas, je vais vous dire la vérité. Je n'en mangerai qu'une partie. Le reste rentrera à la maison avec moi pour le dîner.

Delphine accepta l'explication, mais tout de même… manger autant de travers en une journée ne pouvait pas être sain. Elle décida néanmoins de garder ses pensées pour elle.

La serveuse vint prendre leur commande. Gannon choisit les travers de porc et Delphine une petite salade.

— Je tiens à m'excuser pour la grossièreté de Trish, dit-il une fois la serveuse partie.

Delphine haussa les épaules.

— Vous trouvez qu'elle a été impolie ?

— Pas vous ?

— C'est juste une femme qui veut marquer son territoire, répondit la jeune femme avec nonchalance.

— Elle n'a pas de territoire en ce qui me concerne. Aucune femme n'en a. Je ne fonctionne pas de cette façon.

Elle se demanda comment il fonctionnait, puis décida que ce n'étaient pas ses affaires. Elle était une journaliste envoyée ici pour l'interviewer, et rien de plus. Ce qu'il faisait de son temps libre ne la regardait pas. Pourtant elle ne pouvait s'empêcher de se demander s'il était comme Liddell ; un homme capable de briser le cœur d'une femme sans se soucier des conséquences.

Elle savait que sa mère n'avait jamais aimé Liddell, et qu'elle avait toujours approuvé leur décision de fréquenter deux universités différentes. Ils avaient prévu de se marier à la fin de leurs études, et Liddell l'avait même encouragée à commencer la planification du mariage durant la dernière année de fac.

Tout était déjà réglé un mois avant les vacances. Les invitations avaient été envoyées et les parents de Liddell leur avaient même proposé de s'installer provisoirement dans l'appartement vide au-dessus de leur garage. Puis un jour Delphine avait reçu la fameuse lettre de rupture, et son monde s'était écroulé.

— Delphine ?

Elle releva la tête en entendant son nom. De quoi parlait-il pendant que son esprit à elle vagabondait dans le passé, et revivait ces souvenirs douloureux ? Leurs fiançailles rompues étaient devenues le sujet de conversation de toutes leurs connaissances – voisins, camarades de classe, amis et membres de l'Église. Néanmoins, il ne fallut pas longtemps à tous pour découvrir qu'un mariage allait tout de même avoir lieu... Sauf que ça ne serait pas elle la mariée. C'était cela qui avait été le plus humiliant.

Elle s'efforça de se concentrer sur la conversation.

— Oui, Gannon ?

— Je demandais ce que vous aviez prévu pour ce soir.

— Je vais dîner au restaurant de l'hôtel. J'ai entendu dire que la nourriture y est très bonne. Ensuite je transcrirai mes notes de l'interview dans mon ordinateur avant d'aller me coucher. Ça me fera gagner du temps pour plus tard.

La serveuse leur apporta des verres d'eau et, en relevant la tête, Delphine remarqua alors que Gannon la fixait. Ce n'était pas la première fois aujourd'hui qu'elle le surprenait à faire ça. Au cours de l'entretien de ce matin, quand la régulatrice lui avait expliqué en quoi consistait son travail, Delphine avait eu l'impression d'être observée, et avait trouvé le regard attentif de Gannon posé sur elle. Elle s'était à nouveau interrogée sur cette fameuse femme à qui elle ressemblait tant et qui pouvait provoquer une telle réaction chez lui.

— J'ai entendu dire que vous allez prendre la route vers la Floride ce week-end, dit-elle après avoir pris une gorgée d'eau. Racontez-moi ça.

Gannon nota que Delphine n'avait sorti ni son petit bloc-notes marron ni son portable pour l'enregistrer. Est-ce que cela signifiait qu'elle posait la question par simple curiosité ? Ou cherchait-elle à changer de sujet de conversation ? Il savait qu'elle l'avait surpris plus d'une fois aujourd'hui en train de la fixer. Est-ce qu'elle était intriguée ? Ou était-elle habituée à ce que les hommes soient fascinés par sa beauté ?

Aujourd'hui, elle portait un pantalon couleur chocolat

et une jolie blouse beige. Il l'avait regardée marcher à travers le parc de stationnement vers le bâtiment principal, où son bureau était situé. Quelques routiers qui partaient livrer leur chargement l'avaient également vue et s'étaient arrêtés pour l'admirer. Elle avait une démarche assurée et ses vêtements laissaient deviner un corps tout en courbes. Durant un bref instant, il avait envié l'homme à qui elle appartenait. Quel sacré chanceux !

— Gannon ?

Il cligna des yeux en réalisant que, pendant qu'il était encore en train de la fixer comme un simple d'esprit, elle attendait une réponse de sa part.

— Désolé, mon esprit était ailleurs, dit-il, en espérant qu'elle accepterait cette explication sans s'interroger sur sa santé mentale. Oui, j'ai un conteneur à livrer dans un immense entrepôt de vêtements à Jacksonville, en Floride.

— Faites-vous ça souvent ? Prendre le volant d'un semi-remorque ?

Même sans son bloc-notes et son magnétophone, il voyait bien qu'elle était toujours en mode intervieweuse. Lui répondre ne le dérangeait pas, au contraire : parler l'aidait à rester concentré sur les questions et non sur elle.

— Je le fais assez souvent. Non seulement ça me permet de sortir du bureau, mais ça me donne aussi l'occasion d'en savoir plus sur le quotidien et les difficultés que rencontrent mes routiers.

— Telles que ?

— La réglementation par exemple. Chaque État est différent et, quand mes chauffeurs franchissent les frontières nationales, ils doivent être conscients des lois de l'État où ils se trouvent. Le ministère des Transports ne montre aucune pitié envers les transgresseurs, que le délit soit intentionnel ou pas. Par exemple, pour me rendre en Floride, je dois traverser le Texas, la Louisiane, le Mississippi et l'Alabama. Avant de prendre la route, je dois me familiariser avec leurs lois.

— Pourquoi avoir choisi cette livraison en particulier ?

— En plus de tout ce que je vous ai dit, je possède une maison sur la plage de Miami. Après la livraison du conteneur à Jacksonville, je prévois de m'y rendre pour de courtes vacances. Une semaine là-bas me fera le plus grand bien. J'adore l'océan Atlantique.

Elle sourit.

— Ça me semble bien. J'ai déjà vu l'océan Pacifique, mais jamais l'Atlantique.

— C'est très beau.

La serveuse revint à ce moment avec leurs commandes, et ils durent écarter quelques condiments afin qu'elle puisse poser l'énorme assiette de travers de porc.

— Vous êtes sûre de ne pas vouloir les partager avec moi ?

— Certaine. Je ne pourrai rien avaler d'autre que ma salade. Et puis vous deviez ramener les restes à la maison, vous vous souvenez ?

— Oui, je m'en souviens, répondit-il en souriant.

Le soir en rentrant chez lui, Gannon alla directement à la cuisine pour déposer le sachet des restes. Il n'avait pas faim pour le moment, car il en avait mangé une grande partie au déjeuner… pendant qu'il essayait de ne pas fixer ouvertement Delphine.

Il l'avait à nouveau interrogée durant le repas. Elle lui avait raconté ses années à l'université et son premier emploi chez cet éditeur à New York. Elle lui avait ensuite parlé de ses interviews pour *Simply Irresistible,* et de la quantité de voyages que ce travail impliquait.

Gannon en avait profité pour lui demander comment l'homme de sa vie gérait toutes ses absences. Elle lui avait répondu qu'après trois ans à prendre soin de sa mère elle voulait vivre librement. Elle avait toujours voulu voyager, et ce travail chez *Simply Irresistible* répondait à sa soif de bougeotte. Pour ce qui était de l'homme de sa vie, elle avait déclaré préférer rester seule, sans en expliquer la raison.

Gannon pouvait comprendre qu'une femme qui voyage souvent ne veuille pas s'engager dans une relation sérieuse, tout comme lui préférait les aventures d'un soir. Mais ne pas vouloir de relation du tout c'était tout de même exagéré, surtout avec le physique qu'elle avait.

Malheureusement il n'avait pas pu en savoir plus, car il était attendu pour une conférence téléphonique importante. L'entretien avait duré plus longtemps que prévu, et s'était terminé tard. Quand il en était sorti, Delphine lui avait laissé un message disant qu'elle le verrait le lendemain.

Oui, il la reverrait le lendemain. En fait, ce serait son dernier jour, ce qui n'était pas si mal finalement, car il ignorait combien de temps il pourrait encore se retenir en sa présence. Ses lèvres continuaient à le fasciner, et chaque fois qu'elle lui souriait il pensait à toutes les choses qu'il aurait aimé faire à sa bouche.

Juste quand il était sur le point de quitter la cuisine, son téléphone sonna. Il s'agissait de sa belle-sœur Nikki.

— Bonsoir, Nikki. Tout va bien ?

— Oui, je te remercie. J'ai juste hâte d'être débarrassée des nausées matinales.

— J'imagine.

Jonas lui avait expliqué à quel point elle en souffrait.

— Je t'appelle parce que j'ai invité Delphine à dîner

demain soir et j'ai pensé que tu aimerais peut-être te joindre à nous.

Il s'adossa au plan de travail, réfléchissant au fait qu'il avait passé la majeure partie de la journée avec Delphine Ryland et qu'elle n'avait rien mentionné au sujet de ce dîner. Mais après tout elle n'avait pas à l'informer de ses moindres faits et gestes.

Sachant déjà ce qu'il allait répondre… ce qu'il fallait répondre, il poussa un profond soupir. C'était déjà assez pénible de se comporter de manière singulière en présence de la jeune femme, il ne tenait pas en plus à étendre ce phénomène à ses heures libres. Il n'y avait pas eu un seul moment aujourd'hui où tout son corps n'avait pas été en état d'alerte en sa présence.

— Merci pour l'invitation, mais j'ai déjà quelque chose de prévu, dit-il.

— Tu es sûr ? demanda-t-elle sur le ton de la plaisanterie. Je ne t'ai jamais vu refuser un repas.

Il ne put retenir un sourire. Sa famille connaissait son appétit gargantuesque.

— Sûr et certain.

— D'accord. Si tu changes d'avis, n'hésite pas. Comme toujours, il y en aura beaucoup.

— Merci, Nikki.

Delphine sortit de la douche et se sécha en se disant que l'interview avec Gannon s'était bien passée.

Son expérience de ce métier lui avait appris que certaines personnes, lors des interviews, montraient une très haute opinion d'elles-mêmes. Delphine les classait dans la catégorie des « moi je ». Tout devait toujours tourner autour d'elles. Il y avait ensuite les personnes comme Gannon, qui préféraient placer les autres en premier.

Il n'était pas difficile de voir à quel point il admirait son père. Il lui attribuait non seulement la création de l'entreprise, mais également son immense succès, aujourd'hui transmis à ses fils. Gannon lui avait confié que Drew Steele pensait au départ que ses six fils travailleraient tous un jour avec lui. Quand il devint évident que cinq d'entre eux avaient d'autres projets, il fut heureux de voir son plus jeune fils manifester de l'intérêt pour la société.

Selon Gannon, son amour pour les semi-remorques avait débuté à un âge précoce. Une année, Drew Steele avait dû livrer un chargement au Texas, le jour de son propre anniversaire. Le jeune Gannon avait alors décidé de ne pas laisser son père seul et était monté en cachette dans le camion. Au moment où celui-ci l'avait trouvé, il était trop tard pour le ramener à la maison. Gannon avait donc continué la route avec lui et avait passé un des meilleurs moments de sa vie. Depuis ce jour, il attendait avec impatience les étés où il pouvait voyager en camion avec son père.

Lorsque arriva le moment d'aller à l'université, Gannon prit la décision d'étudier à Phoenix afin de pouvoir aider son père pendant les week-ends. Personne ne fut surpris de le voir se spécialiser en gestion des transports et logistique, et obtenir par la suite un master.

Delphine imaginait parfaitement un Gannon de douze ans caché à l'arrière du camion de son père, déterminé à ne pas le laisser seul le jour de son anniversaire. Il lui avait dit que les anniversaires comptaient beaucoup pour lui, et qu'il octroyait par conséquent un jour de congé payé à ses employés ce jour-là. Elle comprenait mieux à présent pourquoi la Steele Trucking Company était un employeur recherché.

Elle comprenait également pourquoi Gannon Steele

était si apprécié des femmes. Trish n'avait pas été la seule à tenter d'attirer son attention à la brasserie. D'autres s'étaient arrêtées à leur table juste pour lui dire bonjour. Plusieurs fois son téléphone avait sonné, et il avait appuyé sur le bouton rejet sans même répondre.

Ces deux derniers jours avec lui avaient rappelé à la jeune femme qu'elle savait apprécier la compagnie d'un homme séduisant. À l'époque où elle soignait sa mère, elle avait vécu une existence de recluse. Lucia et sa mère avaient tenté de l'encourager à sortir et à s'amuser, proposant leur aide pour s'occuper de sa propre mère. Mais Delphine avait vite découvert que la plupart des célibataires préféraient ne pas s'encombrer d'une femme avec une mère malade.

C'était après la mort de sa mère que les hommes s'étaient manifestés. Au début ils lui présentaient leurs condoléances, puis dans la minute qui suivait ils lui proposaient de l'aider à surmonter son chagrin. La plupart essayaient même de la convaincre qu'une nuit dans leur lit l'aiderait dans ce sens. Elle n'avait eu aucun scrupule à leur faire savoir qu'elle n'était pas intéressée, et avait même demandé à certains d'oublier son numéro.

Elle se demanda ce que Gannon avait pensé quand elle avait déclaré vouloir rester seule. Avait-il imputé cela à ses voyages constants, ou deviné que ce n'était pas la seule raison ? Évidemment il n'avait aucun moyen de savoir que c'était à Liddell Bartley qu'elle devait le fait d'être devenue une femme paniquée à l'idée de redonner son cœur.

Elle essaya de ne plus penser à lui et de se remémorer à la place sa belle et douce mère. June Ryland savait que Delphine ne s'était jamais remise de son histoire avec Liddell, et jusqu'à son dernier souffle elle s'était montrée inquiète au sujet de son unique enfant. June était chagrinée, car elle voulait que sa fille trouve le bonheur. Delphine se souvenait encore de leur dernière conversation cohérente, quand sa mère l'avait suppliée de ne pas laisser Liddell gagner en se fermant à l'amour. June croyait dur comme fer qu'il existait quelque part un homme digne de l'amour de sa fille, prêt à l'aimer inconditionnellement et à lui être fidèle à jamais.

Delphine en doutait fortement, mais n'avait rien dit. Elle n'avait pas non plus fait remarquer à sa mère qu'elle lui demandait de croire en une chose à laquelle elle n'avait pas pu croire pour elle-même. Sa mère avait été une femme magnifique, mais quand Theodore Ryland l'avait quittée pour une autre elle ne s'en était jamais remise. Elle n'avait pas refait sa vie, et s'était inscrite à la place au club de la paroisse, préférant les activités de groupe à l'amour.

Une fois sa robe de chambre enfilée, ses pensées dérivèrent à nouveau vers Gannon. Cette interview ne ressemblait pas aux autres. Gannon n'agissait pas comme si elle le dérangeait, ou si elle représentait une publicité gratuite. À aucun moment il ne lui avait fait sentir qu'elle l'ennuyait ou que ses questions étaient intrusives. Le travail de Delphine n'en avait été que plus agréable.

Demain serait son dernier jour avec lui et elle commençait déjà à ressentir un sentiment de… Elle ne savait pas le définir. Elle était certaine que ses émotions mitigées étaient dues au fait que Gannon ne lui avait jamais donné l'impression qu'il lui était supérieur, ou qu'elle était une humble journaliste envoyée ici pour l'interviewer. Au contraire, il l'avait emmenée dîner, prendre un petit déjeuner, et il lui avait même fait découvrir un endroit qu'il disait être son restaurant préféré.

Pas le moins du monde fatiguée, elle alla s'asseoir sur la causeuse et prit la télécommande sur la table basse, avant de replier confortablement les jambes sous elle. Pendant sa douche, elle n'avait cessé de songer à Gannon. Ce n'était pas dans ses habitudes de penser autant à un homme. Mais comment s'en empêcher, alors qu'il était si séduisant ? Il était irrésistible et vraiment digne de faire la couverture du magazine.

Elle avait enfin trouvé une chaîne d'information à regarder quand son téléphone portable se mit à sonner. En se penchant pour le récupérer sur la table basse, elle vit qu'il s'agissait de Gannon. Son cœur fit un bond.

— Gannon ? dit-elle, après avoir décroché.

— Delphine, je suis désolé de vous déranger. Je sais que nous sommes censés nous retrouver dans mon bureau à la première heure demain, mais je viens de recevoir un appel d'un de mes expéditeurs et je vais devoir me rendre chez lui. Je devrais être au bureau vers 10 heures. Je vous verrai avec plaisir à ce moment-là.

Il la verrait avec plaisir ? Même si elle était certaine qu'il n'y avait aucun sous-entendu autre que professionnel dans son commentaire, elle fit semblant durant une courte seconde de croire le contraire. C'était stupide de sa part, car tout ici avait à voir avec l'interview ; c'était la raison de sa présence dans cette ville, et elle ne devait pas perdre cela de vue.

Elle aurait souhaité pouvoir répondre qu'elle le reverrait également avec plaisir, mais elle savait que ce ne serait pas approprié. D'abord inquiète de son comportement inhabituel, elle se rassura rapidement en se disant que c'était sûrement dû au fait qu'elle ne fréquentait plus d'hommes depuis cinq ans. Cinq années qui commençaient à peser lourd, surtout face à un homme aussi séduisant que Gannon.

— Très bien, Gannon, je vous verrai demain.

Après avoir raccroché, elle se souvint que le lendemain serait son dernier jour ici et qu'il y avait de fortes chances pour qu'elle ne le revoie plus jamais. Il lui faudrait alors se contenter des photos.

- 3 -

Gannon écouta attentivement le responsable de Murdock Mart et dut admettre que les préoccupations de l'homme étaient justifiées. Depuis deux mois, un des camions de Gannon arrivait systématiquement en retard à destination. Ce n'était pas la première fois qu'il avait des plaintes au sujet de Lester Oakwood. Le routier avait déjà reçu deux avertissements et avait été sermonné plusieurs fois. Gannon savait qu'il ne pouvait plus différer ce qu'il avait à faire.

Un douloureux divorce l'année précédente avait failli ruiner la vie de l'homme. Il ne s'en était toujours pas remis, et passait depuis beaucoup trop de temps aux relais des routiers. Gannon en connaissait la raison. Il avait également reçu des rapports à ce sujet.

— Merci de m'en avoir fait part, monsieur Murdock. Je vais m'en occuper.

Le vieil homme acquiesça d'un signe de la tête.

— Je n'en doute pas, fils. Et je sais que tu détestes cette situation. Oakwood est là depuis longtemps. Il a commencé à l'époque de ton père. C'était un de ses premiers employés.

C'était pour cette raison que Gannon avait pensé que l'homme serait probablement désireux de prendre sa retraite. Cependant il savait que son ex-femme l'avait laissé dans une impasse financière en vidant son compte en banque. Et, pour couronner le tout, elle lui avait brisé le cœur en le quittant après trente ans de mariage pour un autre.

Ayant immédiatement deviné sur quoi l'entretien de ce matin allait porter, Gannon avait déjà demandé conseil à son père. Oakwood allait avoir soixante-sept ans et était en mesure de bénéficier d'une très bonne retraite, mais Gannon savait que l'homme avait besoin de plus que cela. Conduire des camions était sa vie, et ce depuis près de cinquante ans.

Ne voulant plus penser à ce qui l'attendait à son retour au bureau, il songea plutôt à la personne qu'il verrait à son arrivée : Delphine. Il avait prétexté son changement de planning pour l'appeler la nuit dernière, alors que sa secrétaire aurait très bien pu s'en charger ce matin. Mais il voulait entendre sa voix une dernière fois avant d'aller se coucher.

Finalement ça n'avait pas été une très bonne idée car, après l'avoir entendue, il avait passé la nuit à fantasmer sur elle. Il avait repensé à leur dîner du dimanche soir, et à quel point elle était ravissante en robe, ainsi que la veille en pantalon et chemisier. Il avait même été plus loin et s'était imaginé à quoi elle ressemblerait dans un short ultra-court, ou tout simplement en sous-vêtements, puis finalement avec rien du tout, et avait fini par sombrer dans l'inconscient, bercé par ses fantasmes.

Cette situation devait absolument cesser. Heureusement, elle partait bientôt et il n'y avait aucune raison que leurs chemins se croisent à nouveau… À moins qu'il ne décide de rendre visite à ses amis les Westmoreland.

Il secoua la tête, décidé à ne pas se laisser ensorceler par un joli visage, un corps magnifique et des lèvres renversantes. Pourquoi était-il à ce point attiré par elle ? Peut-être était-ce juste une crise passagère à la suite du mariage de ses frères ? Il fallait qu'il arrête de se demander s'il existait une femme faite pour lui. C'était trop tôt : il lui restait encore dix ans pour s'en inquiéter. Alors pourquoi diable se demandait-il si cette femme pouvait être Delphine ?

N'aimant pas le tour que prenaient ses pensées, il décida de consulter la personne qui avait toujours su garder les pieds sur terre – Eli Steele. Parmi ceux de tous ses frères, le mariage d'Eli avait été le plus grand choc, car celui-ci avait toujours été le plus récalcitrant à l'idée du bonheur conjugal.

— Appelle Eli Steele, commanda Gannon en appuyant sur le volant de sa voiture.

Quelques instants plus tard, la voix de son frère lui répondit :

— Qu'est-ce que tu veux, gamin ?

Gannon secoua la tête de frustration. Cela l'avait toujours agacé que ses frères l'appellent ainsi, mais il avait fini par en prendre son parti. Il était le plus jeune et, peu importe son âge, ses cinq frères aînés le voyaient toujours comme un enfant.

— Quand as-tu compris que tu avais un faible pour Stacey ? demanda Gannon franchement.

Pourquoi tourner autour du pot ? Eli allait de toute façon le bombarder de questions.

Il y eut une hésitation de l'autre côté du combiné, puis son frère demanda :

— Pourquoi est-ce que tu veux savoir ?

L'avocat en Eli poussait souvent le contre-interrogatoire.

— Réponds simplement, Eli.

Gannon imagina son frère en train de se frotter le menton, et d'essayer de décider ce qu'il devait lui répondre.

— Ce n'était pas le coup de foudre.

— Je n'ai pas dit que ça l'était, répondit Gannon.

Eli gloussa au souvenir.

— Stacey est la sœur de Cohen et je n'avais aucune envie de me faire botter le derrière. Nous avions une réputation d'hommes à femmes et Cohen était surprotecteur. Mais elle avait conquis mon cœur.

Cohen était le meilleur ami de leur frère Tyson, donc Gannon comprit parfaitement son allusion sur le fait de se faire botter le train.

— Combien de temps as-tu mis à tomber amoureux ?

— Dès le premier jour. Je m'en étais rendu compte, mais je n'ai rien pu faire. J'ai compris que c'était sérieux quand mon désir pour les autres femmes a commencé à s'estomper, c'est-à-dire à l'instant où je l'ai rencontrée.

Gannon garda le silence. Son désir pour les autres femmes avait-il diminué ? Cela ne faisait que deux jours, mais il devait admettre qu'en voyant Trish la veille il n'avait rien ressenti d'autre que de l'agacement.

— Le plus important n'est pas de savoir pourquoi tu te poses ces questions. C'est le fait de les poser qui est révélateur.

Gannon fronça les sourcils.

— Et ça révèle quoi ?

— Que tu as rencontré une femme qui t'a sans aucun doute tourné la tête.

Les muscles de sa mâchoire tressaillirent. Il n'aimait pas ce que son frère insinuait.

— Je n'irais pas aussi loin.

— Moi si. En discutant avec Galen, Tyson, Jonas et Mercury, je me suis rendu compte que nous aurions dû voir venir la chose. Nous aurions dû comprendre, dès l'instant où nous nous sommes mis à faire des choses qui ne nous ressemblaient pas, que nos femmes étaient nos âmes sœurs. Nous ne l'avons pas réalisé tout de suite, mais quand ça a été le cas nous avons réagi rapidement et scellé notre destin. La pire des choses, c'est de perdre la femme de sa vie.

Gannon se sentit crouler sous la frustration. Il en avait assez entendu comme ça.

— Je te rappellerai plus tard, Eli.

— Quand est-ce que tu nous la présentes ?

Gannon haussa un sourcil.

— Qui donc ?

— La femme qui te fait m'appeler en plein milieu de la journée pour me poser des questions, rétorqua Eli, visiblement amusé, ce qui ne fit que frustrer encore plus Gannon.

— Il n'y a aucune femme de ce genre.

— Si tu le dis. En tout cas, quand tu la trouveras, fais-le-moi savoir. J'ai hâte de rencontrer celle qui te fait remettre en question ton plan sur dix ans. Au revoir.

Gannon jura dans sa barbe. Eli était fou. Il n'y avait aucune femme au monde capable de faire ça. Pas une seule.

— M. Steele est arrivé, madame Ryland. Vous pouvez y aller.

— Merci, répondit Delphine en souriant à la secrétaire.

À vrai dire, elle l'avait déjà vu arriver. De là où elle était assise à l'accueil, elle voyait tout ce qui se passait sur le parking. La jeune femme l'avait donc vu se garer et entrer dans le bâtiment par une porte latérale.

Elle était restée figée, le cœur battant la chamade, fascinée par son élégance en costume sombre. Il était séduisant, quoi qu'il porte. Delphine prit une profonde inspiration avant de se lever et d'emprunter le long couloir qui menait à son bureau. Une fois devant la porte, elle inspira puis expira avant de frapper.

— Entrez, madame Ryland.

Il l'avait appelée « madame Ryland » au lieu de « Delphine ».

Veut-il redevenir formel ? Est-ce dû au fait qu'il est en costume ? s'interrogea-t-elle.

Elle allait le découvrir rapidement, et décida en attendant de suivre son exemple.

Aussitôt qu'elle ouvrit la porte, leurs regards se croisèrent et Delphine sentit ses genoux flageoler. Il se leva à son entrée et elle remarqua qu'il avait retiré sa veste et desserré sa cravate. Et, bien sûr, le bouton ouvert de sa chemise blanche ne lui échappa pas. Pourquoi est-ce que de le voir si décontracté l'émouvait autant ?

Elle comprit alors que la réciproque était vraie, car il la regardait avec une intensité égale à la sienne. À le voir on aurait pu croire qu'elle était nue. Que se passait-il donc ?

Mais elle connaissait la réponse : le désir. Un sentiment auquel elle n'était pas habituée. C'était pourtant d'une évidence flagrante pour tous les deux. Les vibrations de désir étaient déjà puissantes la veille, mais elles l'étaient davantage aujourd'hui.

Chaque fois qu'il la regardait, elle en avait des bouffées de chaleur, ce qui était très gênant. Aujourd'hui, son regard la mettait presque en feu. C'était son dernier jour et elle devait absolument reprendre le contrôle, au risque de finir calcinée devant lui.

— J'espère que votre réunion de ce matin s'est bien passée, dit-elle après s'être raclé la gorge.

Comme si le son de sa voix avait rompu le charme, Gannon battit des cils.

— Oui, tout à fait. Cependant je vais devoir régler un problème.

— Je comprends, dit-elle avec un petit hochement de tête. Je peux revenir…

— Non. Finissons-en, car je serai occupé tout le reste de la journée.

Était-ce sa façon de lui faire savoir qu'il était fatigué de tout ceci ? Fatigué d'elle et de cette interview ? Elle essaya de se convaincre que son changement d'attitude n'avait rien à voir avec elle, mais plutôt avec la réunion qu'il avait eue plus tôt.

— Je serai rapide, dit-elle en prenant place sur la chaise en face de son bureau. J'ai juste quelques petites questions supplémentaires.

— Très bien, dit-il en s'asseyant. Allez-y.

Alors qu'il luttait pour rester concentré sur les questions, Gannon réalisa que Delphine avait le don de faire ressortir la bête sexuelle qui sommeillait en lui. Il essaya de rester fixé sur ses yeux, mais son regard glissait constamment sur ses lèvres. Si elle le remarqua, elle n'en montra rien en tout cas. En fait, elle agissait comme une véritable professionnelle. C'était lui qui s'excitait de plus en plus à chaque minute.

Et cela ne lui plaisait pas du tout.

Il n'aimait pas qu'elle ait cet avantage sur lui. Quand elle était entrée dans son bureau, il l'avait contemplée en essayant de maîtriser sa respiration. Sa simple vue le retournait. Elle exacerbait ses désirs, lui faisait ressentir et vouloir des choses. Elle avait forcément conscience de la tension sexuelle existant entre eux, car ça remplissait littéralement la pièce.

Delphine avait alors soutenu son regard avec une

intensité égale à la sienne ; au moins, l'attraction n'était pas unilatérale.

C'était ce qu'il voulait croire en tout cas.

À nouveau agacé qu'elle puisse si facilement le troubler, il jeta son stylo sur le bureau.

— Avez-vous terminé vos questions ?

N'avait-elle pas dit que ce serait rapide ? Pourtant ça n'en finissait pas. Ce n'étaient pas les questions qui l'agaçaient – de simples questions classiques d'interview –, mais le fait de devoir passer ce qu'il leur restait de temps ensemble à y répondre. Il n'aimait pas la voir ignorer ce qui se passait de toute évidence entre eux, alors que lui était sur le point de se jeter sur elle.

— Je peux arrêter tout de suite si vous le souhaitez.

Il faillit lui dire ce qu'il souhaitait exactement – d'abord l'asseoir sur ses genoux, puis goûter à ses lèvres appétissantes.

— Non, vous pouvez terminer.

La seule raison pour laquelle il lui avait dit cela, c'était parce qu'il savait qu'après avoir posé la dernière question elle n'aurait plus aucune raison de s'attarder. D'après Lucia et Chloe, elle ne quittait la ville que jeudi, mais la fin de cette interview signifierait vraiment la fin pour eux. À moins d'une action de sa part, il ne la reverrait plus jamais, et il n'était pas encore prêt pour cela. Alors, quand elle posa deux autres questions, il prit son temps pour répondre et tenter de la garder un peu plus longtemps.

— Eh bien, ça sera tout, monsieur Steele, dit-elle en se levant.

Il aurait aimé pouvoir ne pas la suivre du regard, mais c'était impossible. La façon dont ses cheveux retombèrent sur ses épaules lui coupa le souffle, de même que ses seins qui épousaient parfaitement son chemisier.

Merde, il était mordu.

— Pourquoi m'appelez-vous « monsieur Steele » ?

Elle eut alors le toupet de hausser les épaules – épaules qu'il avait vues dénudées dans la robe qu'elle portait dimanche soir. Des épaules qu'il savait sexy au possible.

— Je ne faisais que vous imiter, dit-elle.

— M'imiter ? répéta-t-il, surpris.

— Oui. Quand j'ai frappé à la porte, vous m'avez appelée « madame Ryland ». J'ai pensé que vous ne vouliez plus que nous nous appelions par nos prénoms. J'ai cru que c'était ce que vous vouliez.

Il avait vraiment fait ça ? Il ne s'en souvenait pas, mais son intention n'avait sûrement pas été de changer les choses entre eux… Même s'il n'y avait rien entre eux. Il força son regard à se fixer sur ses yeux et à ne pas dériver vers ses lèvres.

— Dans ce cas je m'excuse. Ce n'était pas ce que je voulais.

Voilà qui était une transition parfaite pour lui dire ce qu'il voulait exactement. Néanmoins il en fut incapable, car lui-même l'ignorait… mis à part l'embrasser, et il savait que c'était une ligne qu'il n'oserait pas franchir. Car comment en prévoir les conséquences ? Il n'avait jamais été entiché d'une femme, mais il pouvait fort bien s'imaginer entiché d'elle.

— Merci pour tout, Gannon, dit-elle en lui tendant la main. Vous avez été très gentil et j'apprécie.

Gannon se leva et, en lui prenant la main, il sentit immédiatement une réponse résonner dans sa poitrine. Il la désirait à la folie, mais savait qu'après cela il ne la reverrait plus jamais.

Se rendait-elle compte qu'ils étaient là à se fixer comme deux personnes qui savaient ce qu'elles devaient faire, mais qui refusaient de le faire ? Il fallait absolument qu'il détourne le regard et qu'il la relâche, mais il en était incapable. Pas encore.

Le son d'une porte claquant quelque part dans le bâtiment les fit sursauter, et il libéra immédiatement sa main, mais trop tard. Si elle n'avait pas encore remarqué la chaleur qui émanait d'eux, elle ne pouvait plus l'ignorer à présent. Sa main le brûlait encore de l'avoir touchée.

— Je dois y aller, dit-elle enfin en reculant de quelques pas, avant de se diriger rapidement vers la porte.

— Je vous accompagne jusqu'à votre voiture.

Elle s'arrêta net et se retourna.

— Non, vous n'êtes pas obligé. Et puis je dois dire au revoir à quelques personnes avant de partir.

— Ah, je vois.

Il sentit son corps s'enflammer alors qu'elle s'apprêtait à partir. Intérieurement il la supplia de se retourner vers lui une dernière fois. Elle n'en fit rien, et il la regarda sortir rapidement et refermer la porte derrière elle.

Delphine entra dans sa chambre d'hôtel, le cœur battant à toute vitesse. Que s'était-il passé dans le bureau de Gannon ? Elle n'avait peut-être pas fréquenté d'hommes depuis cinq ans, mais elle était tout de même capable de reconnaître l'attirance… Est-ce que ça avait été là tout ce temps, et elle venait juste de s'en apercevoir ? Ou est-ce que son esprit lui jouait des tours ?

Elle se laissa tomber dans le fauteuil après avoir posé son sac à main sur la table. Il fallait qu'elle réfléchisse. Son esprit restait figé sur cette poignée de main. Elle avait ressenti quelque chose tout à l'heure et, pour être tout à fait honnête, elle l'avait ressenti dès qu'elle était entrée dans le bureau, quand leurs regards s'étaient verrouillés l'un à l'autre.

Jamais en vingt-cinq ans elle n'avait senti le désir la tenailler ainsi. La grande main de Gannon avait enserré son poignet et l'avait tenu à la fois fermement et doucement. Une chaleur intense s'était répandue en elle comme du beurre fondu sur du pain. Elle regarda sa montre : il y avait le dîner chez Nikki et son mari ce soir, et comme elle avait terminé l'interview de bonne heure elle avait le temps de faire une sieste avant de partir.

Juste quand elle allait entrer dans la salle de bains, son portable sonna. Elle reconnut la sonnerie et décrocha aussitôt.

— Salut, Mandy, quoi de neuf ?

— Tu vas peut-être devoir prolonger ton séjour une semaine de plus, ma belle.

Delphine haussa un sourcil.

— Pourquoi ?

— L'entreprise qui doit refaire ton sol soupçonne la présence d'amiante.

— Génial… Que faut-il faire ? demanda Delphine avec inquiétude, même si elle savait qu'il n'y avait aucune raison ; après tout, c'était une vieille maison.

— Un expert va venir faire des prélèvements aujourd'hui, et il faudra quelques jours avant d'avoir les résultats. En attendant, tous les travaux doivent cesser, et si on trouve de l'amiante il faudra le retirer. Je m'en occupe. Tu ne peux rien faire de plus pour le moment et, si tu rentres, tu ne pourras pas rester chez toi, alors autant prendre du bon temps à Phoenix pendant une semaine de plus.

Delphine se dit que c'était plus facile à dire qu'à faire, surtout si cela impliquait de croiser Gannon pendant son séjour ici. Mais après tout, même s'il travaillait à côté, il vivait à l'autre bout de la ville et il n'y avait aucune raison qu'elle tombe sur lui.

— Je ne suis pas sûre que mon séjour à Phoenix soit une bonne idée.

— Pourquoi pas ?

Delphine se mordilla la lèvre, peu désireuse de parler de son trouble vis-à-vis de Gannon, même avec sa meilleure amie. Et elle était bel et bien troublée. Tout à l'heure, elle avait ressenti pour lui quelque chose qu'elle n'avait plus ressenti pour aucun homme depuis des années, et la profondeur de son attirance la déroutait.

— J'étais prête à rentrer à la maison.

— Pourquoi ?

Elle savait pourquoi sa meilleure amie lui posait la question. Depuis la mort de sa mère, il n'y avait rien à Denver qui justifiait son empressement à rentrer. Elle n'avait pas de petit ami, et elle savait que *Simply Irresistible* lui accorderait volontiers des jours de congé, d'autant plus qu'elle n'avait pas pris de vacances l'année dernière.

— Pour rien. Comme ça.

— Je pensais que tu voulais voyager autant que possible.

— C'est vrai.

— Alors fais-le, Del. Si tu ne veux pas rester à Phoenix, tente l'aventure jusqu'à Vegas. Tu auras la chance de voir le désert et la terre des Navajos.

— Je vais y réfléchir. Quoi qu'il en soit, je ne rentrerai pas à la maison jeudi comme prévu.

— Très bien, tiens-moi au courant. Et, comme je l'ai dit, ne t'inquiète de rien ici. Je m'occupe de tout.

— Alors voilà, dit Gannon. J'ai pu convaincre Lester Oakwood de prendre sa retraite.

Drew Steele hocha la tête.

— J'en suis heureux. S'il avait été renvoyé, ce que tu avais parfaitement le droit de faire compte tenu de sa façon de travailler ces derniers temps, il aurait perdu tous ses avantages sociaux et sa retraite. Je suis content que Lester ait accepté.

— Je suis content aussi. Je pense qu'il a conscience d'avoir exagéré et que je ne pouvais plus lui donner d'autre chance.

Gannon était venu directement ici après le travail. Bien que son père fût à la retraite, il continuait à le consulter chaque fois qu'il avait besoin de conseils. Pour lui, rien ne pouvait égaler l'expérience et l'expertise d'Andrew Steele.

— Où est maman ? demanda-t-il en regardant autour de lui.

— Sortie faire du shopping avec des amies. J'attends son retour à tout instant pour sortir dîner. Au fait, comment s'est passée ton interview cette semaine ?

La question le fit penser à Delphine. Il savait au fond que son départ était pour le mieux, compte tenu de son degré d'attirance pour elle, mais il ne pouvait s'empêcher de se sentir ennuyé à l'idée de ne plus jamais la revoir. Sauf si…

Non, il refusait d'aller dîner chez Jonas et Nikki ce soir. Il avait décliné l'offre, pensant à ce moment que ça valait mieux. Mais maintenant…

— Gannon ?

— Oui ? dit-il en tournant son regard vers son père.

— J'ai demandé comment s'était passée l'interview avec cette journaliste. Je suppose que ton esprit était à des milliers de kilomètres.

Si seulement c'était le cas. Mais l'esprit en question était bel et bien ici à Phoenix, auprès d'une certaine femme.

— L'interview s'est bien déroulée. Nous avons terminé aujourd'hui.

— J'espérais que nous pourrions la rencontrer, déclara Drew.

— Qui donc ?

— La femme qui t'a interviewé.

Gannon étudia son père, avant de poser sa question.

— Delphine Ryland ? Pourquoi voudrais-tu la rencontrer ?

— Aucune raison particulière, à part qu'elle t'a interviewé et qu'elle semble te plaire.

— Qu'est-ce qui te fait penser qu'elle me plaît ? demanda-t-il, surpris.

Il savait pertinemment qu'il n'avait pas dit un mot de Delphine à ses parents, ni à aucun de ses frères, excepté Eli. Mais Eli, en sa qualité d'avocat, était coutumier de la confidentialité, et on pouvait compter sur lui pour garder un secret. Et d'après Gannon Nikki n'avait aucune raison de soupçonner quoi que ce soit.

— L'évidence.

L'évidence ?

— Quelle évidence ?

— Tu nous as dit dimanche, à ta mère et à moi, que tu te sentais coupable de ne pas avoir répondu à ses appels et que tu avais l'intention de l'inviter à dîner pour te faire pardonner et apprendre à mieux la connaître avant le début des entretiens.

— Oui et… ? demanda-t-il, certain que ce n'était pas tout.

— Et c'est tout. Je t'ai parlé hier soir et tu n'as pas dit un mot sur elle ou sur l'interview. La seule raison pour laquelle nous parlons d'elle maintenant, c'est parce que j'ai posé la question.

Gannon regarda fixement son père. Il avait raison. Pour un œil externe, tout ce qu'il venait de citer n'avait rien d'extraordinaire, mais c'était compter sans la perspicacité de Drew Steele, le premier des « Bad New Steele ».

Dans sa jeunesse Drew avait été un véritable coureur de jupons. À l'époque il vivait à Charlotte en Caroline du Nord, comme le reste de leur famille, mais ses liaisons tumultueuses l'avaient forcé à quitter la ville et à s'installer à Phoenix, où il avait rencontré la mère de Gannon.

— Je ne parle jamais des femmes avec qui je sors, rappela-t-il à son père.

— Non, mais toi et Mme Ryland ne sortez pas ensemble, n'est-ce pas ?

— Non.

— Dans ce cas, tu n'avais aucune raison de ne pas en parler. Je m'attendais au moins à ce que tu nous relates le déroulement de l'interview.

Gannon ne répondit pas. Il aurait pu avoir des tas de raisons de ne pas parler de Delphine à ses parents, sans qu'aucune ait à voir avec son attirance pour elle.

Il allait le lui dire quand son père ajouta :

— Je connais mes fils. Et toi en particulier.

Gannon poussa un profond soupir, sachant que son père avait raison. Drew était proche de tous ses fils et les connaissait très bien. Mais entre Drew et Gannon ça avait toujours été une relation particulière, un lien plus fort que la normale. Gannon avait travaillé pendant des années dans l'entreprise familiale aux côtés de son père. Adolescent, il avait été son compagnon de voyage pour les livraisons. Ils s'étaient penchés sur les problèmes de l'entreprise ensemble. Et, quand il avait commencé à fréquenter des filles, c'était plutôt vers son père que vers ses frères qu'il s'était tourné quand il avait des questions sur la gent féminine.

Alors, oui, son père le connaissait bien.

— C'est déroutant, papa. Je l'ai rencontrée il y a seulement trois jours. Pourtant…

— Pourtant quoi ? demanda Drew.

— Elle me déroute.

Drew hocha la tête.

— Trois jours suffisent amplement à une femme pour dérouter un homme. Mais je suis sûr que tu finiras par y voir clair.

Gannon en doutait. Mais, juste au cas où son père se ferait de fausses idées sur sa relation avec Delphine, il ajouta :

— J'ai un plan sur dix ans.

Drew éclata de rire.

— C'est vrai. Tu n'as pas l'intention de te poser avant dix bonnes années.

— Voilà.

Drew s'adossa à sa chaise.

— J'avais un plan sur vingt ans, et la femme qui l'a ruiné vient de franchir la porte.

Gannon entendit à ce moment sa mère entrer dans la maison. Il se leva, décidant qu'il valait mieux partir avant qu'Eden Tyson Steele se mette à l'interroger. En effet, il avait souvent constaté que ses parents partageaient les mêmes idées.

— J'y vais, mais nous en reparlerons avant que je prenne la route vendredi.

— Très bien.

— Gannon. Comment vas-tu, mon chéri ?

Il se retourna au son de la voix de sa mère. Enfant il l'avait toujours trouvée belle, et elle l'était encore.

— Bonsoir, maman. Je vais bien. Je suis heureux que tu sois rentrée parce que j'étais sur le point de partir.

Il embrassa sa mère sur la joue avant de se diriger rapidement vers la porte.

- 4 -

— Merci pour ton invitation à dîner, Nikki, dit Delphine en tendant une bouteille de vin à son amie, avant de la prendre dans ses bras.

Nikki était une photographe talentueuse que Delphine avait rencontrée en travaillant chez *Simply Irresistible*. Quand elle et Chloe avaient fondé le journal ensemble, la responsabilité des photos lui était naturellement revenue. Delphine avait déjà travaillé avec elle, et trouvait toujours ses clichés pleins de justesse. Depuis son mariage, elle faisait moins de photos pour s'investir davantage dans la société de marketing de son mari.

— Pas besoin de me remercier, et bienvenue chez nous, dit Nikki, une main tenant la bouteille de vin et l'autre saisissant le bras de Delphine pour la conduire vers le salon. Merci pour le vin.

— De rien. Tu as une très belle maison.

— Merci.

— Et félicitations pour ta grossesse. Vous devez être très heureux, ton mari et toi.

— Oui, nous le sommes, lança une voix masculine et grave derrière elles.

Delphine se retourna et dut prendre une profonde inspiration. L'homme souriant qui marchait vers elle ressemblait étrangement à Gannon. Ses yeux verts étaient un indice révélateur de leur lien de fraternité ; même forme et même nuance que ceux de Gannon. Les deux hommes étaient également grands, même si à son avis Gannon devait mesurer quelques centimètres de plus, mais ils avaient à peu près la même corpulence.

— Delphine, voici mon mari, Jonas.

— Vous ressemblez à Gannon, dit Delphine en prenant la main tendue de l'homme.

Jonas émit un petit rire.

— Comme je suis le plus âgé, c'est Gannon qui me ressemble. Mes frères et moi sommes un parfait mélange entre nos deux parents. Nous avons tous hérité des yeux verts de notre mère, et notre couleur de peau est un mélange des deux. Par contre, le reste de nos traits nous vient de notre père.

Jonas se tourna alors vers sa femme.

— Le dîner est prêt, ma chérie.

— Vous cuisinez ? demanda Delphine avec surprise.

Il lui adressa un sourire identique à celui de Gannon.

— Oui. Quand nous étions célibataires, mon frère Mercury et moi avons pris des cours de cuisine. J'aime bien cuisiner de temps en temps, et mettre à profit ce que j'ai appris.

— Soyons honnêtes, Jonas. Tu mets à profit tes talents culinaires plus que de temps en temps, et ce n'est pas moi qui vais m'en plaindre. C'est un formidable cuisinier, Delphine.

— Merci, ma beauté, dit-il, avant de se pencher pour embrasser sa femme.

À l'inverse de Delphine, ils semblaient tous deux à l'aise avec les démonstrations d'affection en public. La jeune femme avait grandi seule avec sa mère, et le seul couple marié qu'elle fréquentait enfant était les parents de Lucia. Mais, comme ils étaient mariés depuis longtemps, Delphine devinait qu'ils s'aimaient sans avoir à le montrer ouvertement, contrairement à Nikki et Jonas.

— Puisque le chef annonce que le dîner est prêt, je vais te montrer la salle de bains où tu pourras te laver les mains.

— Merci.

Juste à cet instant, la sonnette retentit.

— J'y vais, dit Jonas. C'est probablement mon frère Tyson. Il est médecin et travaille à l'hôpital à quelques pâtés de maisons d'ici. Sa femme, Hunter, est en déplacement, et en quittant le travail il s'est probablement dit qu'il pourrait passer prendre de quoi manger.

Quelques minutes plus tard, Delphine réussit à retrouver le salon en suivant les instructions de Nikki. La maison était immense, au point qu'elle aurait pu y faire rentrer plusieurs fois la sienne. Ce qu'elle préférait, c'était les escaliers en double colimaçon et la façon dont ils se rejoignaient sur le palier.

En entrant dans le salon, elle vit Nikki et Jonas en pleine conversation avec un homme qui lui tournait le dos. Elle pensa qu'il s'agissait du frère Steele médecin, quand Nikki la vit et lui sourit.

— Regarde qui a décidé de se joindre à nous, Delphine.

L'homme qui se retourna pour lui faire face était Gannon.

Gannon comprenait parfaitement la réaction surprise de Delphine : il ne lui avait pas dit un mot sur sa venue ici. Bon sang, même lui ne savait pas qu'il viendrait. En rentrant il avait pris une douche, et c'est alors qu'il avait décidé de venir voir ce que Jonas avait cuisiné pour dîner.

Il prit aussitôt une profonde inspiration. Il n'allait tout de même pas se mentir à lui-même ? La raison de sa présence ici ce soir était qu'il savait que Delphine y serait et qu'il voulait la revoir. Il n'était pas prêt pour l'adieu de tout à l'heure.

— Gannon, je ne savais pas que vous veniez, dit Delphine.

Il la passa en revue du regard : elle portait un jean et une jolie blouse rose. Il ne l'avait jamais vue habillée de façon aussi décontractée, mais elle pouvait en dire autant, puisqu'il portait également un jean.

Jonas s'éclaircit la voix, et Gannon réalisa qu'il n'avait encore rien répondu.

— Je n'avais pas projeté de venir. Quand Nikki m'a invité hier, j'avais déjà quelque chose de prévu, mais mes plans ont changé.

— Eh bien, j'en suis ravie, dit Nikki avec un grand sourire et en serrant son beau-frère dans ses bras. Maintenant va te laver les mains et rejoins-nous dans la salle à manger.

— À vos ordres, répondit-il en souriant.

Ce faisant, Gannon se demanda si Delphine avait conscience de la façon dont elle l'avait fixé à l'instant. L'intensité de son regard l'avait retourné, et il avait vraiment réalisé à quel point il la désirait, elle et pas une autre. Il espérait pourtant ne pas avoir commis une erreur en venant ici. Nikki n'avait peut-être aucune idée de ses motivations, mais ce ne serait pas le cas de Jonas. Les mâles Steele se comprenaient entre eux, et il n'y avait aucun doute dans l'esprit de Gannon que son frère avait reconnu son intérêt masculin pour Delphine.

Mais pour le moment peu lui importait. Il était trop tendu pour s'en inquiéter, même s'il en ignorait la raison. Cependant il était bien déterminé à la découvrir : découvrir comment une femme qu'il venait tout juste de rencontrer pouvait le mettre dans un tel état, au point de lui faire remettre en question son désir de liberté. Il était censé s'amuser et prendre du bon temps avec le plus de femmes possible, sans se fixer de limites, tout de même.

Alors pourquoi avait-il déjà refusé six appels aujourd'hui et quatre hier ? Qu'y avait-il chez Delphine Ryland qui l'empêchait de réfléchir correctement ?

Sachant qu'il ne trouverait aucune réponse dans la salle de bains, il se dirigea vers la salle à manger, d'où provenaient les voix.

— Pendant une minute, j'ai cru que tu t'étais perdu, plaisanta Jonas en plaçant les assiettes sur la table.

Gannon ne fit aucun commentaire et prit la chaise en face de Delphine. Il aurait pu s'asseoir à côté d'elle, mais il voulait regarder son beau visage et étudier ses délicieuses lèvres.

— J'espère que tu as faim, Gannon, dit Nikki.

— Il a toujours faim, intervint Jonas.

Les lèvres de Delphine se courbèrent en un sourire. Elle ne serait pas aussi amusée si elle savait de quoi d'autre il avait faim, à savoir d'elle. Il adorerait l'allonger sur cette table et faire d'elle sa friandise. Il la déshabillerait, puis lui écarterait les jambes et s'enfoncerait en elle et…

— Gannon !

Il tourna la tête vers Jonas.

— Pardon ?

— Je t'ai demandé si tu avais parlé aux parents aujourd'hui.

Pourquoi son frère lui posait-il la question ?

— Je leur parle tous les jours.

Jonas éclata de rire.

— Tu vois, je l'avais bien dit, Delphine. C'est un bon fils.

Gannon se demanda à quel moment Jonas avait dit cela. Depuis combien de temps est-ce que la conversation portait sur lui, alors qu'il était assis là à fixer Delphine et à s'imaginer lui faisant toutes sortes de choses coquines ?

— C'est une habitude.

— Une bonne habitude, déclara Nikki, comme pour prendre sa défense. Je trouve que c'est merveilleux qu'il leur parle tous les jours.

— C'est parce qu'il n'a jamais eu maman sur le dos à le harceler sur le mariage chaque fois qu'il appelait. C'était le plus jeune et elle a commencé par l'aîné. Mercury et Gannon ont pu avoir un peu de répit pendant ce temps.

Gannon se dit que Jonas parlait un peu trop, même si les taquineries ne le gênaient pas. Ses frères plaisantaient souvent à ce sujet : il avait vécu à la maison plus longtemps que les autres et avait développé une relation étroite avec ses parents. Il n'avait aucun problème à discuter avec eux tous les jours, et appréciait même de le faire. Il savait que son père aimait avoir des nouvelles des routiers et sa mère s'entretenir avec lui. Eden et Gannon avaient une sorte d'accord : elle n'avait pas besoin de lui mettre la pression, car il avait l'intention de s'en tenir à son plan sur dix ans quoi qu'elle dise.

Alors qu'il se servait une montage de purée de pommes de terre, Nikki demanda à Delphine :

— Tu pars toujours jeudi ?

Il vit Delphine acquiescer.

— Oui, mais je ne rentrerai pas chez moi comme prévu.

— Où irez-vous ? demanda-t-il, comme s'il avait parfaitement le droit de savoir.

— Je ne sais pas vraiment. Tout ce que je sais, c'est que je ne peux pas rentrer chez moi. J'ai fait faire des travaux et les ouvriers ont trouvé de l'amiante. L'inspecteur a arrêté le chantier le temps de tout supprimer. Je n'ai aucune raison de rentrer tant que ce ne sera pas terminé.

— Alors, où iras-tu ? demanda Jonas.

Delphine soupira profondément avant de répondre.

— J'ai pensé à conduire jusqu'à Las Vegas. J'ai entendu dire que la route était pittoresque.

— C'est vrai, répondit Nikki. Mais je ne sais pas si tu devrais la faire seule.

— Ça ira, répondit Delphine en lui souriant.

Gannon ne fit aucun commentaire, mais il était d'accord avec Nikki. Ce n'était pas un voyage à entreprendre seule. Il se souvint qu'elle lui avait parlé de ses travaux, et également de sa passion pour les voyages et l'aventure.

— Alors, comment s'est passée l'interview ? demanda Jonas.

— J'ai trouvé que ça s'était très bien passé. Gannon a été un sujet fascinant.

— Non, ça s'est bien passé parce que vous… parce que tu es une excellente journaliste, déclara Gannon, décidant de passer au tutoiement à l'instar de son frère et de sa belle-sœur. Tu as facilité les choses.

— J'ai simplement posé des questions que je pensais intéressantes pour les lecteurs, répondit-elle en souriant.

— Et, comme je l'ai dit, tu as fait un travail formidable. Tu peux m'interviewer à nouveau quand tu veux, Delphine.

— Merci, Gannon.

Il était sur le point de prendre une bouchée de son pain de viande quand il jeta un coup d'œil à Jonas et remarqua que celui-ci le fixait. C'était un regard qu'il connaissait : Jonas allait avoir une petite conversation avec lui, et il devinait déjà le sujet.

C'était vraiment comique que Jonas, autrefois considéré par les tabloïds comme le plus grand coureur de jupons de la ville, soit en train de le foudroyer du regard. Pourquoi son frère ressentait-il le besoin de lui faire la morale quand lui-même avait si bien profité de sa vie de célibataire ? Que Gannon veuille faire de même n'était que justice.

Pendant tout le dîner, il lui fut pratiquement impossible de détourner le regard de Delphine, et tant pis si cela se voyait. C'était comme ça : il était attiré par elle et admettait enfin ne désirer aucune autre femme depuis leur rencontre. Certes, cela ne faisait que trois jours, mais qu'il soit à ce point subjugué par une femme devait tout de même signifier quelque chose, même si ce n'était que vouloir une simple aventure.

La bonne nouvelle, c'était qu'il n'y avait plus de relation professionnelle entre eux. Non pas que cela eût de l'importance, car il n'avait jamais été du genre à séparer les affaires et le plaisir. Lorsqu'une occasion se présentait, tant qu'il restait maître de la situation et que les deux parties en comprenaient les limites, il fallait la saisir.

— C'était excellent. Merci de m'avoir invitée, déclara Delphine.

— Ça me fait plaisir, dit Nikki avec un sourire radieux.

— Je reprends ce que Delphine a dit. Merci de m'avoir invité, ajouta Gannon.

— Tu sais que tu es toujours le bienvenu, Gannon, lui répondit Nikki.

— Avec toi, nous n'avons jamais à nous soucier des restes, ajouta Jonas en riant.

Gannon sourit et jeta un coup d'œil à Delphine. Elle souriait également, connaissant déjà son appétit légendaire… ou du moins un de ses aspects. Avant son départ de Phoenix, ce ne serait peut-être pas une mauvaise idée de lui présenter l'autre.

Delphine termina son repas tout en essayant d'ignorer l'intensité du regard de Gannon. Il lui faisait ressentir des choses qu'elle n'avait jamais ressenties auparavant, même auprès de Liddell. Pourtant ils couchaient déjà ensemble en dernière année de lycée, et ensuite durant les vacances scolaires quand ils étaient à l'université.

Delphine réalisait maintenant à quel point la rareté de leurs rapports sexuels avait pu faire de Liddell une proie facile pour quelqu'un comme Agatha… Non pas qu'elle excusât son infidélité : il avait juré de ne pas la trahir durant leurs quatre années d'études.

Refusant de penser plus longtemps à l'infidélité de Liddell, elle regarda du côté de Gannon. Il la fixait et, quand leurs regards se croisèrent, elle sentit à nouveau une forte agitation au creux de son estomac. Elle se détourna rapidement et prit une gorgée de son thé glacé. Elle ignorait combien de temps encore elle pourrait supporter les sentiments qui la remuaient face à un homme aussi séduisant et sexy. Peut-être qu'elle ferait mieux de partir pour Las Vegas dès demain au lieu de jeudi. Elle s'était dit qu'elle pourrait mettre à profit cette journée libre pour commencer à écrire son article, mais une chambre d'hôtel à Las Vegas pourrait tout aussi bien faire l'affaire. Elle avait déjà visité la ville, de sorte qu'elle ne serait pas déconcentrée par l'envie de fouler le Las Vegas Strip.

— J'espère que tout le monde est prêt pour le dessert, annonça Nikki. C'est ma contribution au repas de ce soir : un cheese-cake au citron vert.

— Ça a l'air délicieux, dit Delphine en souriant à son amie.

Encore une fois, elle remarqua à quel point Nikki semblait heureuse. La jeune femme ne put s'empêcher de ressentir une pointe d'envie en pensant qu'à une époque elle rêvait de la même situation – un mari qui l'aimait et son enfant à porter.

Un peu plus tard, elle recula sa chaise. Le gâteau avait été excellent.

— Je ne peux plus rien avaler, dit-elle en souriant.

— Pas moi, déclara Gannon.

Delphine tourna la tête vers lui. Elle avait remarqué qu'on lui avait servi une part deux fois plus grosse que la sienne et qu'il avait mangé tout son dîner. Où est-ce qu'il mettait tout ça ? Et comment gardait-il un corps si parfait ? C'était la première fois qu'elle le voyait en jean et il était vraiment beau à couper le souffle, avec les plus belles fesses qu'elle ait jamais vues. Et puis il y avait aussi ses cuisses musclées et ses hanches fermes… Il aurait facilement pu poser pour une pub de western.

— Je suis ravie que tout le monde ait apprécié le dessert. Je ne pouvais pas laisser Jonas se charger de tout le repas et vous laisser dire que je n'avais rien fait, lança Nikki en riant.

Jonas se leva et sourit malicieusement à sa femme :

— Et voici la partie pour laquelle elle ne se portera jamais volontaire : débarrasser. Mais ça va puisque Gannon va m'aider.

— Ah bon ? demanda Gannon, surpris.

— Tout à fait. Ce n'est que justice vu que tu as mangé tout ce qu'il y avait sur la table.

— Je suis en pleine croissance, que veux-tu ? dit Gannon en se levant et suivant l'exemple de son frère.

— Si vous avez besoin d'un coup de…

— Hors de question que tu te portes volontaire pour ranger, l'interrompit Nikki avec un grand sourire. Ces messieurs peuvent très bien gérer la situation. En plus j'ai hâte de te parler de mes projets de décoration pour la chambre du bébé.

Gannon aida Jonas à remplir le lave-vaisselle, puis à s'attaquer aux casseroles. Lui-même cuisinait à l'occasion, mais il n'avait jamais autant de casseroles et de poêles à laver. Il se souvenait des cours de cuisine que ses frères avaient suivis : c'était avant que Jonas rencontre Nikki.

Gannon savait que ce n'était pas la cuisine qui avait motivé ses frères, mais les femmes célibataires qu'ils pensaient pouvoir rencontrer dans ce cours.

— Qu'est-ce qui se passe entre toi et Delphine, Gannon ?

Il se demandait justement combien de temps il faudrait à Jonas pour poser la question. Ses frères avaient généralement un accord tacite consistant à ne pas demander et ne pas raconter. C'était du moins le cas des cinq aînés. Mais, pour une raison quelconque, ils n'avaient jamais inclus Gannon dans cet accord. Comme il était le plus jeune, ils considéraient que c'était leur droit immuable de savoir à tout moment ce qu'il faisait et avec qui. Bien sûr, Gannon ne répondait jamais.

— Qu'est-ce qui te fait penser qu'il se passe quelque chose ? demanda-t-il tout en séchant sa casserole.

Ses frères disaient toujours qu'ils savaient, rien qu'en le regardant dans les yeux, s'il disait la vérité ou pas. Mais aucune importance, car cette fois il ne mentait pas. Il ne se passait vraiment rien entre lui et Delphine. Cependant si Jonas lui avait demandé ce qu'il aurait aimé qu'il se passe, sa réponse aurait été tout autre.

— J'ai vu la façon dont tu la regardes.

Jonas avait raison – il l'avait dévisagée sans vergogne et n'avait même pas essayé de le cacher.

— Et alors ?

— Ça ne peut vouloir dire qu'une chose.

— Quoi donc ? s'enquit-il en fixant son frère.

— Je sais comment tu regardes les femmes, mais là c'était différent. Tu as envie d'elle.

Ça, Gannon le savait déjà.

— Et ?

— Je pense que tu devrais essayer de te demander pourquoi.

— Je sais déjà pourquoi. C'est une jolie femme, intelligente et avec un corps de rêve. Toutes les choses que je recherche.

— Elle est aussi tout ce que tu ne recherches pas.

— Comme quoi ? demanda Gannon en arquant un sourcil.

— C'est le genre de femme qu'on épouse.

Sa casserole lui glissa presque des mains et il dut faire appel à tous ses réflexes pour la rattraper.

— Épouser ? Tu es fou ? Je n'épouserai personne avant mon quarante-troisième anniversaire.

— Alors tu devrais rayer Delphine de ta liste de conquêtes.

Après avoir séché et posé la casserole, Gannon s'appuya contre le plan de travail pour observer son frère.

— Tu viens juste de rencontrer Delphine. Qu'est-ce qui te rend si protecteur vis-à-vis d'elle ?

— Le fait qu'elle est l'amie de Nikki et que je connais son histoire.

— Quelle histoire ?

— Celle qui parle de la façon dont elle a été blessée par son ex, des trois dernières années qu'elle a passées à soigner sa mère malade, et de comment elle recommence tout juste à essayer de fréquenter des hommes. La dernière chose dont elle a besoin, c'est de se retrouver embarquée avec un type comme toi, qui ne lui veut aucun bien.

Gannon croisa les bras sur son torse.

— Par « aucun bien », tu veux dire quelqu'un qui ne veut pas d'une relation à long terme ?

— Oui.

Gannon garda le silence un instant, puis se dirigea vers la fenêtre et regarda à l'extérieur avant de se tourner vers son frère.

— Qu'est-ce que ce type a fait pour la faire souffrir ?

— C'est à toi de le découvrir. Si elle veut que tu le saches, elle te le dira.

Gannon fronça les sourcils, n'aimant pas que Jonas fasse des secrets.

— Merci de m'avoir prévenu sur ses motivations. Si c'est le mariage qu'elle souhaite, alors effectivement nous ne sommes pas sur la même longueur d'onde.

Il préférait abandonner la partie, maintenant que le mot « mariage » s'était glissé dans l'histoire.

— Je peux te confier quelque chose, Gannon ?

Il s'étonna que Jonas s'encombre à lui poser la question. Quand son frère avait quelque chose à lui dire, il le faisait, que Gannon le veuille ou non.

— Vas-y.

— Je t'ai observé avec d'autres femmes et je pense qu'il y a quelque chose chez Delphine qui te touche.

Gannon haussa les épaules.

— Et quand bien même ?

— Alors je pense que tu ferais une énorme erreur si tu ne cherchais pas à savoir pourquoi.

— Je sais déjà pourquoi.

— Vraiment ? Est-ce que je t'ai déjà dit qu'un jour, Nikki et moi, nous nous sommes embrassés de manière innocente ? Avant cela, notre relation était strictement professionnelle.

— Où veux-tu en venir ?

— J'ai ressenti quelque chose dans ce simple baiser que je n'avais jamais ressenti avec une autre femme auparavant. Ça m'a effrayé.

Intéressé par ce que son frère disait, Gannon l'interrogea :

— Qu'as-tu fait ?

— J'ai fait ce que je pensais être le mieux pour ma tranquillité d'esprit et ma survie.

— C'est-à-dire ?

— Mettre de la distance entre nous. Quand j'ai quitté son bureau ce jour-là, je suis resté volontairement loin d'elle pendant dix-huit mois. Une sacrée année et demie, Gannon. J'étais déterminé à ne laisser aucune femme changer ma façon de vivre : une vie remplie de femmes. Pendant ces dix-huit mois, j'ai multiplié les conquêtes pour tenter d'oublier Nikki. Je m'étais convaincu que ce que j'avais ressenti ce jour-là en l'embrassant n'avait été que le fruit du hasard, et que je finirais par ressentir la même chose en embrassant d'autres femmes. Ça n'a jamais été le cas.

Jonas se tut un moment avant d'ajouter :

— Je pense que tu te dois à toi-même de découvrir pourquoi Delphine te touche plus que les autres. Sinon, dans dix ans, quand tu seras prêt à te poser, tu pourrais découvrir que la femme qui t'était destinée est mariée à quelqu'un d'autre, avec des enfants qui auraient dû être les tiens. Et tout ça à cause de ton plan sur dix ans. Prends ce conseil de la part de quelqu'un qui a vécu ça, qui pensait toujours que la prochaine serait meilleure que la dernière, et qui aurait pu perdre pour toujours la femme de sa vie s'il n'avait pas retrouvé la raison.

Un peu plus tard, après avoir rejoint les femmes dans le patio arrière, Gannon ne cessa de repenser aux propos de Jonas. Son frère lui avait parlé de la sensation durable d'un baiser avec Nikki, mais en ce qui le concernait il n'avait pas besoin d'embrasser Delphine pour savoir ce que ça lui ferait. Le simple fait de regarder ses lèvres lui retournait les tripes. S'il devait un jour la goûter – poser la bouche sur la sienne et ravir sa langue, sans aucune retenue ni contrôle – il serait définitivement fichu.

Ce que Jonas n'avait manifestement pas encore compris, c'était que Gannon avait une longueur d'avance sur lui. Ce n'était pas sans raison s'il était venu à l'improviste ce soir ; L'idée de ne plus revoir Delphine le dérangeait, et rien que cela en disait long sur ses sentiments. À présent il lui fallait agir en sachant cela. Il ne savait pas vraiment où il en était, mais il devait se décider dans les vingt-quatre prochaines heures, car elle quittait la ville jeudi.

L'imaginer en train de conduire seule jusqu'à Las Vegas ne lui plaisait pas du tout, mais il ne pouvait rien dire, car c'était une femme adulte capable de prendre soin d'elle. N'était-ce pas ce qu'elle faisait depuis vingt-cinq ans déjà ? Et que savait Jonas sur l'ex-petit ami de Delphine ? Qu'est-ce que le salaud lui avait fait ? Elle avait dit à Gannon qu'elle ne fréquentait pas les hommes et il l'avait soupçonnée de ne pas tout lui dire. À présent il en était certain.

Lorsque la sonnette retentit, Jonas sourit.

— Je parie que c'est Tyson. Je savais qu'il passerait, alors je lui ai emballé sa part à emporter.

C'était bien Tyson, portant encore sa tenue de médecin. Il fit la connaissance de Delphine et elle remarqua à quel point les trois frères se ressemblaient. Tyson resta discuter un peu avant de prendre son sachet et partir.

Avant de sortir, il lança à Gannon un regard indiquant qu'ils discuteraient plus tard. En ce qui le concernait, Gannon ne ressentait aucun besoin de lui parler. Depuis leurs mariages, ses frères étaient devenus des saints, oubliant commodément l'époque où ils étaient de vrais coureurs de jupons.

— Merci encore pour tout. Je me suis vraiment bien amusée, et merci de m'avoir offert une part de gâteau. J'ai été ravie de vous… de te revoir, Gannon.

Il cligna des yeux et réalisa qu'il l'avait dévisagée pendant tout ce temps, sans même suivre la conversation. Elle se tenait debout avec un sac qu'il savait contenir la part de gâteau que Nikki lui avait donnée. Cela voulait-il dire qu'elle partait ?

Il se leva également.

— Je dois y aller moi aussi, et j'en profiterai pour raccompagner Delphine jusqu'à sa voiture.

Il savait que ce qu'il disait était ridicule puisque sa voiture était garée devant l'allée de son frère, et non dans un obscur parking.

— Ce n'est pas la peine, Gannon, dit-elle en le regardant.

— J'insiste. En plus, je veux discuter de quelque chose.

— Bon d'accord.

Il la regarda embrasser Jonas et Nikki, et lui emboîta le pas après avoir remercié son frère et sa belle-sœur. Dehors il faisait encore jour, même si le soleil s'était couché.

— De quoi veux-tu me parler, Gannon ? demanda-t-elle alors qu'ils marchaient côte à côte.

Il la contempla un instant avant de répondre.

— Est-ce que tu aimerais voir la vue qu'on a de la ville depuis les Black Mountains, ce soir ?

- 5 -

Delphine songea à nouveau que les yeux verts qui la fixaient étaient terriblement captivants. Elle était tellement absorbée dans leur contemplation qu'elle faillit ne pas comprendre ce qu'il disait.

— Les Black Mountains ? Ce soir ?

— Oui, ce soir. J'ai pensé que je pourrais te suivre jusqu'à l'hôtel et que nous pourrions alors prendre ma voiture. Une petite partie des montagnes se trouve sur la propriété de mon frère Galen. Comme c'est le seul moyen d'y accéder, c'est considéré comme privé.

Delphine réfléchit à ce qu'il lui proposait. En résumé, il lui demandait de se retrouver seule avec lui, dans une voiture garée au milieu de nulle part. Elle n'avait plus fait cela depuis Liddell au lycée et elle savait ce qu'impliquait ce genre de tête-à-tête.

— Pourquoi ?

Ils avaient atteint sa voiture et elle s'y adossa.

— Pourquoi quoi ?

— Pourquoi veux-tu que j'aille dans les Black Mountains avec toi ?

Il sourit et elle sentit ses jambes flageoler.

— Je me suis dit que tu apprécierais la vue.

Mais bien sûr, songea-t-elle.

Mais s'était-elle vraiment attendue à ce qu'il lui réponde comme Liddell l'aurait fait, si elle lui avait posé la question ? Son ex-fiancé lui aurait expliqué en quatre mots ce qu'il comptait faire là-bas. Mais Liddell était son petit ami et ils couchaient ensemble. Gannon était juste un homme que son journal lui avait demandé d'interviewer. Un homme qu'elle ne connaissait que depuis trois jours.

Delphine était bien consciente que les temps avaient changé depuis ses années de lycée, mais était-elle prête à se rendre dans une montagne isolée en compagnie d'un homme qu'elle connaissait à peine ? Supposait-il qu'elle était ouverte à ce genre d'aventures, maintenant que la partie professionnelle de leur relation était terminée ?

— Pour simplement profiter de la vue ? insista-t-elle, doutant que ce soit là tout ce qu'il voulait.

— J'ai aussi pensé que nous pourrions y discuter en privé.

Elle haussa un sourcil.

— Discuter en privé de quoi ?

— Je préfère ne pas en parler ici.

Delphine se mordilla la lèvre inférieure. Même si elle ne connaissait Gannon que depuis peu, l'interview lui avait appris beaucoup de choses à son sujet. Entre autres, son intégrité. Elle n'imaginait pas une seule seconde qu'il puisse, une fois sur place, la forcer à faire quoi que ce soit contre sa volonté. D'ailleurs, pourquoi le ferait-il alors qu'il y avait des femmes comme Trish qui ne demandaient qu'à se plier à ses désirs ?

Cependant il y avait un autre point à prendre en considération : pouvait-elle se faire confiance à elle-même ? Il y avait de l'alchimie entre eux, et si elle en avait douté avant ce soir ce n'était plus le cas à présent. Chaque fois qu'elle avait lancé un regard dans sa direction, la chaleur l'avait inondée de l'intérieur. Son corps fourmillait encore de le savoir si près. Et si c'était elle qui n'arrivait pas à garder les mains loin de lui ? Que se passerait-il si…

— C'est d'accord, Delphine ?

Relevant la tête, elle croisa son regard et sentit la chaleur se diffuser à travers son corps déjà brûlant. C'était une sensation jusque-là étrangère pour elle, mais qu'elle reconnut tout de même ; une faim sexuelle dévorante. Elle n'aurait jamais pensé être capable de ressentir un désir aussi intense jusqu'à Gannon.

N'avait-elle pas dit qu'elle voulait tenter l'aventure ? Certes, une aventure passagère n'était pas ce à quoi elle pensait en disant cela, mais peut-être qu'elle devrait l'envisager ?

— Oui, je veux bien venir, dit-elle avant de pouvoir changer d'avis.

Gannon attendait dans sa voiture que Delphine revienne de sa chambre, où elle était montée pour déposer la part de gâteau. Il l'avait regardée pénétrer dans l'hôtel, admirant le balancement de ses hanches et essayant de maîtriser les palpitations de son sexe à chacun de ses pas.

Pour la première fois de sa vie, il n'avait pas de plan de prévu. D'habitude il savait exactement comment il entendait terminer la nuit, et lui et sa partenaire étaient toujours sur la même longueur d'onde. Mais ce soir il entrait dans des zones inexplorées, ignorant s'il allait nager ou couler. Aucune femme ne l'avait jamais placé dans une situation aussi délicate.

Prenant une profonde inspiration, il attrapa son téléphone et composa le numéro de Galen.

— Tu tombes mal. Qu'est-ce que tu veux, Gannon ?

Il sourit, certain d'avoir interrompu quelque chose entre son frère et sa belle-sœur Brittany, ce qui ne serait pas la première fois. Le couple clamait souvent qu'avec des jumeaux de moins de trois ans ils devaient grappiller chaque instant de passion qui se présentait.

— Je serai sur ta propriété ce soir, pour aller dans les Black Mountains. Je voulais juste que tu le saches et que tu ne t'imagines pas qu'il s'agit d'intrus.

— Et pourquoi veux-tu aller jusqu'aux Black Mountains en pleine nuit ? Non, en fait ne réponds pas. Je préfère ne pas savoir.

— Je ne t'aurais rien dit de toute façon. Et n'utilise pas ton télescope ce soir.

Ils connaissaient tous le puissant télescope de Galen.

— Je ne peux rien te promettre.

— Fais-moi une faveur et essaye vraiment fort. Bonne nuit, Galen, et embrasse Brittany de ma part.

Après avoir raccroché, Gannon jeta un coup d'œil à l'entrée de l'hôtel et vit Delphine franchir les portes tournantes. Une onde de désir le remua jusqu'à la moelle et il agrippa le volant pour se calmer.

Quelques instants plus tard, il sortit de la voiture pour lui ouvrir la portière. Elle lui sourit.

— Tu n'avais pas à faire ça, Gannon.

— J'y tiens, répondit-il en la laissant s'installer sur le siège en cuir avant de fermer la portière.

Il fit ensuite le tour de la voiture et s'installa, puis boucla sa propre ceinture avant de la regarder. Elle semblait nerveuse et il ressentit le besoin de la rassurer afin qu'elle sache qu'elle était en sécurité.

— Je ne mords pas, tu sais.

Elle croisa son regard et un sourire se dessina sur ses lèvres.

— Je n'aurais jamais accepté de t'accompagner si j'avais eu le moindre doute à ce sujet, Gannon.

Leurs regards se verrouillèrent un instant et il sut qu'elle aussi ressentait les fortes vibrations sensuelles qui émanaient d'eux : passion, désir, besoin. La conscience sexuelle semblait épaissir l'air autour d'eux.

Quand un léger gémissement s'échappa des lèvres de Delphine, il comprit qu'elle était aussi éperdue que lui. Chaque atome de Gannon était conscient de sa proximité : sa présence, son odeur et l'expression de son regard. Que le ciel lui vienne en aide, car lui-même ne comprenait pas ce qui lui arrivait, et à son avis elle non plus.

Une force primitive qu'il ne put combattre le fit tendre la main pour tracer du bout des doigts le contour des lèvres de Delphine. Des lèvres qu'il voulait embrasser.

— Je ne sais pas ce qui se passe entre nous, Delphine, mais ça vaut la peine d'être exploré, tu ne crois pas ?

En toute honnêteté, Delphine n'arrivait pas à réfléchir. Elle arrivait à peine à gérer la proximité et le contact de Gannon. Un désir intense l'avait envahie, et ils n'avaient même pas encore quitté le parking de l'hôtel ! Elle fut tentée de lui demander d'oublier cette virée et de la suivre plutôt dans sa chambre. Depuis quand était-elle devenue aussi audacieuse pour imaginer une chose pareille ?

Ce qu'il lui fallait faire, c'était déclarer qu'elle avait changé d'avis et lui dire au revoir. Mais quelque chose l'en empêchait. Cela faisait cinq ans qu'elle n'était plus sortie avec un homme et, sans sa rencontre avec Gannon, elle aurait pu continuer ainsi pendant encore de longues années. Mais il avait rendu la chose difficile, voire impossible.

— Tu es sûre que tu veux toujours m'accompagner dans les montagnes, Delphine ?

Sa question, prononcée d'une voix profonde et grave, lui envoya des décharges électriques à travers le corps. Oui, elle voulait le suivre, même si elle savait qu'elle ne devrait pas.

Comme elle gardait le silence, il ajouta :

— Je promets de ne rien te faire que tu ne veuilles pas.

S'il pensait que cela l'aidait à se sentir mieux, il avait tort. Elle se sentait incapable de s'opposer à quoi que ce soit de sa part.

— Je te crois.

Il alluma alors la radio, qui commença à diffuser une douce musique. C'était relaxant, et elle en avait grandement besoin. Elle ne l'aurait jamais imaginé en train d'écouter ce genre de musique, mais alors que les airs de Mozart, de Dvořák et de Beethoven remplissaient l'intérieur de la voiture elle reconnut qu'elle s'était trompée. Sa mère adorait la musique symphonique, et par conséquent Delphine en était familière. Elle voyait cela comme une autre facette de Gannon qu'elle apprenait à connaître.

— Nous y sommes, Delphine.

Il savait qu'elle ne s'était pas endormie, même si elle avait les yeux fermés. La musique symphonique produisait ce genre d'effet. Il avait lu quelque part que ça pouvait diminuer le niveau de stress, et en même temps stimuler la régénérescence des cellules cérébrales. Et selon son frère Tyson, le chirurgien cardiaque, la musique pouvait également faire baisser la tension artérielle et améliorer la mémoire.

Gannon arrêta la voiture et coupa le moteur. Il détacha sa ceinture de sécurité et la regarda se redresser et observer le paysage. Il ne fut pas étonné par son halètement de surprise. En contrebas, on voyait les lumières éparses de quelques propriétés, ainsi que le centre-ville de Phoenix, même s'il était situé à des kilomètres d'ici.

— Oh ! c'est magnifique, Gannon.

Il le savait vu qu'il était déjà venu avec ses frères, ses cousins et des amis proches. Ils étaient montés ici pour fêter les futurs mariages de Galen et Brittany, Eli et Stacey, Tyson et Hunter, Jonas et Nikki et, plus récemment, Mercury et Sloan. Des soirées entre hommes avec leurs bouteilles d'alcool préférées, mais c'était la première fois qu'il venait avec une femme.

— Je suis bien d'accord. Si tu regardes à gauche, à cet endroit tellement entouré de lumière que ça en ressemble à un sapin de Noël illuminé, c'est là que vit mon frère aîné Galen.

Elle se pencha en avant pour regarder à travers le pare-brise.

— Sa maison semble isolée de toutes les autres.

— C'est intentionnel. Comme il aime son intimité, il a acheté tout le terrain qui entoure la propriété, ce qui comprend ce chemin privé dans les montagnes. Il n'hésiterait pas à dénoncer les intrus, crois-moi.

— Sait-il que nous sommes ici ? demanda-t-elle, inquiète.

— Oui, il le sait, dit-il en reculant son siège afin d'étirer ses longues jambes.

Elle se tut un moment, puis lui coula un rapide regard.

— Tu as dit vouloir me parler de quelque chose tout à l'heure.

Oui, c'était bien ce qu'il lui avait dit. Il y avait réfléchi avant de quitter la maison de Jonas.

— Je prends la route vendredi.

Elle acquiesça d'un signe de la tête.

— Oui, je sais. Et donc ?

Il ouvrit la bouche pour répondre, quand soudain elle passa nerveusement la langue sur sa lèvre inférieure. Ce mouvement fit monter une vague de chaleur dans ses reins, ce qui n'aurait pas été si grave s'il n'avait pas passé ces derniers jours à rêver et à fantasmer sur ces mêmes lèvres. Et, comme si cela ne suffisait pas, il était assis assez près pour respirer son parfum envoûtant.

Mû par une force qui le dépassait, il se pencha vers elle et s'approcha de son visage. Comme attirée par lui, elle s'avança également, et quand il tendit la main et, de son pouce, lui ouvrit la bouche elle ne résista pas. Une part de lui était transportée qu'ils soient sur la même longueur d'onde, car il ignorait ce qu'il aurait fait si elle lui avait refusé ce baiser. Il voulait goûter au parfum délicat de sa bouche et pouvoir dévorer ses lèvres délicieuses.

Son regard passa de ses yeux à ses lèvres et une intense excitation monta en lui. Le désir ne lui griffait pas seulement les entrailles, il les déchiquetait, l'exposant à un besoin des plus intenses.

Ne pouvant plus résister à la tentation, il ferma les yeux et couvrit avidement sa bouche de la sienne. Le gémissement qui lui échappa révélait la profondeur de son désir et son degré de satisfaction. Il enfonça alors les doigts dans les boucles épaisses de Delphine, comme si cela pouvait la rapprocher davantage et la maintenir fermement contre lui, et sa langue s'empara de la sienne, avec une possessivité et une faim qu'il ressentait jusqu'aux tréfonds de son âme. Son sexe pulsant de désir le fit à nouveau gémir d'une satisfaction brute et masculine. Son corps exigeait davantage et lui donnait l'impression de brûler de l'intérieur.

Il relâcha alors sa tête et passa les bras autour d'elle pour la soulever et la tirer vers lui, sur son propre siège. Depuis le premier jour, ses lèvres avaient représenté une tentation qui lui faisait constamment remettre en question sa santé mentale, et tester les limites de son endurance. Jamais le goût d'une femme ne l'avait excité de cette façon. Son corps palpitait tandis qu'un puissant désir se répandait en rugissant dans ses veines.

Gannon savait que, s'il ne cessait pas immédiatement ce baiser, il lui retirerait ses vêtements et la ferait sienne en quelques minutes. Mais il ne voulait pas de cela. Il refusait de la traiter comme une aventure passagère, alors qu'il avait l'intuition qu'elle était bien plus que cela.

Ce que Jonas lui avait dit l'avait ébranlé et avait touché un nerf sensible. Et si dans dix ans il découvrait qu'elle était la femme de sa vie et qu'il l'avait laissée partir ? Il devait se faire une certitude avant de commencer sa vie de débauche durant les dix années à venir. Était-elle la femme qui lui était destinée ? D'un autre côté, était-il prêt à renoncer à toutes les aventures à venir pour une simple possibilité ?

Il eut sa réponse au moment où il changea d'angle afin d'approfondir son baiser. Comment pouvait-il considérer Delphine comme une simple possibilité, alors qu'il était en train de se régaler des lèvres les plus délicieuses jamais goûtées par un homme ? Certainement les plus enchanteresses en tout cas. Leurs bouches s'ajustaient à la perfection, comme si elles s'appartenaient et qu'elles étaient destinées l'une à l'autre. Pas seulement pour ce soir, mais pour toujours.

Pour toujours ?

Un cri de loup déchira la nuit et Gannon relâcha à contrecœur la bouche de Delphine, mais pas avant de passer une dernière fois la langue sur ses lèvres. Jamais il n'avait ressenti un tel désir primaire pour une femme. Jamais.

— Gannon…

Elle prononça son nom sur un ton semblable à un gémissement essoufflé, et il posa le front contre le sien. Il savait à présent ce que c'était que de voir son bon sens balayé par la passion. Il était à deux doigts de lui proposer de passer sur la banquette arrière afin de consumer cette attirance de manière folle et débridée.

— Je n'ai encore jamais été embrassée de cette façon, chuchota-t-elle, comme si en disant ces mots elle aspirait l'oxygène dont elle avait désespérément besoin.

Il entendit ses paroles et en fut ému. Si c'était vrai, un certain homme ne s'était pas occupé d'elle comme il aurait dû. Cela le rendit encore plus déterminé à découvrir quel rôle elle était destinée à jouer dans sa vie. Ou bien était-ce un désir uniquement charnel ?

Elle pencha alors la tête en arrière pour le regarder, pour plonger dans son regard, comme si elle aussi avait besoin de reprendre le contrôle de ses sens.

— De quoi voulais-tu me parler, Gannon ? demanda-t-elle enfin.

Sa question accentua les battements de cœur déjà bien rapides de Gannon depuis qu'il l'avait embrassée.

— De mon voyage.

Elle parcourut son visage du regard avant de revenir à ses yeux.

— Et donc ?

Il fut tenté de l'embrasser à nouveau, mais savait qu'il devait répondre à sa question.

— Je veux t'emmener.

Elle le fixa de ses beaux yeux écarquillés.

— Tu veux m'emmener en Floride ? demanda-t-elle, comme si elle craignait d'avoir mal entendu.

— Oui.

Et Gannon sut à ce moment qu'il ne pourrait jamais la laisser partir.

- 6 -

Delphine s'éloigna de Gannon et s'adossa à son siège. Elle ne dit plus rien, se contentant de fixer l'obscurité et les lumières en contrebas. Il y avait quelques instants à peine, elle avait fondu dans ses bras et l'avait laissé lui dévorer la bouche de ses baisers. Pendant quelques instants, elle avait cru…

Qu'avait-elle cru exactement ?

Que pour une fois dans sa vie un homme l'appréciait pour elle, et non pour ce qu'il pensait pouvoir obtenir d'elle ? C'était l'éternelle histoire dont les femmes se plaignaient, à juste raison. Les hommes n'étaient pas intéressés par l'amour éternel. Ils voulaient l'ici et le maintenant, laisser leur marque et passer à autre chose.

Mais cherchait-elle vraiment l'amour éternel après tout ? Elle avait cru le trouver auprès de Liddell, mais il lui avait prouvé le contraire, et cela de la manière la plus cruelle possible. Pouvait-elle vraiment risquer son cœur à nouveau ? Elle savait parfaitement que non. Il gèlerait en enfer avant qu'elle envisage une nouvelle relation sérieuse. Dans ce cas, pourquoi l'idée de Gannon, connu pour changer de partenaires si souvent qu'il en avait du mal à retenir les prénoms, la dérangeait-elle autant ?

— Delphine ?

Elle se ressaisit et se tourna lentement vers lui. Ses yeux verts cherchaient les siens, et elle repensa à quel point elle avait aimé y voir se refléter la passion qu'il n'avait su maîtriser à l'instant.

— Pourquoi, Gannon ? Pourquoi veux-tu que je t'accompagne ?

Elle connaissait déjà la réponse, mais voulait l'entendre de sa bouche : pour faire la part des choses, pour qu'il lui dise franchement qu'elle ne comptait pas pour lui, et qu'elle était juste une autre femme à ajouter à sa liste.

— J'apprécie ta compagnie et j'ai pensé que nous pourrions apprendre à mieux nous connaître.

Sa réponse ne lui suffit pas. Elle avait besoin de plus.

— Pourquoi veux-tu mieux me connaître ?

Devant son silence, elle observa son expression de plus près. Il réfléchissait, comme si ce qu'il comptait dire était important. Pourquoi ? Vu sa réputation de don Juan, il devait connaître ses répliques par cœur. Pourquoi avait-il l'air de chercher ses mots ?

— Je n'ai encore jamais rencontré de femme comme toi, Delphine.

Elle ne répondit pas. Afin de tenir la promesse faite à sa mère et de donner une nouvelle chance à l'amour, elle s'était procuré un livre intitulé *Soyez consciente des phrases toutes faites que les hommes utilisent*. Elle n'était donc pas surprise que celle-ci figure sur la liste.

— Cherche encore un peu et tu en trouveras plein, dit-elle en détournant les yeux.

— J'en doute sincèrement. Je pense que tu ne comprends pas.

— Alors explique-moi, Gannon.

Il détourna le regard, et elle se demanda si c'était parce qu'il essayait de trouver une nouvelle phrase toute faite. Elle était sur le point de lui dire de laisser tomber, et qu'il n'avait pas besoin de répondre parce qu'elle n'irait nulle part avec lui, quand il se tourna vers elle.

Elle n'était pas toujours très douée pour décrypter le regard des gens, mais en cet instant elle vit une myriade d'émotions se refléter dans les yeux de Gannon. L'homme qu'elle avait interviewé durant deux jours s'était montré confiant, sûr de lui, voire un peu arrogant. Mais les yeux verts qui la dévisageaient étaient emplis d'incertitude.

— Je dois m'assurer que tu n'es pas la femme de ma vie, Delphine. L'unique femme faite pour moi. La femme qui est ma destinée. Sinon je pourrais passer à côté de quelque chose et te perdre pour toujours.

La mâchoire de Delphine s'abaissa légèrement, car cette réplique ne se trouvait pas sur sa liste.

Gannon doutait que Delphine se rende compte à quel point il était sérieux. Il avait parlé avec franchise, car il ne voyait pas comment faire autrement. Qu'elle en soit consciente ou pas, il se passait quelque chose entre eux. Quelque chose de puissant qu'il ne pouvait pas stopper, et il doutait qu'elle le puisse.

— C'est la chose la plus ridicule que j'aie jamais entendue.

Ses paroles touchèrent un nerf sensible. Ridicule ? Sa mâchoire trembla de colère.

— Penses-tu vraiment que ça me plaise de ressentir ça ? Que je veux croire en l'existence d'une femme faite pour moi ? Une femme que je dois revendiquer ? Alors laisse-moi te remettre les pendules à l'heure. Je n'ai jamais revendiqué aucune femme, j'ai juste couché avec elles. Mais tu es différente. Tu me fais ressentir des choses, vouloir des choses, avoir besoin de choses… et je n'aime pas ça. J'aimais le chemin que ma vie avait pris avant que tu apparaisses.

Il vit Delphine croiser avec colère les bras sur sa poitrine.

— Alors pourquoi changer ça ?

— À cause de toi. Tu ne vas pas me dire que tu ne ressens pas les vibrations entre nous ? Qu'il ne se passe pas quelque chose de fort entre nous ?

Il la regarda se mordiller les lèvres et son estomac se serra. Au moins, il la faisait réfléchir.

— Tout ce que je demande, c'est qu'on prenne le temps de comprendre pourquoi nous sommes attirés ainsi l'un par l'autre. Je ne te demande pas de participer à un marathon de sexe Je te demande de venir, parce que je veux vraiment t'avoir auprès de moi, et partager cet aspect de moi : mon amour pour la route. Ça n'a rien à voir avec l'interview, mais avec moi. Je n'ai jamais eu envie de me dévoiler de cette façon auprès d'aucune femme.

— Je pense que tu es juste confus, Gannon.

— Alors aide-moi à comprendre. Je pense sincèrement ce que j'ai dit sur le fait de m'assurer que tu n'es pas la femme de ma vie.

— Crois-moi, je ne le suis pas.

— Alors prouve-le, Delphine. Je n'ai pas l'intention de te forcer à faire quoi que ce soit. Je respecterai toutes les règles et les limites que tu fixeras.

Il pouvait l'affirmer sans crainte, car leur passion était si forte qu'en passant du temps ensemble ils finiraient forcément par devenir intimes physiquement. Selon ses frères, les rapports sexuels dans un couple étaient la forme la plus pure de l'amour.

L'amour...

Il déglutit avec force, se demandant comment et quand ce seul mot était entré dans l'équation. Mais ce n'était pas le moment de s'appesantir là-dessus, car il voyait à l'expression perplexe de Delphine qu'il ne l'avait pas convaincue. Il changea donc de méthode.

— N'as-tu pas dit que tu ne pouvais pas rentrer chez toi pour le moment ?

— Si.

— Et que tu voulais expérimenter de nouvelles choses ? Vivre des aventures ? Satisfaire ton besoin d'évasion ?

Elle hésita une seconde avant de répondre.

— Oui, j'ai dit ça aussi.

— Tu m'as aussi dit que ton rêve était de voir l'océan Atlantique, non ?

Elle détourna un instant le regard avant de revenir vers lui.

— C'est vrai.

— Alors laisse-moi partager ces choses avec toi, Delphine. Ça sera l'aventure, je te le promets. Tu pourras satisfaire ton désir d'évasion puisque nous traverserons plusieurs États – le Texas, la Louisiane, le Mississippi et l'Alabama, et pour finir la Floride. Et je veux te montrer l'océan Atlantique.

Ce qu'il ne voulait pas encore lui dire, c'était qu'il avait l'intention de l'inviter à passer une semaine chez lui, dans sa maison de plage à Miami. Il n'y avait jamais invité aucune femme, et il ignorait pourquoi, mais il tenait vraiment à l'avoir là-bas avec lui.

— Quelqu'un d'autre m'avait promis de le faire, finit-elle par dire doucement.

— Faire quoi ?

— Me montrer l'océan Atlantique.

Il vit la douleur dans son regard et eut le sentiment que ce « quelqu'un » était le même homme qui lui avait brisé le cœur. Celui à propos duquel Jonas avait refusé de lui en dire plus.

— Je ne suis pas cette personne et j'ai l'intention de tenir ma promesse.

Elle hésitait encore quand Gannon avança un dernier argument.

— Tu comptes de toute façon te rendre à Las Vegas, alors pourquoi ne pas faire la route avec moi ?

Prévoyant déjà l'excuse qu'elle allait utiliser, il ajouta :

— La cabine de mon camion dispose d'Internet et de tout ce dont tu as besoin pour travailler sur ton article. Et en plus tu m'auras sous la main si tu as des questions supplémentaires à me poser.

Delphine détourna le regard et s'humecta les lèvres.

— J'ai besoin d'y réfléchir, Gannon.

— Je comprends. Pourras-tu me donner ta réponse d'ici à demain midi ?

— Oui, je te donnerai une réponse d'ici là, dit-elle en levant le regard vers lui.

— Y réfléchir ? Franchement, Del, à quoi veux-tu réfléchir quand quelqu'un d'aussi canon que Gannon Steele t'invite à partir en voyage ? À ta place j'aurais sauté sur sa proposition.

Delphine comprenait le point de vue de sa meilleure amie, mais elles avaient tout de même des tempéraments très différents.

— Je sais, Mandy. Mais tu as toujours tellement confiance en toi.

Mandy avait épousé un garçon qu'elle avait rencontré à l'université et ils avaient deux fils. Mandy, Roger et leurs enfants formaient la famille parfaite.

— C'était également ton cas avant que Liddell fasse

ce qu'il a fait. La femme qui est revenue à Denver après ça était timide et avait perdu son estime de soi. Je te l'ai déjà dit.

Oui, sa meilleure amie le lui avait déjà dit. Mais comment Delphine était-elle censée avoir confiance en elle, quand l'homme qu'elle aimait l'avait plaquée et que toute la ville était au courant de la raison ?

— Oui mais…

— Mais rien du tout. Pourquoi est-ce que tu continues à laisser Liddell gagner ?

— Je ne vois pas de quoi tu parles.

— Vraiment ? demanda Mandy avant d'ajouter : Alors peut-être que c'est le cas.

— Que veux-tu dire ?

— Je veux dire que Liddell Bartley est un salaud. Ce n'est plus le type sympa que nous connaissions au lycée. Quand il était sur la côte Est, quelqu'un a dû le convaincre qu'il était un don de Dieu pour les femmes. Même Jerome ne peut plus le supporter.

Jerome Applegate était l'ami d'enfance de Liddell.

— Pourquoi cela ?

— À cause de tous les mensonges qu'il raconte à sa femme. Sais-tu que pour la garder sous contrôle il lui raconte qu'il peut la quitter pour toi à tout moment et que tu ne demandes qu'à le reprendre ?

— Il lui a vraiment menti s'il lui a dit ça. Pas étonnant qu'elle me jette des regards noirs chaque fois qu'elle me croise.

— Et tu ne fais rien pour arranger la situation.

Delphine fronça les sourcils.

— Que veux-tu dire ? Je n'ai rien à voir avec Liddell. Nous ne nous parlons même pas.

— Oui, mais comme tu ne fréquentes aucun homme

il fait croire aux gens, en particulier à sa femme, que tu te languis de lui. Je pense même qu'il y croit vraiment.

— Ce n'est pas le cas et tu le sais, Mandy.

— Évidemment que je le sais, mais peut-être pas les autres. Les gens comprenaient que tu vives recluse quand ta mère était malade, mais ils se demandent probablement quelle est ton excuse aujourd'hui. Je sais que tu as été invitée par des hommes, mais que tu leur as dit non à tous. Tu donnes l'impression d'attendre le retour de Liddell, comme si tu espérais qu'il quittera Agatha pour revenir vers toi.

La tête de Delphine se mit à tourner. Comment pouvait-on penser qu'elle aimait encore Liddell après ce qu'il lui avait fait ? Si les gens s'imaginaient cela, ça signifiait qu'ils devaient également la trouver pathétique.

— Je suis rarement à Denver. Je voyage beaucoup.

— Oui, mais tu vis tout de même ici, et quand tu es là tu ne sors jamais. Tu crois que ça a l'air de quoi ? lui demanda Mandy.

— Je ne suis pas intéressée par les hommes qui m'ont contactée. J'en ai quand même le droit !

— Évidemment, et ça ne regarde personne. Mais en tant que meilleure amie je dois te prévenir de ce que Liddell raconte. Je sais combien il t'a fait du mal, mais je ne lui donnerai pas le plaisir de penser qu'il t'a détruite à jamais.

— Mais ce n'est pas le cas !

— Tu en es sûre ? Si ce n'était pas le cas, nous n'aurions pas cette conversation, Del, et tu aurais déjà fait tes valises pour partir avec Gannon Steele. Le simple fait que tu aies besoin d'y réfléchir veut dire quelque chose.

— Oui, ça veut dire que je sais quel genre de relation Gannon recherche.

— Et nous savons toutes les deux que tu es différente. De toute évidence, il le sait aussi, si tu es la première à qui il a demandé de partir avec lui. Je pense que Gannon voit quelque chose en toi que Liddell n'a pas su voir.

L'argument de Mandy rappela à Delphine ce que Gannon avait dit tout à l'heure. Elle se souvenait de ses mots exacts.

« Je dois m'assurer que tu n'es pas la femme de ma vie, Delphine. L'unique femme faite pour moi. La femme qui est ma destinée. Sinon je pourrais passer à côté de quelque chose et te perdre pour toujours. »

Après cela Gannon l'avait ramenée à l'hôtel. Il avait semblé vouloir l'embrasser pour lui dire bonne nuit, mais elle s'était précipitée à l'intérieur de l'hôtel sans un regard en arrière, puis avait appelé Mandy à peine rentrée dans sa chambre.

— C'est simplement quelque chose de nouveau pour lui. Ça ne veut absolument rien dire.

— Alors, que ce soit quelque chose de nouveau pour toi aussi. As-tu l'intention de tomber amoureuse ?

— Bien sûr que non !

— Dans ce cas amuse-toi. Arrête de vivre dans le passé et commence à vivre le présent. Il n'y a rien de mal à coucher avec lui si c'est ce que tu veux, et si tu imposes tes conditions.

— Je ne suis pas une fille facile, Mandy.

— Non, mais tu as des désirs comme nous toutes, chérie, et s'il te plaît ne le nie pas. Il n'y a rien de mal à ça, et ça ne fait pas de toi quelqu'un de facile.

Delphine savait au fond que c'était vrai, et pour la première fois elle réalisa ce qu'elle cherchait à faire : elle cherchait tous les prétextes pour légitimer sa peur d'être à nouveau blessée.

— Je dois encore y réfléchir, Mandy.

— Alors fais-le. Je suis certaine que tu prendras la meilleure décision pour toi.

Plus tard, au moment de se coucher, Delphine rejoua dans sa tête toute la scène avec Gannon, depuis le moment où ils s'étaient officiellement rencontrés. Comment trois simples journées pouvaient-elles avoir autant d'impact sur sa vie ? Et comment allait-elle gérer sept jours auprès de lui dans ce cas ?

Elle ferma les yeux et se laissa emporter par le sommeil avec cette question en tête.

Gannon consulta l'horloge murale de son bureau. Delphine devait lui donner sa réponse aujourd'hui. Il avait essayé de s'occuper, mais son esprit revivait chaque détail de la nuit dernière dans les Black Mountains... En particulier leur baiser.

Comment un baiser pouvait-il être si puissant ? Laisser une si forte impression sur chaque partie de son corps ? Plus il passait de temps avec elle, plus il se mettait à penser à...

Non, il n'irait pas jusque-là. Hors de question !

Mais ça ne l'avait pas aidé de recevoir un coup de fil de Tyson ce matin. Le Dr Tyson Steele, à qui peu de choses échappaient, n'avait pu s'empêcher de remarquer les yeux de Gannon rivés sur Delphine. Son frère avait déclaré qu'il ne l'avait encore jamais vu regarder une femme de cette manière. D'après lui, Delphine lui plaisait beaucoup et, tout comme Jonas, il estimait que Gannon devait réfléchir à la question.

De toute évidence, Tyson avait également discuté avec Galen et Eli, parce que Gannon avait aussi reçu des appels de leur part. Génial, songea-t-il, agacé qu'ils ressentent le besoin de lui téléphoner pour lui donner des conseils, comme s'il ne pouvait pas se débrouiller tout seul.

Son portable sonna, et son cœur se mit à tambouriner quand il vit que c'était Delphine. Il pressa le bouton.

— Bonjour, Delphine.

— Bonjour, Gannon. Je t'appelle pour te faire savoir que j'ai pris ma décision.

Il inspira profondément, attendant avec anxiété sa réponse.

— Et qu'as-tu décidé ?

Il y eut une pause. Ou était-ce de l'hésitation ?

Une éternité parut s'écouler avant qu'elle ne réponde :

— J'ai décidé d'accepter ton offre et de partir en voyage avec toi.

Un grand sourire se dessina sur le visage de Gannon.

- 7 -

Delphine arriva à 7 heures dans les locaux de la Steele Trucking Company, et trouva Gannon devant un énorme semi-remorque. Elle n'avait cessé de se demander durant ces dernières heures si elle avait pris la bonne décision. Mais le simple fait de revoir Gannon la rassura à ce sujet.

Même si l'avenir devait lui réserver une vie solitaire, elle conserverait à jamais les souvenirs de ce voyage avec lui. Mandy avait raison. Il était temps de commencer à vivre dans le présent et ne pas rester figée dans le passé. Et il était temps de s'amuser… en fixant ses conditions, bien sûr.

Mais quelles étaient ses conditions alors qu'elle n'avait encore jamais voyagé avec un homme, pas même avec Liddell ? Elle repoussa ses réflexions pour le moment, et décida de se concentrer sur l'homme dont le regard ne l'avait pas quittée depuis qu'elle était sortie de sa voiture avec sa valise à roulettes.

Delphine aurait souhaité que le souvenir de leur baiser ne pèse pas si lourd dans son esprit, mais il avait encore un effet puissant sur elle. Elle était grisée par des désirs enivrants. C'était comme si elle pouvait encore sentir son goût sur la langue, comme si son odeur était imprégnée dans ses narines et qu'elle fût dans l'impossibilité de résister à son contact.

Il était vêtu d'un jean et d'un T-shirt portant l'inscription « Living for the moment ». Était-ce censé être un rappel de sa philosophie ? Ou voulait-il l'inviter à penser de la même façon ? Elle n'était pas certaine de la réponse, mais décida de ne pas s'inquiéter de cela pour le moment, et d'essayer plutôt de se concentrer sur l'homme ultra-sexy dont elle allait partager la compagnie pendant une semaine entière.

— Bonjour, Gannon, dit-elle en s'arrêtant devant lui.

— Bonjour, répondit-il en baissant les yeux sur son bagage avant de sourire. C'est tout ce que tu as ?

Delphine ne put s'empêcher de lui rendre son sourire, surtout lorsqu'elle vit l'étincelle malicieuse dans ses yeux verts.

— Ce n'est pas assez ?

— Pas si tu t'appelais Eden Tyson Steele, dit-il en s'esclaffant. Chaque fois que maman partait en voyage avec papa, il fallait faire de la place pour tous ses bagages.

— Comme je me déplace beaucoup, j'ai appris à voyager léger. Et puis j'ai entendu dire qu'il y avait des laveries automatiques dans les relais routiers.

— C'est exact. Tu serais surprise de tout le confort dont ils disposent, dit-il avant de jeter un regard sur la planchette à pince qu'il tenait dans sa main. J'ai tous les documents et je suis prêt à prendre la route si tu es d'accord.

— Je suis prête.

— Alors en route.

Elle le suivit vers la cabine, qui n'était pas encore attachée à sa remorque. Le trajet de Phoenix à Jacksonville faisait plus de trois mille kilomètres. Le voyage leur prendrait trente heures en roulant sans interruption, mais elle savait que ça serait plus long, en raison de la législation fédérale obligeant les conducteurs à faire des pauses.

— Où est le reste du camion ? demanda-t-elle.

— En préparation, dans les entrepôts de l'affréteur. C'est comme ça que ça fonctionne la plupart du temps. Mes conducteurs ne sont que des pilotes – l'expéditeur et le destinataire ont du personnel sur place au point de départ et à destination pour charger et décharger le camion.

Une fois devant la cabine, elle remarqua des marches qui semblèrent apparaître miraculeusement près de la portière.

— Des marches cachées. Bien vu, dit-elle.

— C'est une suggestion qui nous est venue des sondages d'opinion internes. Le camion est si haut qu'il n'est pas toujours facile de monter dans la cabine, surtout pour les conducteurs plus petits et plus âgés.

— C'est vraiment une bonne idée, et très prévenant de ta part, qui plus est, dit-elle.

— Merci.

Il lui offrit la main pour l'aider à monter dans le véhicule. Delphine avait déjà regardé l'intérieur d'une cabine, mais jamais de si près. C'était bien plus spacieux qu'elle ne s'y attendait, en particulier la zone derrière le rideau, qui comportait non seulement une couchette, mais aussi un cagibi où on pouvait ranger des affaires. Il lui montra comment le lit superposé pouvait se convertir en bureau et table avec ordinateur portable et mini-téléviseur. Il y avait aussi un petit réfrigérateur et un micro-ondes. Tout était propre et bien rangé, et l'espace était utilisé efficacement.

— Comme tu peux le voir, il n'y a pas de toilettes, alors préviens-moi quand tu dois y aller, lui dit Gannon après avoir placé son bagage à main dans l'un des compartiments.

— D'accord, et les chauffeurs dorment réellement dans le camion ?

— La plupart, oui, c'est pourquoi j'essaye de rendre les cabines aussi confortables que possible, mais de nombreux relais routiers comportent des hôtels. Ça simplifie les choses.

— J'imagine très bien, dit-elle.

Elle savait que beaucoup de routiers avaient des aventures sur la route. Mais, comme Gannon ne lui demanda pas ce qu'elle sous-entendait, elle décida de ne pas s'appesantir sur la question. Et puis elle était à peu près certaine qu'il avait parfaitement saisi le sens de ses propos.

— Combien de temps durera le trajet ? demanda-t-elle.

— Le régulateur nous fournira toutes les informations. Mais, quoi qu'il en soit, nous devrons faire une pause de trente minutes minimum après huit heures de conduite, et après la pause nous pouvons encore faire trois heures de plus.

— Et ensuite ? demanda-t-elle en bouclant sa ceinture de sécurité.

— Ensuite nous devrons faire une pause de onze heures.

C'était beaucoup et Delphine se demanda ce qu'ils allaient faire pendant tout ce temps. Elle regarda autour d'elle et vit la trousse de secours, la carte, le GPS et tous les autres gadgets.

— Que font les conducteurs pour ne pas se sentir seuls ?

Il haussa les épaules.

— Ils écoutent de la musique, certains utilisent des radios CB, des livres audio et ils téléphonent, à condition de ne pas tenir l'appareil à la main, donc pas de textos. Tu veux du café ?

Elle remarqua l'énorme thermos.

— Oui, merci.

Il leur remplit deux tasses du liquide chaud et fumant.

— J'ai pris des provisions si tu as un petit creux plus tard.

— Merci, Gannon.

Après une gorgée de café, il enfila ses lunettes de soleil et lui sourit.

— Que la partie de plaisir commence.

— Ce café est délicieux, Gannon.

— Merci. Je l'ai fait moi-même. J'ai découvert il y a des années que, si tu fais un *roadtrip* avec Drew Steele, tu dois apprendre à faire du bon café. C'est lui qui m'a appris. Quand il s'agit de café, il faut donner le meilleur de soi-même avec mon père.

Le camion sentait un mélange du parfum de Delphine et de l'arôme du café. Aujourd'hui, elle était vêtue d'un jean et d'un chemisier vert olive. Ses cheveux étaient tirés en arrière et elle portait des jolies baskets bleu marine.

Aussitôt qu'il l'avait vue descendre de sa voiture, il avait compris que son niveau de testostérone serait à son plus haut auprès d'elle, mais il saurait gérer.

— Est-ce que tu parles vraiment à tes parents tous les jours ?

Il avait arrêté la cabine devant un passage à niveau pour laisser passer le train. Il la regarda et comprit qu'elle faisait allusion à un commentaire que Jonas avait fait au cours du dîner.

C'était une belle journée, un des dernières du mois d'avril. Le soleil brillait et mettait en valeur les mèches dorées de Delphine, ce qu'il adorait. En fait, il adorait tout chez Delphine Ryland.

— Oui, nous nous parlons ou nous nous envoyons des SMS. J'ai vécu à la maison plus longtemps que mes frères. Après leur départ, je n'ai vu aucune raison de m'installer ailleurs, même quand je faisais mes études, puisque j'étais dans une université proche de chez eux. Mes parents voyageaient beaucoup, donc j'avais la maison pour moi tout seul la plupart du temps.

Inutile de lui dire qu'emmener ses conquêtes à l'hôtel ne lui avait jamais posé de problème puisqu'il préférait les aventures d'un soir.

— Et quand ils étaient à la maison ils me laissaient mon intimité, ajouta-t-il après avoir pris une gorgée de café.

Vivre avec ses parents lui avait permis de constater à quel point ils étaient amoureux, car ils étaient très démonstratifs. Gannon voulait vivre un jour ce même genre d'amour, mais plus tard, quand il serait prêt à s'engager. Son père avait profité de son célibat avant de se marier, et Gannon voulait suivre ses traces et faire de même.

— Je suis d'accord avec Nikki. Je pense que c'est merveilleux. Ma mère et moi étions également très proches, car nous n'étions que toutes les deux.

Il se souvint qu'elle lui avait expliqué que ses parents avaient divorcé quand elle avait six ans et que son père n'avait pas gardé de contacts avec elle. Il se demanda combien de parents pouvaient abandonner leurs enfants de cette façon. Comment avait-elle vécu un tel rejet ? Car c'était bien de cela qu'il s'agissait. Son père l'avait non seulement rejetée, mais il avait également rejeté ses responsabilités de père.

— Elle doit beaucoup te manquer, dit-il.

— Oui, surtout à l'approche de la fête des Mères. Ce sera la première sans elle, et le premier anniversaire de sa mort tombera cette année à la fête des Mères. La journée sera donc particulièrement difficile.

Gannon comprenait parfaitement et percevait la tristesse

dans sa voix. Il ne lui avait encore rien dit, mais prévoyait de passer la journée avec elle ce jour-là, afin qu'elle ne soit pas seule. Lui et ses frères avaient toujours passé cette fête en compagnie de leur mère, mais il l'avait déjà prévenue qu'il ne serait pas là cette année. Eden avait compris et senti qu'il prenait la bonne décision.

Un peu plus tard, il gara enfin la cabine sur le parking de l'affréteur. Gannon remarqua le vif intérêt avec lequel Delphine suivait la manœuvre pour attacher la cabine à la remorque. Il remarqua aussi les employés de l'entrepôt qui la reluquaient discrètement, ce dont il ne pouvait les blâmer, même si cela lui déplaisait. C'était là une autre première pour lui, puisqu'il n'avait jamais été jaloux de sa vie. Force était de constater que ça aussi ça avait changé.

— Il est temps de reprendre la route, annonça-t-il, une fois l'opération terminée.

— Je suis enthousiasmée par l'itinéraire que nous allons emprunter, dit-elle en regardant la carte qu'il lui avait tendue.

— L'autoroute 10 est ce qu'il y a de plus pratique pour aller de Phoenix à Jacksonville, mais elle ne va pas plus loin.

Elle ne lui demanda pas ce qu'ils feraient ensuite, et il décida de ne rien lui dire. Il voulait qu'elle apprenne à mieux le connaître et se sente plus à l'aise en sa compagnie avant de lui proposer de séjourner avec lui à Miami.

— Parle-moi de tes autres missions, Delphine.

Elle commença à lui raconter et il prit plaisir à écouter sa douce voix mélodieuse. Il parut passionné par tout ce qu'elle avait accompli et les personnes qu'elle avait rencontrées. Quelques histoires le firent même rire aux éclats. À son tour il lui raconta des anecdotes de voyage, et adora l'entendre rire autant qu'il aimait l'entendre parler.

D'habitude il préférait voyager seul, mais sa présence était enrichissante, et il aimait sa compagnie. En pleine conversation il reçut un appel et le refusa en voyant qu'il s'agissait de Trish. Il était temps de lui dire de ne plus l'appeler. D'après Galen, qui l'avait croisée à l'épicerie, elle avait pratiquement insinué qu'ils étaient en couple. C'était n'importe quoi.

Il jeta un coup d'œil à Delphine et vit qu'elle dormait. Elle était aussi belle endormie qu'éveillée. Son regard se posa sur cette bouche qu'il avait finalement réussi à goûter. Il se souvenait encore clairement du moment où leurs lèvres s'étaient touchées, et où elle avait entrouvert la bouche pour le laisser l'explorer tout à loisir. Quand elle avait pointé la langue pour répondre à son baiser, il s'était senti vibrer d'une énergie sexuelle débordante. Plus tard dans son lit, il s'était dit qu'aucune bouche ne devrait avoir un goût aussi délicieux.

Conscient que penser à ce genre de choses pouvait finir par devenir problématique s'il ne faisait pas attention, il vérifia sa montre et vit qu'il conduisait depuis près de quatre heures. Dans deux heures, il s'arrêterait dans un café d'El Paso pour déjeuner. Après cela il conduirait encore deux heures avant de prendre une seconde pause de trente minutes, puis il pousserait jusqu'à Fort Stockton, qui disposait d'un bon relais routier, pour y passer la nuit.

Elle gémit et il la regarda à nouveau. Ils étaient à l'arrêt, coincés dans un embouteillage. Il espérait que la circulation reprendrait bientôt et que cela n'affecterait pas trop leur emploi du temps.

— Gannon…

Elle avait marmonné son nom dans son sommeil. Pensait-elle à lui ? Rêvait-elle de lui ? Si oui, quelles pensées agitaient son esprit ? Étaient-elles semblables aux siennes la nuit dernière ? D'une telle intensité qu'il en avait été réveillé avec une érection imposante ?

Elle marmonna à nouveau son nom et le sang se mit à pulser plus vite dans son sexe. Puis elle gémit et l'appela encore. Bon sang, il n'allait pas tenir.

La sirène d'une voiture de police essayant de fendre la marée de véhicules explosa avec force. Comme tout le monde, il se rangea sur la droite afin de laisser passer.

— Que se passe-t-il ?

Il regarda Delphine se frotter les yeux, et son excitation ne fit que croître.

— Je pense qu'il y a eu un accident plus loin.

— Oh !

Le camion s'arrêta à nouveau et il la regarda s'étirer, et vit ses seins se presser contre son chemisier. Il aurait donné n'importe quoi pour les voir dénudés, les toucher. Les goûter…

— Désolée, j'ai littéralement perdu connaissance.

— Ne t'excuse pas. Tu étais visiblement fatiguée.

— Oui. Je me suis couchée tard et je me suis levée tôt, expliqua-t-elle en jetant un coup d'œil par la grande vitre du camion. Où sommes-nous ?

— Près d'El Paso. J'ai pensé que nous pourrions nous y arrêter pour déjeuner. Je connais un endroit réputé pour sa cuisine mexicaine.

— Génial ! J'adore les tacos.

Il s'esclaffa.

— Moi aussi. Si tu as faim, n'oublie pas que j'ai des collations du côté des couchettes.

— Merci de me le rappeler.

La circulation reprit, d'abord lentement puis un peu plus vite. Plus loin ils découvrirent l'accident en question. Heureusement, ce n'était que de la tôle froissée et personne ne semblait blessé.

— J'ai téléchargé quelques films sur mon téléphone hier soir. Je pense que je vais en regarder un maintenant.

— Bonne idée. Quel film ?

Quand elle le lui dit, il se mit à rire.

— C'est une comédie romantique. Je pense que ma mère l'a vue plusieurs fois.

— Je n'en doute pas puisque je l'ai moi-même vue plusieurs fois.

Il s'esclaffa à nouveau.

— Ma mère t'adorerait.

Il réalisa trop tard ce qu'il venait de dire. Mais après tout c'était vrai : Eden l'adorerait. Gannon lui décocha un rapide regard. Elle ne semblait pas avoir été déroutée par ses paroles, et était manifestement absorbée par le film. C'était peut-être un vœu pieux de sa part, mais il avait hâte d'être absorbé par elle.

— Tu as raison, Gannon. Ces tacos sont les meilleurs que j'aie jamais mangés, déclara Delphine en prenant une autre bouchée.

Son film s'était terminé quelques secondes avant leur arrivée au relais, le timing idéal d'après elle.

Il lui adressa un sourire qui fit déferler toutes sortes de sensations en elle.

— Content que ça te plaise. Cet établissement existe depuis des années. Quand je voyageais avec mon père, nous nous arrêtions toujours ici. Les propriétaires d'origine sont décédés et leurs fils ont pris la suite. Je suis content qu'ils aient gardé la recette familiale de la sauce. C'est ce qui rend ces tacos uniques.

Delphine ne pouvait qu'être d'accord avec lui. Elle

avait mangé beaucoup de tacos au cours de sa vie, mais il fallait reconnaître que ceux-là étaient de loin les meilleurs. Plus d'une fois pendant leur repas, le téléphone de Gannon sonna. Chaque fois il vérifiait la provenance, puis refusait l'appel. Elle essaya de ne pas se laisser envahir par l'angoisse à l'idée qu'il soit si désiré par la gent féminine. Après tout ils n'avaient pas une relation exclusive. En fait, ils n'avaient pas de relation du tout. Il l'avait invitée à venir avec lui et elle avait dit oui. En ce qui la concernait, il n'y avait rien de plus entre eux.

Gannon lui avait dit qu'il conduirait encore deux heures après le déjeuner, puis qu'ils feraient une autre pause avant de rejoindre Fort Stockton. Jusque-là elle avait trouvé le voyage passionnant, mais elle n'était pas sûre qu'il soit du même avis puisqu'elle s'était endormie et qu'elle avait ensuite regardé un film. Peut-être qu'il ne la trouvait pas de si bonne compagnie après tout ?

— Gannon ?

Il s'essuya les lèvres après avoir terminé la dernière bouchée de son repas.

— Oui ?

— Est-ce que tu regrettes de m'avoir demandé de t'accompagner ? Je n'ai pas été d'une grande compagnie.

— Je ne suis pas d'accord. Tu as été parfaite, dit-il en lui prenant la main. Ta simple présence compte beaucoup pour moi. J'apprécierais de t'avoir même si tu ne disais pas un seul mot.

Elle soutint son regard, désireuse de savoir pourquoi il ressentait cela. Mais, bien que curieuse, elle préféra ne pas demander. Elle ne pouvait prendre le risque d'une réponse qui la rendrait encore plus amoureuse de lui. Car, oui, elle était en train de tomber amoureuse, même si au fond elle savait qu'elle ne devrait pas. Mais comment l'empêcher ?

Un peu plus tard, ils retournèrent au camion pour plusieurs autres heures de route. Il avait garé sa plate-forme à l'arrière du restaurant et, une fois devant, il la prit par le bras.

— Qu'est-ce qu'il y a, Gannon ?

Il ne dit rien, mais son regard passa de ses yeux à ses lèvres. Elle sentit immédiatement une onde de chaleur se diffuser dans sa bouche. Elle déglutit, se souvenant qu'il l'avait regardée de la même façon quand il l'avait embrassée l'autre soir.

— Quelque chose ne va pas ?

La chaleur qu'elle ressentait dans la bouche se propagea lentement aux autres parties de son corps.

— Tout va bien. J'avais juste besoin de ça, dit-il en posant les lèvres contre les siennes.

Une part de Delphine lui criait de reculer, mais elle en était incapable… ou plutôt elle ne le voulait pas. Alors elle s'abandonna et inclina la bouche contre la sienne, le laissant la dévorer avec cette passion à laquelle il l'avait initiée quelques nuits auparavant. C'était également ce qu'elle voulait, et ce dont elle avait besoin.

Cela faisait cinq ans qu'elle n'avait plus été tenue et goûtée par un homme, et pas un seul instant elle n'aurait imaginé trouver cela en arrivant à Phoenix, mais elle refusait de faire des plans. Elle prendrait ce qui lui était offert, et quand elle retournerait à Denver elle aurait des souvenirs à emporter avec elle.

Quand le baiser prit fin, il la serra dans ses bras et la tint un moment contre lui. Elle regarda autour d'elle, soulagée qu'il ait garé le camion à l'écart. L'avait-il fait exprès, sachant qu'il allait l'embrasser ? Un frisson d'excitation la parcourut à cette idée. Avait-il d'autres plans en réserve pour elle ?

— Merci. J'en avais besoin. Maintenant, je suis prêt pour les prochaines heures.

La prévenait-il qu'il comptait l'embrasser régulièrement durant ce voyage ? Si c'était le cas, elle ne demandait pas mieux.

— Je suis contente d'avoir pu t'être utile, dit-elle en souriant.

Il s'esclaffa avant de se pencher et de déposer un rapide baiser sur sa bouche.

— Je n'ai jamais vu de lèvres aussi appétissantes. Je les adore.

Le pensait-il vraiment, ou était-ce juste des mots ? Il passa alors la langue sur les lèvres de Delphine, comme s'il s'agissait de friandises goûteuses. Elle en eut la chair de poule et son estomac se réchauffa. Quand ses genoux se mirent à flageoler, elle s'agrippa à ses épaules pour ne pas perdre l'équilibre.

— Je crois que je ferais mieux d'arrêter, ou nous arriverons tard à Fort Stockton, murmura-t-il contre ses lèvres, avant de lever la tête pour la regarder.

Puis, il sourit et ajouta :

— Je t'avais pourtant mise en garde contre mon obsession pour tes lèvres, Delphine.

Oui, et de la plus délicieuse des manières.

- 8 -

— Parle-moi de lui, Delphine. L'homme qui t'a brisé le cœur.

Ils étaient à une trentaine de kilomètres de Fort Stockton et le soleil s'était déjà couché. La conversation avait été constante, intéressante et très instructive. Ils s'étaient confiés l'un à l'autre, avaient discuté de leurs goûts, de leurs aversions et un peu de leurs passés.

Il lui avait parlé de sa vie sous les projecteurs en tant que fils d'Eden Tyson Steele, de la force du mariage de ses parents et de sa relation étroite avec ses frères.

Delphine lui avait raconté son amour pour Denver et à quel point ça lui avait manqué quand elle était à l'université. Elle lui avait parlé de ses années de fac dans le Wyoming et de tous les groupes et activités auxquels elle avait participé. Elle était manifestement une personne extravertie qui aimait s'amuser, mais cela ne transparaissait pas en la voyant en ce moment.

Certes, elle était assez amicale, et les employés qui l'avaient rencontrée cette semaine l'avaient tous appréciée. Pourtant elle ne ressemblait en rien à la personne sociable qu'elle décrivait. Il connaissait suffisamment les femmes pour deviner que non seulement elle se protégeait d'un nouveau chagrin d'amour, mais qu'elle avait également oublié l'insouciance de sa vie d'avant.

— Qu'est-ce qui te fait penser qu'un homme m'a brisé le cœur ? Je ne pense pas t'avoir donné cette impression.

Il comprit à son ton qu'elle n'avait pas aimé sa question et qu'elle se braquait. C'était son droit et ça ne le dérangeait pas, mais il refusait de retirer sa question. Cette femme le touchait de toutes les manières possibles, et plus il passait de temps avec elle plus cela empirait. Il voulait donc tout savoir d'elle.

Ils s'étaient arrêtés à une station de pesage, et il se tourna vers elle, le regard fixé sur ses lèvres.

— Non, tu ne m'as pas donné cette impression, mais tu évites délibérément de parler de tes relations passées. Veux-tu me faire croire qu'il n'y a jamais eu d'homme dans ta vie ? Un homme en particulier ?

— Tu ne m'as parlé d'aucune de tes relations non plus, Gannon. Veux-tu aussi me faire croire que tu n'as jamais connu de femmes ?

— Tu m'as interviewé, Delphine. Je pense que tu as fait des recherches sur ma vie. Je sais ce que les magazines et les journaux ont publié, et je ne les nierai pas pour la plupart. Je suis un homme célibataire hétérosexuel qui aime les femmes. J'en ai eu beaucoup dans ma vie, ce n'est pas un secret. Mais aucune de mes histoires n'a été sérieuse et les femmes le savaient.

Elle garda le silence un moment avant de lui répondre :

— Mon passé n'est pas non plus un secret. Je choisis simplement de ne pas en parler.

— Très bien.

Ne voulant pas qu'elle se sente acculée, il décida de ne pas insister pour l'instant. Ils venaient de passer onze heures très agréables ensemble, et il ne voulait pas que ça change. Par ailleurs, il était plus déterminé que jamais à construire une relation avec elle, que ce soit en tant qu'ami ou amoureux, ou les deux.

L'inspecteur lui donna l'autorisation de reprendre l'autoroute.

— Es-tu en colère contre moi, Delphine ? finit-il par demander au bout d'un kilomètre où elle n'avait pas ouvert la bouche.

— Dois-je l'être ?

— Non. J'ai posé la question parce que ça m'intéresse, dit-il.

— Et pourquoi est-ce que ça devrait t'intéresser ?

Gannon attendit un peu avant de répondre. Non pas parce qu'il ne savait pas quoi dire, mais parce qu'il avait besoin de le formuler correctement, de façon qu'il n'y ait pas de malentendu.

— Tu sais pourquoi je t'ai demandé de m'accompagner.

— Pour être sûr que je ne suis pas la femme de ta vie, dit-elle avec ironie.

Il décida d'ignorer son ton.

— Ou pour être sûr que tu l'es.

— Ce n'est pas possible.

— Je suppose que c'est un événement de ton passé en rapport avec un homme qui te fait dire ça.

— Pas nécessairement. C'est peut-être parce que je suis plus réaliste que toi.

Gannon éclata de rire.

— Au moins, tu ne m'as pas traité de fou.

— Je ne ferai jamais ça.

— Et je t'en remercie parce que je suis totalement sain d'esprit. Je veux juste apprendre à te connaître.

C'était peut-être dans la façon dont il l'avait dit, mais elle se mit soudain à parler et à lui révéler ce qu'il voulait savoir.

— Il s'appelle Liddell Bartley. Sa famille a emménagé à Denver quand j'étais au lycée et nous sommes sortis ensemble en terminale.

Delphine se tut un moment, et il crut qu'elle n'en dirait pas plus, mais elle continua.

— Après le lycée, nous sommes allés dans des universités différentes, non pas parce que nous le voulions, mais parce que nos parents nous avaient convaincus que c'était une bonne idée. Ils trouvaient que nous étions trop collés l'un à l'autre, et qu'une séparation de quatre ans nous ferait du bien.

Elle fit une nouvelle pause, avant de reprendre :

— Ils pensaient que, si nous nous aimions vraiment, tout se passerait bien et que la séparation n'aurait pas d'impact. Ça n'a pas été le cas. Nous nous retrouvions à toutes les vacances, et nous passions celles du printemps sur la plage de Galveston, où ses parents ont un appartement. Nous devions nous marier une semaine après la remise des diplômes. Tout était réglé. Les invitations avaient été envoyées.

À présent sa voix tremblait, soit de colère, soit de douleur, soit des deux.

— Qu'est-il arrivé ?

— Il m'a envoyé une lettre un mois avant le mariage, où il m'expliquait qu'il voulait en épouser une autre, parce qu'elle était enceinte de lui.

Gannon ne dit rien. L'idée que ce Liddell ait pu être fiancé à elle et qu'il ait mis une autre femme enceinte le mettait en rage.

— Était-elle vraiment enceinte ?

— Non, mais il ne l'a compris qu'après la cérémonie. Elle a prétendu qu'elle pensait l'être et que ses parents avaient exigé qu'elle se marie.

— Sont-ils toujours mariés ?

— Oui, et ils vivent à Denver.

Gannon réalisa à quel point cela avait dû être humiliant pour Delphine.

— Tu es mieux sans lui.

— Je le sais. Mais je n'aurais jamais imaginé qu'il puisse me trahir de cette façon. Ça montre qu'on ne sait jamais à qui on peut faire confiance.

Il avait arrêté le camion sur le parking de Truckers Bay, la plus grande chaîne de relais routiers des États-Unis. Après avoir garé le véhicule, il la regarda.

— J'imagine que tu peux voir ça comme ça, ou bien le voir d'une manière totalement différente, Delphine.

— Et de quelle manière ?

— Tu peux en conclure que vous n'étiez pas faits pour vivre ensemble et qu'il ne t'était pas destiné.

Il ne lui était pas destiné…

Delphine n'avait rien dit sur le moment, mais les mots résonnaient en elle.

Si elle n'était pas retournée à Denver après ses études et avait accepté ce poste à New York, c'était en partie pour ne pas lire la pitié dans le regard des gens. Quand elle avait appris que Liddell et sa nouvelle épouse allaient s'installer à Denver, elle avait su que ses visites chez sa mère seraient moins fréquentes. Du moins, c'était l'idée, jusqu'à ce que sa mère tombe malade.

En vérité Denver était une grande ville, et son chemin n'avait pas beaucoup croisé celui de Liddell, ce dont elle avait été plus que soulagée. Mais depuis qu'elle sortait plus souvent elle le voyait plus fréquemment. Les deux premières fois avaient été gênantes, mais plus elle le voyait, plus elle réalisait que c'était lui qui avait perdu au change, et non elle. Gannon n'avait pas tort finalement : Liddell ne lui était pas destiné. Mais elle était également convaincue qu'aucun homme ne l'était.

— Est-ce que tu veux venir faire du jogging avec moi demain matin ?

— Du jogging ?

— Oui. Cet endroit dispose d'une salle de sport avec une piste intérieure.

Ils venaient juste d'arriver, mais elle devait admettre qu'elle n'avait jamais vu un relais routier aussi grand et avec autant de commodités. En plus d'un restaurant, il y avait une laverie automatique, une salle de sport, une galerie marchande, et un certain nombre d'autres équipements. Il y avait également un hôtel, où Gannon lui avait dit qu'ils passeraient la nuit. Même s'il ne l'avait pas précisé, elle supposait qu'ils auraient chacun leur chambre.

— D'accord, je veux bien.

— Super. Est-ce que ça te conviendrait à 5 heures ?

— 5 heures du matin ? Tu plaisantes j'espère ?

— Pas du tout, dit-il avec un grand sourire. Le meilleur moment pour utiliser la salle de sport, c'est quand les autres dorment. Comme ça, nous aurons fini avant leur arrivée.

— Bon, d'accord.

— Tu es fatiguée ? demanda-t-il, en tendant la main pour repousser une mèche de cheveux de son visage.

Elle ignorait pourquoi il lui avait posé la question mais, oui, elle était fatiguée. Pas de la manière qu'il imaginait, mais son corps était épuisé à force de combattre les pulsions qu'elle ressentait en sa présence. Et de le voir si près d'elle, à jouer ainsi avec ses cheveux pendant qu'elle respirait son odeur, ne l'aidait pas.

— Oui, je suis un peu fatiguée, dit-elle en simulant un

bâillement. Je compte aller directement dans ma chambre et je n'en ressortirai pas avant demain.

— Et le dîner ? demanda-t-il.

— Je passe. Normalement je ne mange pas après 19 heures de toute façon. En plus, les tacos de tout à l'heure m'ont bien rassasiée.

Elle ne lui demanda pas s'il allait manger, car elle connaissait déjà la réponse. Gannon adorait manger.

— Si tu changes d'avis et que tu as faim, je serai heureux de t'apporter quelque chose.

— Je ne changerai pas d'avis, mais merci.

Elle recula d'un pas, et ajouta :

— Je te verrai demain matin. Nous pouvons nous donner rendez-vous dans le hall de l'hôtel et nous rendre à la salle de sport ensemble.

Il fallait qu'elle s'éloigne de lui rapidement, avant d'être tentée de faire quelque chose de stupide comme l'inviter dans sa chambre.

— D'accord. Dors bien. Demain sera une longue journée. Je compte être à San Antonio à l'heure du dîner. C'est là que nous passerons la nuit.

Passer la nuit…

Ses paroles provoquèrent un grésillement brûlant en elle. Il était vraiment temps de se séparer de lui.

— À demain matin, Gannon.

Elle se retourna en hâte et se dirigea d'une démarche rapide vers le passage couvert où se trouvait sa chambre, comme si elle avait le diable à ses trousses.

Le soleil ne s'était pas encore levé et il faisait nuit, quand Gannon vit Delphine sortir de sa chambre. Il n'était pas un grand fan des chambres d'hôtel de type passage couvert donnant sur l'extérieur, mais il savait que c'était ce que préféraient les routiers, car cela leur permettait de rejoindre rapidement leur camion si nécessaire.

Il savait donc que, si Delphine voulait le rejoindre à 5 heures comme prévu, elle devrait traverser le parking dans le noir, toute seule, et c'était hors de question. Il ne lui avait pas proposé de venir la chercher, parce qu'elle aurait protesté, et il ne voulait pas de disputes entre eux.

La journée de la veille lui avait paru parfaite, et il avait voulu qu'elle se termine sur une note positive. La seule fois où il l'avait un peu irritée, c'était quand il l'avait questionnée sur le salaud qui lui avait fait du mal. Elle avait fini par lui répondre, mais cela soulevait d'autres questions, entre autres celle-ci : avait-elle toujours des sentiments pour cet homme ? Était-ce à cause de Liddell qu'elle ne voulait plus personne dans sa vie, même si elle le niait ? Elle avait tout de même admis être mieux sans lui mais, le savoir et l'accepter, c'était deux choses différentes.

Il se souvenait encore de la femme qui avait brisé le cœur de Mercury à l'université. Son frère avait mis du temps à s'en remettre. Puis il avait rencontré Sloan et s'était autorisé à retomber amoureux.

Delphine s'éloigna de sa porte. Gannon savait que cet hôtel était généralement sûr, doté de caméras de surveillance et de policiers qui parcouraient régulièrement le parking, mais il avait quand même décidé de rester dans l'ombre afin de s'assurer qu'il ne lui arrive rien.

Après l'avoir laissée à sa chambre, il était allé dîner avec quelques employés qui faisaient le même trajet. C'était aussi ce qu'il appréciait dans ces voyages – maintenir le contact avec ses salariés.

Malgré le dîner animé et les onze heures passées au volant de sa plate-forme, il avait eu du mal à s'endormir.

L'excitation chassait sa fatigue, et chaque fois qu'il fermait les yeux il se rappelait leur baiser. C'était le deuxième et ça avait été encore mieux que la première fois, même s'il aurait cru cela impossible.

Réalisant que, s'il continuait à la suivre, le séduisant balancement de ses hanches l'obséderait durant le reste de la journée, il préféra se manifester :

— Delphine. Attends-moi.

Elle se retourna, l'expression surprise.

— Gannon ? D'où viens-tu ?

— De ma chambre.

Ce n'était pas un mensonge. Inutile de lui dire que sa chambre était seulement à quelques portes de la sienne et qu'il l'avait attendue sous l'escalier.

— Oh. Tu as bien dormi ?

— Comme un loir.

Du moins, dès qu'il avait réussi à cesser de penser à elle.

— Et toi ? demanda-t-il.

— Après ma douche, j'ai voulu travailler un peu sur mon article. À un moment j'ai grimpé sur mon lit et je me suis endormie, mais j'ignore quand et comment. Je me suis réveillée ce matin toujours allongée sur les couvertures.

Il aurait adoré grimper dans ce lit avec elle, et il était certain qu'elle n'aurait pas oublié quand ni comment, et qu'elle ne se serait pas réveillée ce matin toujours couchée sur les couvertures… mais sur lui.

— Prêt à courir ? demanda-t-elle alors qu'ils commençaient à marcher côte à côte.

— Oui. Et toi ?

Elle haussa les épaules.

— J'imagine. Je ne suis pas vraiment une joggeuse ni même une marcheuse d'ailleurs.

— Alors comment est-ce que tu restes autant en forme ?

Elle gloussa avant de répondre :

— Qui a dit que je suis en forme ?

— Moi.

Et il était prêt à le répéter. Elle avait un corps à damner un saint, en jean, en pantalon de ville, en short ou en robe. Il l'avait vue dans chacun de ces vêtements et maintenant il voulait la voir sans rien du tout, autrement dit nue.

— Merci, c'est gentil. Je pourrais aller à la salle de sport, mais…

Devant son hésitation, il l'observa.

— Mais quoi ?

Elle parut embarrassée, comme si elle essayait de décider si elle allait lui répondre. Finalement elle leva les yeux et croisa son regard.

— Il y a une salle de gym pas loin de chez moi, mais la femme de Liddell en est membre, alors j'ai choisi de ne pas y aller. La salle la plus proche à part celle-ci est à l'autre bout de la ville.

— Je vois.

Mais sincèrement il n'aimait pas ce qu'il voyait : elle ne fréquentait pas la salle de sport proche de chez elle à cause de la femme de son ex-fiancé. Il se demanda ce qu'elle évitait d'autre pour cette raison.

Ils atteignirent le gymnaste.

— Waouh ! C'est sympa, dit-elle quand ils entrèrent dans la grande salle équipée.

— Oui. C'est pour ça que j'essaye de mettre cet arrêt sur l'itinéraire de mes conducteurs. S'asseoir derrière le volant d'un camion pendant douze heures, et ensuite ne pas bouger un muscle, n'est pas bon pour le corps. Les crampes aux jambes ne sont pas une blague.

Une fois sur la piste de course, elle se tourna vers lui.

— Nous n’avons pas à courir ensemble. J’ai l’intention d’aller à mon rythme, et ce sera lent.

Il se mit à rire.

— D’accord. Une heure, ça ira pour toi ?

— Quelle horreur ! s’exclama-t-elle en souriant. Je pensais plutôt à trente minutes et j’aurais même dit la moitié si je pensais que tu me laisserais m’en tirer à si bon compte.

— Eh bien, c’est non. Comme je l’ai dit, les crampes ne sont pas une blague. Si tu finis avant moi, il y a d’autres équipements que tu voudras peut-être essayer.

Il sourit quand elle lui lança un regard moqueur.

— On verra, Gannon. On verra.

- 9 -

— Prête à repartir ?

— Je suis prête, dit Delphine en attachant sa ceinture de sécurité, impatiente de partir à l'aventure.

Elle avait visité San Antonio plusieurs fois avec sa mère, et avait toujours adoré le River Walk.

Tout à l'heure, après avoir fait son jogging de trente minutes, elle avait marché trente minutes supplémentaires pour tenir compagnie à Gannon. Il l'avait ensuite raccompagnée à sa chambre, où elle avait pris une douche, avant de le retrouver vingt minutes plus tard pour le petit déjeuner.

À présent ils étaient dans le camion, prêts à partir. Admirative, elle regarda Gannon manœuvrer la plate-forme avec aisance et la sortir de sa place de stationnement.

— Qui t'a appris à conduire ces véhicules ?

— Mon père, dit-il en souriant. J'ai aussi passé mon permis poids lourd.

— Tu aimes ça, n'est-ce pas ?

Il la regarda.

— Aimer quoi ?

— Quitter le bureau et prendre la route.

Il haussa les épaules avec désinvolture.

— J'aime aussi être au bureau. Finalement, j'ai le meilleur des deux mondes.

Oui, ça ne l'étonnait pas qu'il pense ainsi. Son regard

brillant lors de l'interview, chaque fois qu'il parlait de son travail, l'avait touchée. Il avait le don non seulement de motiver les gens à travailler, mais aussi de changer des vies.

Cette fois elle était décidée à rester éveillée, car il lui avait parlé des différents endroits qu'ils allaient traverser, et aussi pour être une meilleure compagnie pour lui. Ils parlèrent de beaucoup de choses, dont certaines qu'elle connaissait déjà grâce à l'interview, comme son implication dans plusieurs organisations caritatives à Phoenix.

— Tous mes frères font de même, lui dit-il. Tu ne peux pas être le fils d'Eden Tyson Steele et ne pas faire partie d'une organisation caritative.

Ils écoutèrent un peu de musique, puis il lui suggéra d'aller jeter un coup d'œil aux couchettes. Elle s'exécuta et vit à quel point c'était spacieux : elle pouvait s'asseoir sur la couchette et utiliser son ordinateur portable sur le petit bureau. Elle travailla donc sur son article un bon moment avant de repousser le rideau et de revenir à l'avant.

Plus tard, après s'être arrêtés pour déjeuner, ils remontèrent dans le camion pour continuer trois heures jusqu'à San Antonio.

— Nous allons devoir trouver un endroit où nous abriter pendant environ une heure.

— Pourquoi ?

— Ça vient du régulateur. Un gros orage approche. Nous allons continuer un peu, puis nous nous arrêterons à un relais routier sur le chemin. Il est plus petit que les autres, mais ça fera l'affaire le temps de la tempête.

Ils venaient à peine de commencer à rouler, quand la pluie se mit à tomber. Delphine se pencha en avant pour regarder à travers le pare-brise et put à peine distinguer l'extérieur. Elle vit néanmoins plusieurs camions quitter l'autoroute et ne fut pas surprise quand Gannon les imita un peu plus tard.

La voix du régulateur était légèrement saccadée, mais elle comprit tout de même : il y avait une tornade dans la région.

— Nous allons continuer encore un peu pour arriver au relais plutôt que de nous arrêter en plein air, lui dit Gannon.

Elle hocha la tête, sachant qu'il était plus apte qu'elle à gérer ce genre de situations. Il conduisit avec lenteur, les voyants d'avertissement allumés, avant de finalement quitter l'autoroute un peu plus loin.

La pluie s'était quelque peu calmée, mais le vent commençait à se déchaîner. Quand ils atteignirent l'arrêt, il se gara et détacha sa ceinture de sécurité.

— Pour des raisons de sécurité, nous devons nous éloigner des fenêtres. Passons plutôt à l'arrière.

Il vit clairement son regard effrayé. Delphine n'avait jamais aimé les orages, et sa peur ne faisait que croître.

Il l'aida à défaire sa ceinture et lui prit la main.

— Viens.

Elle le suivit jusqu'aux couchettes, puis il tira les rideaux afin qu'elle ne voie pas ce qui se passait à l'extérieur. La pluie – très dense – s'écrasait durement contre le camion. Le tonnerre était si fort que le sol semblait trembler sous leurs pieds. Il la fit asseoir sur la couchette et déposa un rapide baiser sur son front.

— Tu es en sécurité avec moi, Delphine. D'habitude ces tempêtes soudaines passent aussi vite qu'elles arrivent, dit-il en s'asseyant à côté d'elle.

Delphine ne demandait pas mieux que de le croire, mais quand le tonnerre frappa à nouveau, encore plus fort, et qu'il éclaira tout le camion elle enfouit le visage contre son torse. Il la prit dans ses bras et lui massa doucement le dos. Elle sentit une chaleur réconfortante se propager à travers son corps et se calma lentement. Il avait raison : elle était en sécurité avec lui.

Il se recula légèrement et la fixa avec inquiétude de son regard vert.

— Ça va ?

Delphine entendit à peine sa question tant le bruit de la pluie était fort. Elle lui était reconnaissante d'avoir tiré les rideaux pour ne rien voir à l'extérieur. C'était déjà assez effrayant de tout entendre.

— Oui, je vais bien.

Elle voulut ajouter… *puisque tu es ici avec moi, je me sens en sécurité et protégée.*

Il déposa un autre baiser sur sa joue et elle le regarda. Était-ce le fruit de son imagination ou est-ce que ses yeux verts devenaient de plus en plus sombres ? Était-ce de la chaleur qu'elle ressentait et qui se diffusait de lui vers elle ?

Delphine se mordilla la lèvre tandis qu'il l'observait. Puis elle se souvint de ce qu'il lui avait dit à propos de sa bouche et elle eut soudain chaud partout, tout en se mettant à le dévorer du regard.

— Tu aimes ce que tu vois, Delphine ?

La question, posée d'une voix profonde et rauque, la mit un peu plus au supplice. Elle décida d'être à la fois honnête et audacieuse.

— Oui. Et toi, Gannon ? Tu aimes ce que tu vois ?

Un sourire sensuel se dessina sur son visage.

— Oui, c'est certain. Et tu sais ce que j'aimerais faire ? Là, maintenant ?

— Non. Dis-moi.

Puis, décidant de monter d'un cran dans l'audace, elle ajouta :

— Montre-moi.

Il se pencha et l'embrassa. Elle ressentit non seulement la chaleur de ce baiser, mais aussi son intensité, et quand il glissa la langue dans sa bouche elle perdit toute notion de la réalité, au point d'en oublier le déchaînement féroce de la pluie et le grondement du tonnerre.

Au lieu de cela, elle était entièrement concentrée sur la façon dont les lèvres de Gannon se mouvaient sur les siennes. Quand il approfondit son baiser, elle gémit et enroula les bras autour de son cou. Il l'embrassait avec un art consommé qui la fit gémir à nouveau, encore plus fort. Elle sentait les battements affolés de son propre cœur à chacun de ses coups de langue audacieux. Il lui avait dit qu'il aimait ses lèvres et il se fit un devoir de lui démontrer à quel point.

Elle ne savait pas depuis combien de temps ils s'embrassaient, mais quand ils finirent par s'arracher l'un à l'autre ils étaient tous deux à bout de souffle. Elle fronça les sourcils, perplexe. Pourquoi s'était-il arrêté ? Cela ne l'aurait pourtant pas dérangée de continuer. Gannon avait le don de faire ressortir des désirs en elle dont elle n'avait même pas conscience.

— Je pense que nous ferions mieux d'arrêter, n'est-ce pas ?

Était-elle du même avis ? Non, pas vraiment. Elle en voulait plus. Elle voulait tout ce qu'elle s'était refusé depuis près de cinq ans, tout ce dont elle s'était privée depuis Liddell. Gannon avait éveillé des sensations en elle, des sensations qu'elle pensait avoir totalement chassées de son corps et son esprit.

Elle le désirait.

Comme s'il lisait dans ses pensées, il se pencha vers elle et ajouta :

— Tu sais que tu peux me rejoindre dans mon lit quand tu veux.

Était-ce le genre d'invitation qu'il lançait à toutes les femmes folles de lui ? Cette pensée ne l'effraya pas autant qu'elle l'aurait dû. Ne lui avait-il pas dit qu'elle était la seule femme qui lui donnait l'impression qu'il pouvait peut-être y avoir plus entre eux ? Même si ce n'était pas vrai, ce dont elle était convaincue, l'idée qu'elle ait pu le séduire comme aucune femme ne l'avait fait jusque-là lui donna un sentiment agréable.

— Je garde ça à l'esprit, Gannon.

Sa réponse parut le surprendre. Parfait. Qu'il se sente aussi dérouté qu'elle l'était par ses baisers.

— On dirait que la pluie s'est arrêtée, dit-il.

Vraiment ? Elle tendit l'oreille et découvrit qu'il avait raison. Mais se rendait-il compte qu'à la place il avait éveillé une tempête silencieuse en elle ? Elle avait le sentiment que sa vie ne serait plus jamais la même après ce voyage.

Il était temps de profiter de l'existence. Sa mère était morte avant son cinquantième anniversaire et les trois dernières années de sa vie n'avaient été que souffrance et agonie. Mais elle lui avait assuré n'avoir aucun regret. June Ryland avait souvent répété à sa fille qu'en dépit de la trahison de son père elle n'avait jamais regretté d'être tombée amoureuse de lui et de l'avoir épousé, parce qu'ils avaient eu Delphine.

Peut-être qu'il était temps d'adopter ce genre d'attitude : vivre sans regret, vivre le moment présent.

Au moment où Gannon se leva, la décision de Delphine était prise. Peu importe ce qu'il lui avait dit sur le fait qu'elle lui soit destinée ou pas… ce qui comptait, c'était qu'elle le voyait comme son chevalier en armure étincelante. Il l'avait aidée à traverser la tempête et maintenant il était temps qu'il lui apprenne à danser sous la pluie.

- 10 -

Gannon entendit frapper à sa porte et regarda sa montre. Il devait s'agir de la femme de ménage venue lui apporter une autre cafetière, car la sienne ne fonctionnait pas. Lui et Delphine étaient arrivés au relais routier de San Antonio quelques heures auparavant. Il avait pris une douche, changé de vêtements et s'était allongé sur le lit pour regarder la télévision en attendant qu'il soit l'heure d'aller chercher Delphine pour dîner.

Ils devraient se mettre en route tôt le lendemain s'ils voulaient arriver à Jacksonville lundi comme prévu. Quand ils avaient repris la route, Delphine lui avait raconté sa peur des orages depuis qu'elle était toute petite, et comment même maintenant, chaque fois qu'une violente tempête éclatait, elle tirait tous les rideaux de sa maison, éteignait les lumières et allait se coucher, les couvertures par-dessus la tête jusqu'à ce que ce soit fini. Gannon, qui n'avait jamais été effrayé par les tempêtes, sentit un instinct protecteur monter en lui.

Il baissa le son de la télévision et alla regarder par le judas. Ce n'était pas la femme de ménage, mais Delphine, chargée de sacs. Il ouvrit rapidement la porte.

— Que fais-tu ici ? s'enquit-il en lui prenant les sacs, desquels s'échappait une délicieuse odeur de nourriture.

— J'ai remarqué à quel point le restaurant était bondé

et j'ai pensé que ce serait bien de manger ici. J'espère que ça ne te dérange pas.

— Pas du tout, dit-il en posant les sachets sur le bureau. Ça sent bon.

— J'espère que tu aimes tout ce que j'ai commandé, et je pense qu'ils ont été généreux avec les portions.

Il rit et commença à sortir les boîtes.

— La plupart des relais routiers le sont. Ils savent à quel point les camionneurs peuvent avoir faim. On mange ?

Elle éclata de rire.

— Si tes frères avaient ton appétit gargantuesque pendant leur croissance, je n'envie pas tes parents.

Il s'esclaffa.

— Nous adorons tous manger et nous avons la chance d'avoir une mère qui adore cuisiner. C'est pour ça que nous avons les jeudis soir chez elle.

— Les jeudis soir ?

— Oui, dit-il en rapprochant quelques chaises du bureau. Quand tout le monde a quitté la maison, maman s'est sentie coupée de ses fils. Elle a donc organisé les jeudis soir à la maison. Elle prépare à dîner et s'attend à ce que tous ses fils passent manger pour qu'elle puisse les voir tous ensemble, sous son toit.

Il regarda Delphine se glisser sur sa chaise avant de prendre la sienne. Comme lui, elle s'était douchée et avait changé de vêtements.

— Et tout le monde vient ?

— Toute personne saine d'esprit sait qu'il ne faut pas rater ça. Sinon elle s'imagine qu'elle doit passer plus de temps avec toi. Crois-moi, Eden Tyson Steele n'hésite pas à débarquer chez toi à l'improviste au pire moment possible.

— Tu plaisantes, n'est-ce pas ? demanda Delphine avec un petit rire qu'il trouva très mélodieux.

— Non. Plusieurs de mes frères ont eu la visite impromptue de maman alors qu'ils recevaient des amies.

Gannon approuva totalement tout ce qu'elle avait choisi : côtelettes de porc recouvertes d'une délicieuse sauce, riz sauvage, assortiment de légumes et un pain de maïs qui paraissait incroyablement savoureux.

— J'espère que ça te plaît.

— N'en doute pas un instant, dit-il en souriant.

Durant le repas, il la complimenta plusieurs fois sur les plats.

— Ce n'est pas comme si j'avais cuisiné, Gannon.

— Non, mais tu as été assez attentionnée pour te dire qu'on pourrait manger ici au lieu d'aller au restaurant. Et ça me plaît.

— Et pourquoi est-ce que ça te plaît ? demanda-t-elle en le regardant avec attention.

Il décida de faire une réponse honnête.

— Parce que j'aime partager un moment privé avec toi.

Gannon le pensait vraiment. Elle était la meilleure coéquipière dont un routier pouvait rêver. Ils avaient discuté à propos de nombreux sujets, mais il savait qu'elle gardait toujours des pans de sa vie pour elle.

Peu de temps après la fin du repas, on frappa à la porte.

— C'est probablement le service de chambre qui m'apporte une autre cafetière, dit-il. La mienne ne fonctionne pas.

Il ouvrit la porte et une femme de ménage entra. Elle paraissait avoir la vingtaine, et lui adressa un sourire coquin en le voyant, même si elle avait visiblement remarqué la présence de Delphine.

— Où voulez-vous que je pose ça ? lui demanda-t-elle.

— Prenez l'ancienne et mettez celle-ci à la place.

Cela ne l'avait jamais dérangé d'être dragué par des femmes jusque-là, mais il avait découvert dernièrement qu'il trouvait cela ennuyeux. La jeune femme était séduisante, et elle traversa la pièce d'une démarche chaloupée pour récupérer la cafetière. Gannon remarqua que les deux derniers boutons de son chemisier étaient ouverts.

Cela ne lui fit absolument aucun effet.

Il n'éprouva pas une seule once de désir. La seule femme qu'il voulait passionnément était celle qui était assise au bureau, et qui faisait semblant de ne pas remarquer les simagrées audacieuses de l'autre femme.

— Y aura-t-il autre chose ? demanda la femme d'une voix sensuelle en le passant en revue de la tête aux pieds.

Pensait-elle qu'il pourrait à ce point manquer de respect vis-à-vis de Delphine pour l'inviter à revenir dans sa chambre plus tard ?

— Non, il n'y a rien d'autre et vous n'avez pas besoin de revenir.

Une fois qu'ils furent à nouveau seuls, Delphine se leva et commença à débarrasser les plats.

— Il est temps que je parte, dit-elle sans le regarder.

Il s'adossa à la porte fermée de la chambre et croisa les bras sur son torse.

— Pourquoi fais-tu cela ?

— Faire quoi ? demanda-t-elle, en le regardant cette fois.

— Ressentir le besoin de te sauver chaque fois qu'il est question d'autres femmes ?

Elle leva le menton d'un air hautain.

— Je ne vois pas de quoi tu parles.

— Vraiment ? Je l'ai remarqué l'autre jour avec Trish. Après l'avoir rencontrée, tu as pensé que nous ne devrions peut-être pas déjeuner ensemble. Tu as également admis que tu évitais la salle de gym près de chez toi parce que la femme de ton ex-fiancé y allait, comme si c'était ton problème. Et, là, cette femme me drague, et voilà que tu veux battre en retraite.

Elle haussa les épaules.

— Je ne veux pas causer de problèmes.

Il se tut un instant, avant de finalement laisser retomber les bras et traverser la pièce.

— Tu ne me causeras jamais de problème, Delphine. Tu es ici parce que je te veux avec moi. Souviens-toi toujours de ça. Et j'espère aussi que tu es ici parce que tu le veux.

Il lui prit les sacs des mains et les remit sur le bureau. Puis il passa les bras autour de sa taille et la sentit trembler à son contact.

— C'est bien ce que tu veux, n'est-ce pas, être ici avec moi ?

Elle ne répondit pas d'abord, puis posa les mains sur son torse et le caressa doucement du bout des doigts.

— Oui, je veux être ici avec toi, dit-elle en le regardant.

Gannon se dit qu'il lui avait fallu beaucoup de temps pour l'admettre.

— Convaincs-moi, Delphine. Convaincs-moi que tu veux être ici avec moi.

Delphine s'humecta les lèvres et il sentit une agitation dans son sexe.

— Et comment suis-je censée faire ça ?

Il continua de la regarder droit dans les yeux, espérant ainsi l'encourager à être aussi audacieuse que possible.

— N'importe quelle manière me conviendra.

Elle hésita puis leva la tête vers lui. Ses bras s'écartèrent de son torse pour remonter vers sa nuque et elle se mit sur la pointe des pieds. Décidant de faire le reste du chemin, Gannon baissa la tête pour joindre ses lèvres aux siennes. Il voulait la laisser prendre le contrôle, et gémit quand elle glissa la langue dans sa bouche. Puis elle approfondit son baiser, comme il l'avait fait quand ils s'étaient embrassés les autres fois. Incapable de résister davantage, il se mit à la dévorer avec avidité, se délectant de sa douce saveur et de la sensation de son corps chaud pressé contre le sien.

Il détacha alors la bouche de la sienne et resserra les bras autour d'elle, tout en la regardant dans les yeux.

— Convaincs-moi un peu plus, Delphine, dit-il, sans quitter ses lèvres des yeux avant de se pencher pour en lécher les commissures. Convaincs-moi un peu plus.

Delphine n'avait jamais convaincu un homme de faire quoi que ce soit, et n'était même pas sûre de savoir comment s'y prendre. Mais elle était déterminée à essayer.

Il le fallait, car son corps était empli de désir pour Gannon. Il ne lui avait fait aucune promesse et elle non plus. Elle avait appris à ses dépens qu'en matière d'amour les promesses pouvaient facilement être rompues. De toute façon les choses lui convenaient parfaitement ainsi ; simples, légères et sans aucun engagement. Ils ne se devaient rien l'un à l'autre et pouvaient se quitter à tout moment.

Voilà pourquoi elle avait besoin de ça. Elle voulait lui montrer combien elle aimait être avec lui… Combien elle voulait être ici. Elle espérait pouvoir y arriver parce que le désir qui brillait au fond de ses yeux verts était impossible à ignorer. Il la désirait avec une force égale à la sienne, et ce n'était pas peu de le dire. Jamais elle n'avait eu autant envie d'un homme.

Elle se dégagea de ses bras et passa son T-shirt

par-dessus la tête, sachant qu'il surveillait chacun de ses mouvements. Puis elle posa les mains sur sa taille pour faire glisser son pantalon.

— Laisse-moi t'aider.

Sa voix rauque la fit lever les yeux vers lui. Il se mit à genoux pour tirer le tissu le long de ses jambes. Elle retira ses chaussures puis son pantalon, et se retrouva en sous-vêtements.

Toujours accroupi au sol, il se pencha en arrière et la contempla.

— Nous y sommes presque, dit-il.

Elle déglutit, prit une profonde inspiration, et retira son soutien-gorge pour le jeter sur une chaise. Ses mains se posaient sur sa culotte quand Gannon l'arrêta.

— Laisse-moi faire. Je veux aussi me charger de ça.

Elle acquiesça d'un signe de la tête. Lorsqu'il tira sa culotte le long de ses jambes, l'éclat de désir qu'elle vit briller dans ses yeux sembla se décupler. Elle se tint là, complètement nue, tandis qu'il laissait son regard errer sur son corps avant de revenir à ses yeux.

— Tu es belle, Delphine.

Ses mots remuèrent quelque chose en elle, lui donnant la sensation que chaque once de son corps se liquéfiait. Elle pouvait à peine rester debout sous la chaleur de son regard.

— Et tes vêtements à toi ? lui demanda-t-elle finalement.

— Quoi donc ?

— Tu ne vas pas les enlever ?

— Moi non, mais tu peux si tu veux.

Oui, elle le voulait, alors elle s'avança. Son T-shirt se retira facilement, mais elle se dit que le jean serait un peu plus difficile, surtout avec une érection aussi manifeste.

— Tu as besoin de mon aide, Delphine ?

— Oui, si ça ne te dérange pas.

— Ça ne me dérange absolument pas.

Elle le regarda abaisser la fermeture Éclair de son jean, puis le retirer. Il se tint alors devant elle, tel qu'elle se l'était imaginé. Gannon Steele avait un corps magnifique : ventre sculpté, épaules larges, torse puissant et cuisses musclées. Elle le passa en revue de la tête aux pieds, s'attardant sur certaines parties de son corps... ce qui fit battre son cœur à toute vitesse. C'était le deuxième homme qu'elle voyait nu et il était impressionnant. Elle détestait comparer les deux, mais Gannon ne lui laissait pas le choix.

— Fais-moi savoir quand tu en auras assez de regarder.

Elle leva les yeux et vit son regard vert scintiller. Il la taquinait, mais elle n'avait pas la tête à ça : elle voulait qu'il la prenne, et sans attendre. Jamais elle n'avait désiré un homme à ce point.

— Je ne pense pas que ce soit possible. Jamais je ne pourrais être rassasiée de te regarder.

Gannon eut un petit rire.

— Je suis heureux de te l'entendre dire, parce que je ressens la même chose pour toi, Delphine.

Il admira à nouveau son corps, ce qui la fit se mordiller nerveusement les lèvres. Il était si bien fait, alors qu'elle pas vraiment. Cependant, il ne semblait pas gêné par le fait que ses seins ne soient pas aussi volumineux que ceux d'autres femmes, et qu'elle ait plus de courbes qu'elle ne l'aurait souhaité.

— Tu es parfaite.

— Merci.

Il la prit dans ses bras et la porta jusqu'au lit.

Elle était légère comme une plume, songea Gannon en la portant nue. Sa peau frottait contre la sienne et lui envoyait des ondes de désir. Après l'avoir posée sur le lit, il se releva afin de pouvoir la contempler à nouveau.

Il avait hâte de lui faire l'amour, de s'apaiser en elle avec des va-et-vient passionnés et profonds, et de l'entendre gémir son nom. Le plaisir pulsa dans ses veines à la pensée de tout ce qu'il aimerait lui faire. Tout ce qu'il avait l'intention de lui faire.

Après s'être recouvert d'un préservatif, il s'avança sur le lit et se positionna entre ses jambes. Mais, d'abord, il avait besoin de la goûter. Il commença par lui embrasser les seins, les trouvant d'une taille et d'une forme parfaites. Il adorait la façon dont ses mamelons réagissaient à ses caresses, et il enroula la langue autour. Puis sa bouche descendit plus bas et il lui lécha le ventre avant de s'attaquer à son nombril, tandis que ses doigts lui caressaient les seins.

Quand il descendit plus bas, traçant un chemin de feu avec la langue, il la sentit se tortiller sous sa bouche. Il déposa un baiser sur ses replis féminins avant de lever la tête pour rencontrer son regard.

— Détends-toi, chérie. J'adore toutes tes lèvres. Même celles-ci.

— Je ne peux pas en supporter davantage, murmura-t-elle en enfonçant les doigts dans ses épaules.

Gannon sourit avant d'enfouir la tête entre ses jambes et de glisser la langue en elle. Il s'activa, puis mordilla son clitoris et la goûta avec un appétit féroce.

— Gannon… Gannon…

Elle murmura son nom encore et encore tout en lui tenant la tête. Devant l'excitation croissante de Delphine, une onde de chaleur traversa ses reins. Son désir pour elle s'intensifia encore, et ses lèvres se retrouvèrent humides de sa moiteur. Quand elle cria, il se précipita sur sa bouche pour étouffer le son.

Il y avait une telle sensualité en elle que cela faisait ressortir tout ce qu'il y avait de masculin en lui. Il reconnut le moment exact où ses spasmes s'apaisèrent, et un désir fou et sauvage s'empara de son corps et son esprit.

Revenant entre ses jambes, il s'enfonça en elle, grisé par l'étroitesse de son sexe, leurs corps qui s'emboîtaient à la perfection et le lien créé entre eux. Son désir de la posséder de cette façon, de la remplir entièrement, ne pouvait plus être nié. Il baissa le regard vers elle et admira sa beauté. Les avertissements de ses frères étaient donc vrais. La flamme du désir qui s'était allumée entre eux dès le premier instant l'avait été pour une raison. Une puissante force masculine le parcourut et il entama son va-et-vient, avec un désir qui s'était construit en lui depuis le premier jour où il avait posé les yeux sur elle.

Alors qu'il s'enfonçait avec force en elle, la faisant sienne à chaque coup de reins, il l'entendait crier son nom encore et encore. Poussé vers l'inéluctable, il se força à reprendre le contrôle, voulant prolonger ce moment à l'infini.

Leur union fut un moment de fusion parfaite. Il voulait lui donner tout ce qu'il avait, car il savait qu'elle était la seule femme capable de lui faire éprouver tout cela. La seule. Chaque poussée était un plaisir partagé qu'il voulait faire durer éternellement. Soudain, il sentit une explosion de plaisir et, quand elle cria à nouveau son nom, il ne put la faire taire, car lui aussi criait son plaisir.

Il se pencha et captura sa bouche. Il avait besoin de son baiser, de son goût.

Écartant les lèvres de quelques centimètres, elle lui demanda :

— Est-ce que je t'ai convaincu ?

— Oui, ma chérie, tu m'as convaincu, répondit-il avec un grand sourire.

Delphine se blottit dans les bras de Gannon, complètement rassasiée et vidée de toute énergie. Elle n'avait encore jamais ressenti un sentiment de satisfaction pareil. Elle n'avait qu'à fermer les yeux pour se souvenir de tous ses orgasmes, alors qu'il la remplissait, ondulant de ses hanches dures contre les siennes et se perdant dans les affres de la passion. Plus le corps de Delphine tremblait et plus il accélérait. La chambre était calme à présent. Elle n'entendait que les bruits de leurs respirations se mêlant au faible bourdonnement de la télévision.

— Est-ce que ça va ?

Si seulement il savait à quel point. Il l'avait embrassée partout, l'avait goûtée, lui avait fait l'amour de la manière la plus érotique, puis ils étaient restés allongés, alanguis par l'amour, avant de recommencer. Elle avait crié son nom et il avait crié le sien. Oui, elle allait parfaitement bien.

Elle remua dans ses bras et le regarda.

— Oui, je vais bien. Et toi ?

— Je n'ai jamais été aussi bien. Maintenant dormons. Demain sera une longue journée de conduite. Nous devrions pouvoir arriver à Baton Rouge au soir et rattraper les quelques heures que nous avons perdues pendant la tempête. Dors.

Dormir ? Mais il ne lui avait pas demandé de s'habiller et retourner dans sa propre chambre.

— Tu veux que je reste ?

Il avait fermé les yeux, mais les rouvrit pour la regarder.

— Bien sûr que tu restes. J'adore t'avoir avec moi,

dit-il avant de l'embrasser sur le front. En fait, j'aimerais te demander quelque chose.

— Quoi donc ?

— Je t'avais dit qu'après avoir livré la cargaison à Jacksonville je prévoyais de te montrer l'océan Atlantique avant de me rendre à Miami pour une semaine. J'aimerais que tu m'y accompagnes.

Delphine sentit son cœur faire un bond dans sa poitrine. Elle se souvint qu'il avait mentionné ses plans.

— Tu m'invites à Miami ?

— Oui. Tu as dit que tu n'étais pas pressée de rentrer à Denver, non ?

— Oui, c'est vrai.

— J'aimerais te montrer l'Atlantique depuis Miami au lieu de Jacksonville. Je veux aussi me baigner avec toi et qu'on partage ça ensemble, Delphine.

Ses paroles la remplirent d'un degré de bonheur qu'elle n'avait pas ressenti depuis longtemps.

— Tu es sûr que tu n'es pas fatigué de ma compagnie ? lui demanda-t-elle, presque accablée de joie.

— Crois-moi, j'en suis certain. Comme je l'ai dit, j'adore t'avoir avec moi. Alors est-ce que tu veux bien m'accompagner à Miami ?

Delphine sourit. Elle savait qu'elle ne devait pas laisser ses paroles la toucher de cette façon, mais c'était plus fort qu'elle. Gannon voulait passer encore plus de temps avec elle, et ce qui était si incroyable c'était qu'elle aussi.

— Oui, je t'accompagne à Miami.

- 11 -

Deux jours plus tard, Gannon garait son camion dans les locaux de Duval Clothing Warehouse à Jacksonville. Jetant un coup d'œil à Delphine, il vit qu'elle dormait toujours, et ce depuis qu'ils avaient quitté Pensacola il y avait quelques heures. Tant mieux, elle avait besoin de repos, car il l'avait tenue éveillée une bonne partie de la nuit. En se remémorant de quelle façon, il ne put s'empêcher de sourire.

Se penchant vers elle, il la secoua doucement pour la réveiller, puis regarda ses yeux s'ouvrir lentement et un sourire de satisfaction apparaître sur ses lèvres à sa vue.

— On est arrivés ? demanda-t-elle d'une voix groggy, qui parut incroyablement sensuelle aux oreilles de Gannon.

— Oui, on y est.

Incapable de résister, il se pencha et embrassa ses lèvres qu'il adorait. Durant ces deux jours, il lui avait démontré de bien des façons à quel point il les aimait. Rien que d'y penser, son sexe se remit à durcir.

Chassant ces souvenirs érotiques de son esprit, il prit la planchette à pince au-dessus de sa tête. Ils étaient arrivés à la dernière étape de leur voyage et, grâce à elle, il en avait apprécié chaque instant. Dès que tout serait terminé, ils prendraient la direction de Miami, et il avait la ferme intention de rendre ce séjour inoubliable pour elle.

— J'ai loué une voiture qui doit probablement déjà

nous attendre ici. Je vais t'aider à descendre tes affaires de la cabine et tout charger dans la voiture.

Il la quitta pour s'occuper des dernières formalités et revint quelques instants plus tard pour transférer leurs affaires de la cabine au coffre de la voiture.

— Tu es sûr d'avoir envie de reprendre le volant jusqu'à Miami ?

— Certain, dit-il en s'installant à la place du conducteur. Je pense que nous pourrons faire un arrêt pour manger quelque chose à Daytona. Sauf si tu as faim tout de suite.

— Tu plaisantes, j'espère ? Après tout ce que nous avons pris au petit déjeuner ?

Ils avaient mangé dans un café à Pensacola, qui selon Gannon servait les meilleurs pancakes au monde. Gannon en avait même pris plus qu'il n'aurait dû, et pour une fois même Delphine avait vidé son assiette.

« Je ne le dis pas souvent, mais je suis rassasié, avait-il dit en souriant malicieusement.

— Incroyable ! »

Il avait éclaté de rire.

« Oui, vraiment. »

Ils quittaient l'entrepôt à présent et se dirigeaient vers l'autoroute. Gannon n'avait jamais été aussi heureux. Il avait toujours fui toute relation sérieuse avec les femmes, mais avec Delphine c'était différent. Ils s'entendaient sur tellement de choses, que ce soit sur l'oreiller ou ailleurs.

— Tu es sûr que tu ne veux pas que je conduise pour changer ?

Il la regarda et sentit une sensation de chaleur inédite se répandre en lui.

— Oui, je suis certain. Je veux que tu sois tout à fait reposée pour ce soir.

Delphine émit un rire léger.

— Hum… Mais peut-être que moi aussi j'aimerais que tu sois bien reposé ?

— Est-ce que tu insinuerais par hasard que je ne suis pas au meilleur de ma forme ? demanda-t-il avec un petit rire. J'ai bien peur de devoir te démontrer le contraire.

— On verra, dit Delphine avec un immense sourire.

— Tu as dit « on verra ». Alors c'est vu ?

En guise de réponse, Delphine passa les bras autour de son cou et se mit sur la pointe des pieds pour déposer un baiser sur ses lèvres.

— C'est tout simplement magnifique, Gannon, dit-elle en le regardant dans les yeux avant de tourner son attention vers l'océan.

En arrivant à Miami, Gannon s'était rendu directement à sa maison de plage. Il lui avait expliqué qu'elle avait appartenu à ses parents, et quand ils avaient décidé de la vendre il avait été le seul des frères à vouloir l'acheter. Cet endroit était empli de souvenirs précieux de ses étés d'enfance, et il avait voulu garder la maison afin de partager cela avec les enfants qu'il aurait un jour.

C'était la première fois qu'il parlait de fonder une famille. Bien sûr, il avait mentionné le sujet quand il lui avait demandé de l'accompagner ici, mais elle ne l'avait pas vraiment pris au sérieux, pensant qu'il s'agissait simplement d'un stratagème pour la convaincre de venir.

Être ici avec lui l'aidait à plusieurs niveaux, entre autres à comprendre qu'elle pouvait parfaitement avoir une relation avec un homme sans chercher quelque chose de durable. Elle ne voulait plus jamais donner son cœur. Liddell et son père lui avaient appris que les hommes ne connaissaient pas le sens du mot loyauté quand il s'agissait des femmes.

— J'adore cet endroit, Gannon. Je comprends maintenant pourquoi tu voulais rester une semaine ici.

Il lui sourit.

— Tu as aimé notre promenade sur la plage ?

Elle avait adoré. C'était la première chose qu'ils avaient faite en arrivant ici. Il avait ri de la voir courir vers l'eau et se mouiller les orteils. Cette partie de la plage était privée et réservée uniquement à leur usage.

— Je n'arrive pas à croire que tes parents t'aient vendu cet endroit.

— Seulement parce qu'ils ont acheté quelque chose de plus grand à quelques kilomètres d'ici. Un jour ils ont compris que leurs fils allaient se marier et qu'ils auraient des enfants, et ils voulaient quelque chose d'assez grand pour accueillir tout le monde.

— Et tes frères ? Est-ce qu'ils étaient fatigués de la plage ?

Il passa les bras autour de sa taille alors qu'ils se tenaient dans le patio donnant sur l'Atlantique.

— Non. Ils voulaient juste quelque chose de différent. Galen et Tyson ont des résidences sur Hilton-Head, Mercury aime le Golfe et a acheté une maison à Destin, en Floride. Eli n'arrivait pas à se décider et a choisi la Californie et les Keys, et Jonas a également trouvé un endroit à Destin.

Il se pencha et lui caressa le cou.

— Je pensais que nous pourrions aller au restaurant ce soir, si tu n'es pas fatiguée bien sûr. Nous aurons le reste de la semaine pour nous débrouiller seuls. Je ne cuisine pas beaucoup, mais j'aime bien faire des grillades.

Elle lui sourit.

— Ça me va.

Devant l'insistance de Gannon, Delphine avait fini

par accepter qu'ils s'y rendent à pied. Le propriétaire de l'établissement, M. Tyler, connaissait visiblement Gannon et il les installa dans une salle privée donnant sur l'Atlantique.

Gannon lui expliqua que sa famille venait souvent ici pendant les étés, et que lui et ses frères avaient grandi avec les deux fils et trois filles de M. Tyler, désormais associés dans l'entreprise familiale.

— Comment est la nourriture ? demanda Gannon.

— Délicieuse, mais je vais exploser. Rentrer à pied est finalement une excellente idée.

— C'est pour cette raison que je l'ai suggéré, dit-il en souriant avec malice.

Il la tint contre lui sur le chemin du retour, les bras passés autour de sa taille. Elle aimait la façon dont leurs corps s'épousaient et comme ils semblaient marcher à l'unisson. De temps en temps la main de Gannon descendait plus bas et lui pressait fermement les fesses. Cela ne la dérangeait pas, car il l'avait souvent fait durant ces trois derniers jours. Mieux valait ne pas penser aux marques qu'il avait dû y laisser.

Une fois devant la maison, il ouvrit la porte et la fit entrer rapidement. Elle comprit aussitôt pourquoi, quand il lui dit :

— Te voir manger ces huîtres m'a rendu pratiquement fou.

Delphine avait découvert qu'il ne fallait pas grand-chose à Gannon pour le rendre fou, dès qu'il s'agissait d'elle. Il semblait que le simple fait de la voir respirer l'excitait au plus haut point. Mais elle ne s'en plaignait absolument pas, bien au contraire. En fait, cela lui plaisait même beaucoup, bien qu'elle s'efforçât de garder la tête froide.

— Et que comptes-tu faire à ce sujet ? demanda-t-elle,

sachant pourtant que la dernière chose à faire était de le provoquer ou le narguer quand il était dans cet état.

Pendant ces trois jours à partager son lit, elle en avait beaucoup appris sur elle-même. Entre autres qu'elle adorait faire l'amour, et plus précisément faire l'amour avec Gannon.

— Tu sais pourtant où ça te mène de faire ça, dit-il en la coinçant contre la porte fermée.

— Faire quoi ? demanda-t-elle innocemment.

— Me donner envie de te montrer. Et ce qui se passe généralement, c'est que je finis par t'en montrer beaucoup trop, et je ne sais pas si tu es prête pour certaines choses.

Effectivement elle avait découvert que Gannon était un homme très imaginatif en amour. Jusqu'à présent, rien de ce qu'il avait fait ne l'avait choquée, bien au contraire.

— Je suis prête pour tout ce que tu me proposes, Gannon.

Elle le pensait sincèrement et voulait qu'il sache l'effet qu'il produisait sur elle. Il avait réussi à lui faire révéler son côté passionné, et elle ne pouvait empêcher son corps de lui répondre, même si elle le voulait.

— Dans ce cas…

Il la souleva du sol et l'appuya contre la porte.

— Qu'est-ce que tu fais ? demanda-t-elle à bout de souffle.

Son cœur battait à tout rompre et la zone entre ses jambes pulsait tout aussi furieusement. Gannon était un amant ardent et il faisait ressortir sa nature ardente à elle aussi.

Il avait réussi à baisser son short et sa culotte, ainsi que les siens. Elle voulut protester et lui dire qu'ils se comportaient comme des adolescents en rut, mais quand est-ce que Liddell s'était comporté de cette façon ? Malgré leur position hasardeuse contre la porte, Gannon réussit à lui retirer son haut et à libérer ses seins.

— Mais qu'est-ce que nous avons là ? dit-il d'une voix rauque.

— Comme si tu ne savais pas que je ne porte pas de soutien-gorge, dit-elle, avant de gémir quand il commença à lui lécher les lèvres.

— C'est vrai, je le savais.

Il fit alors disparaître un téton dans sa bouche et elle poussa un autre profond gémissement. Quand il commença à aspirer avec force, Delphine sentit toutes ses terminaisons nerveuses s'électriser.

— Gannon…

— Hum ?

Il s'attaqua à son second mamelon pour lui infliger la même torture, et elle fut incapable de répondre. Tout ce plaisir l'avait rendue complètement moite.

— Tu voulais quelque chose ?

Ses yeux verts plongés dans les siens étaient si intenses, et contenaient tant de promesses pour les instants à venir.

Sans lui laisser le temps de répondre, il lui souleva les hanches et l'inclina vers lui pour s'enfoncer d'un seul coup en elle, sans la quitter du regard.

Elle aurait voulu fermer les yeux, mais c'était impossible. C'était comme si le regard de Gannon exigeait qu'elle continue à le regarder tout en le sentant onduler en elle. Elle était transpercée, profondément captivée par la beauté de l'homme qui lui faisait l'amour. Alors qu'il était logé au plus profond d'elle, leurs regards demeurèrent verrouillés l'un à l'autre, tandis qu'il allait et venait entre ses jambes, avec une vigueur et une ardeur qui la faisaient frémir de la tête aux pieds.

— Tu n'as aucune idée de ce que tu me fais, Delphine, murmura-t-il d'une voix pleine d'émotion. Tu n'as aucune idée.

Il avait raison ; elle n'en avait aucune. Était-il vraiment persuadé qu'elle était différente des autres, ou était-ce une phrase toute faite qu'il ressortait à toutes les femmes ? Elle repoussa la question au fond de son esprit, refusant de laisser quoi que ce soit atténuer le plaisir qu'il lui faisait ressentir.

Avec Gannon Steele, elle se sentait totalement novice en matière d'amour. Il lui avait fait découvrir un degré de passion qu'elle pensait ne jamais pouvoir trouver ailleurs que dans les romans d'amour. Mais Gannon avait la capacité d'apporter toute la passion des pages d'un roman directement dans sa chambre.

Il fondit alors sur ses lèvres qu'il adulait tant, et comme toujours s'appliqua à lui démontrer à quel point il les aimait. Comment pouvait-il faire plusieurs choses à la fois ? L'embrasser tout en lui faisant ardemment l'amour ?

Soudain elle fut submergée par un intense frisson de plaisir. Elle chercha à serrer ses muscles intérieurs, mais la pulsation entre ses jambes s'intensifia, devenant presque douloureuse.

— Gannon, s'il te plaît…

Sachant parfaitement ce qu'elle voulait, il se détacha de ses lèvres et rejeta la tête en arrière en criant son nom, ce qui acheva de la précipiter dans les abîmes de l'extase et de la faire basculer dans un orgasme gigantesque. Elle resserra les jambes autour de lui quand elle le sentit exploser en elle, et comprit immédiatement qu'ils faisaient l'amour pour la première fois sans utiliser de préservatif. Elle vit clairement le moment où il s'en rendit compte lui aussi. Il ouvrit les yeux pour la regarder, et quand elle murmura qu'elle prenait la pilule il baissa la tête et l'embrassa.

Il continua à l'embrasser longtemps après la fin des derniers spasmes, alors que la vague de passion qui avait déferlé entre eux s'apaisait peu à peu. C'était comme s'ils avaient besoin de cette union de leurs bouches.

Quand il laissa enfin son corps glisser le long du sien et qu'elle reposa les pieds au sol, il la fixa avec une expression sérieuse.

— Je sais ce que tu as dit au sujet de la pilule, mais rien n'est sûr à cent pour cent. Si quelque chose devait arriver, tu me le diras, n'est-ce pas ?

Son regard intense la fit réfléchir. Ou était-ce de l'inquiétude à l'idée de mettre une femme enceinte ?

— Il ne se passera rien, Gannon, dit-elle pour le rassurer avant d'embrasser ses lèvres.

Gannon tourna la tête et vit que Delphine dormait encore. Ignorant le tressautement de son pénis à l'idée de lui refaire l'amour, il se détacha lentement d'elle et sortit du lit. En revenant de la salle de bains, il prit son short sur la chaise et l'enfila à la hâte. Un nouveau regard en direction de Delphine le fit hésiter à la rejoindre, mais il savait que ce ne serait pas une bonne idée. Il avait besoin de réfléchir.

Dehors la pleine lune semblait vouloir toucher l'océan. Une odeur iodée emplit ses narines, mais rien ne pouvait éclaircir son esprit sur ce qui s'était passé plus tôt. Pour la toute première fois, il avait fait l'amour à une femme sans utiliser de préservatif.

La prudence avait toujours été sa règle la plus fondamentale, quelle que fût la contraception que sa partenaire utilisait. Et il n'utilisait pas n'importe quel préservatif, mais une marque adaptée à sa taille et réputée pour sa solidité, car la dernière chose qu'il souhaitait c'était de voir un jour une femme frapper à sa porte pour lui annoncer qu'il était le père de son bébé.

Pourtant ce soir il avait tout oublié en faisant l'amour avec Delphine. La passion, le désir et le plaisir intense qu'il avait ressenti lui avaient fait oublier tout ce qu'il s'était juré de ne jamais faire. Et il avait aimé ça. Il avait même un peu trop aimé la sensation d'exploser en elle, au point que lorsqu'il l'avait portée dans la chambre il lui avait refait l'amour de la même façon – sans préservatif. Pourquoi se mettait-il soudain à agir de manière aussi imprudente ?

Il s'assit sur la chaise longue et observa l'océan. Tout en Delphine lui plaisait. Sa beauté, la manière dont elle l'observait à la dérobée, son odeur, la façon dont son corps le prenait en elle, et les gémissements ensorcelants qui s'échappaient de ses délicieuses lèvres juste avant de jouir.

Il aimait la toucher, partager sa plage et sa maison avec elle. Et il aimait la façon dont elle enroulait les jambes autour de sa taille chaque fois qu'il s'enfonçait en elle pour lui faire l'amour. Ses muscles intérieurs se resserraient alors fortement sur lui, tandis que son corps se cambrait contre le sien.

— Gannon ?

Il se retourna et la vit devant la porte, nue. Son regard la parcourut, s'attardant sur ses seins ronds et son ventre plat avant de s'abaisser à la jonction de ses cuisses. Son cœur se mit à battre plus vite de voir cette partie d'elle qui lui avait donné tant de plaisir durant ces derniers jours.

— Gannon ?

Il déglutit profondément.

— Oui, Delphine ?

— Quand je me suis réveillée, tu étais parti. Tu me manques.

— Ça peut facilement s'arranger, dit-il en s'avançant lentement vers elle.

Il la souleva dans ses bras et la ramena à l'intérieur, sachant qu'il était sur le point de jeter à nouveau sa prudence aux orties.

- 12 -

Delphine accéléra le rythme et tenta désespérément d'échapper à Gannon, qui voulait la jeter à l'eau. Durant ces trois derniers jours, ils s'étaient promenés sur la plage tous les après-midi, mais il n'avait pas encore réussi à la convaincre de nager avec lui. Aujourd'hui, il avait décidé d'employer des moyens plus musclés, et lui courait après.

Refusant de regarder par-dessus son épaule de peur que cela ne la ralentisse et qu'il ne la rattrape, elle continua de courir, même si c'était en cercles. Avec un peu de chance, il se fatiguerait avant elle, même si c'était peu probable, si elle se référait à son endurance durant l'amour…

— Je t'ai eue ! s'écria-t-il en roulant avec elle sur le sable.

Effectivement il l'avait eue, et ce depuis plusieurs jours. Non pas qu'elle s'en plaignît, bien au contraire. Gannon se dressait au-dessus d'elle et la fixait sans rien dire.

— J'espère que tu réalises que j'ai les cheveux pleins de sable maintenant, dit-elle, coincée sous lui.

Il baissa la tête vers ses lèvres.

— Je vais t'aider à les laver.

— Tu ferais ça ?

— Bien sûr.

La bouche de Gannon se rapprocha encore et elle comprit que toute résistance serait inutile. Mais cela ne la dérangeait pas, car il s'agissait de lui. Elle aimait tout ce qui venait de lui… peut-être parce qu'elle avait fait la seule chose qu'elle s'était juré de ne plus jamais faire.

Elle était tombée amoureuse.

Gannon glissa les mains sous son T-shirt pour lui caresser les seins. Heureusement, ils étaient sur une plage privée. Elle savait ce qu'il allait faire et elle savait qu'elle le laisserait faire. Gannon avait le don de briser ses défenses et de la priver de tout bon sens. Sinon, comment expliquer qu'elle soit tombée amoureuse de lui en faisant fi de toute prudence ? Alors qu'elle savait qu'elle n'était absolument pas sa destinée, et qu'elle était persuadée qu'il le savait lui aussi.

Elle pensait qu'il attendait l'instant propice pour le lui annoncer, lui dire qu'ils avaient passé de merveilleux moments ensemble, mais qu'elle ne différait pas des autres femmes avec qui il était sorti. L'alchimie sexuelle entre eux était peut-être forte, mais il n'y avait rien de plus. Dommage qu'il lui ait fallu tout un voyage pour le découvrir.

En ce qui la concernait, elle considérerait toujours cette semaine comme la plus belle aventure de sa vie. C'était ce dont elle avait besoin et il le lui avait offert. Elle partirait d'ici lundi en sachant qu'elle l'aimait et que son amour n'était pas réciproque. Mais durant toute une semaine ils auraient été ensemble.

— Je veux te faire l'amour, Delphine. Ici. Maintenant. Sur ma plage. Et chaque fois que je reviendrai ici je m'en souviendrai.

Chaque fois qu'*il* reviendrait ici… Pas à chaque fois qu'*ils* reviendraient… Était-ce sa façon de lui faire comprendre qu'il n'y aurait pas de « *ils* » dans son avenir ? Qu'elle ne reviendrait pas ici avec lui ? Le message lui parut clair.

Gannon lui fit l'amour avec passion, sous un magnifique

ciel bleu, sur la plage. Ensuite, il la porta à l'intérieur pour qu'ils prennent une douche ensemble. Fidèle à sa parole, il l'aida à se laver les cheveux, ainsi que le corps, puis lui refit l'amour.

Il la tint contre lui durant la nuit. Mais Delphine ne cessa de se tourner et se retourner dans son sommeil, au point qu'il finit par la réveiller pour lui demander si elle allait bien. Comment lui dire que ce n'était pas le cas, et qu'elle ne pouvait aller bien sachant que d'ici à lundi il lui annoncerait que tout était fini ? Au lieu de répondre, elle avait demandé qu'il lui refasse l'amour.

— Ça va, Delphine ? lui demanda-t-il le lendemain matin au réveil.

Il était déjà près de 10 heures et ils avaient décidé de faire une journée farniente et repos.

— Tout à fait. J'ai juste beaucoup de choses en tête, dit-elle. Ne t'inquiète pas.

Elle déposa un baiser sur ses lèvres et se leva pour aller aux toilettes. C'est alors qu'elle entendit la sonnerie de son téléphone. Elle remarqua que la musique était différente de l'habituelle : c'était l'air d'une jolie chanson d'amour.

Au lieu de refuser l'appel, comme il le faisait généralement avec les autres, il décrocha et elle l'entendit parler :

— Bonjour, ma jolie. Si tu appelles pour savoir si tu me manques, la réponse est oui, et j'ai hâte de rentrer à Phoenix pour te voir.

Le cœur de Delphine s'effondra. Elle avait toujours su qu'il finirait par lui annoncer qu'elle n'était pas sa destinée, mais elle ne s'était pas attendue à ce qu'il planifie sa prochaine relation à l'avance. Pourquoi ne pouvait-il pas au moins attendre qu'elle soit partie pour faire ce genre de plans ? Il ne leur restait pourtant que trois jours ensemble.

Elle prit plusieurs profondes inspirations en entrant dans la salle de bains et referma la porte derrière elle en repoussant ses larmes. Son cœur lui parut se briser en un million de morceaux. Elle se souvint alors de quelque chose qu'elle avait commodément oublié.

Il lui avait dit lors de leur première rencontre qu'elle lui rappelait quelqu'un. Était-ce cette même personne qui l'appelait ? Est-ce qu'il fantasmait sur son sosie pendant tout ce temps qu'il avait passé avec elle ?

Mais il était hors de question qu'elle lui parle de ce qu'elle venait d'entendre. Que lui avait-il dit il y a quelques jours, quand ils étaient sur la route ? Il l'avait à peu près accusée de se sauver chaque fois qu'il était question d'une femme. Il avait probablement raison, mais elle ne referait plus cette erreur. Elle refusait de laisser un homme déclarer qu'elle n'était pas digne, en choisissant quelqu'un d'autre à la place.

— Tu es sûre que ça va, Delphine ? demanda à nouveau Gannon.

Il était inquiet pour elle. Elle avait eu un sommeil très agité la veille, et aujourd'hui elle semblait renfermée sur elle-même. Il n'arrêtait pas de lui demander ce qui n'allait pas, mais elle refusait de répondre. Pourtant il voyait bien que quelque chose la tracassait. Le premier anniversaire de la mort de sa mère était dimanche, et c'était aussi la fête des Mères. C'était peut-être ça.

— Je vais bien, Gannon, mais il y a quelque chose que je dois te dire, déclara-t-elle en le regardant depuis l'autre côté de la table.

Il avait fait griller des steaks, qu'ils avaient décidé de manger sur la terrasse.

— De quoi s'agit-il ?

— Je pars demain.

Il fronça les sourcils, certain d'avoir mal entendu.

— Excuse-moi ? Tu viens de dire que tu pars demain ?

— Oui, répondit-elle simplement.

Juste un « oui » et rien de plus. Et, ce qui le dérangeait plus que tout, c'était qu'elle regardait la nourriture dans son assiette au lieu de lui.

— Je pensais que tu avais accepté de rester jusqu'à lundi.

— Il n'y avait rien de sûr.

Non effectivement, songea-t-il avec colère. Mais comment avait-elle pu ne pas deviner qu'ils partiraient ensemble lundi… une fois qu'il lui aurait dit ce qu'il ressentait ?

Autrement dit : qu'il était tombé amoureux d'elle.

— Pourquoi, Delphine ? Pourquoi pars-tu ?

Elle leva la tête pour le regarder franchement.

— Il est temps pour moi de rentrer à la maison.

Il soutint son regard.

— Ta maison est donc prête ?

— Non.

— Est-ce que ta présence à Denver est indispensable pour une raison ou une autre ?

Elle secoua la tête.

— Non.

— Alors pourquoi veux-tu partir ?

— C'est comme ça.

En ce qui le concernait, cette réponse était loin de lui suffire.

— Est-ce que ça a quelque chose à voir avec ta mère ?

— Ma mère ?

— Oui. Je sais que l'anniversaire de sa mort tombe dimanche. Est-ce que c'est ça ? C'est ça qui te préoccupe ?

Delphine garda le silence pendant un long moment

avant de détourner le regard. Il attendit. Puis elle le regarda à nouveau et répondit :

— Oui, ça a quelque chose à voir avec ma mère.

Il lui prit alors la main à travers la table.

— Alors laisse-moi t'aider à surmonter ça, Delphine. Laisse-moi…

— Non. Je ne veux pas que tu m'aides, Gannon. Je veux gérer ça toute seule. Je n'ai pas besoin de ton aide.

Ses paroles lui firent l'effet d'une gifle. Pourquoi agissait-elle de cette façon ? Il essayait de la soutenir et elle refusait son aide. Pourquoi est-ce qu'elle le rejetait ?

— D'ailleurs tu n'es pas obligé de m'emmener à l'aéroport. J'ai déjà réservé un Uber. La voiture arrivera vers 8 heures.

Il la regarda fixement, essayant de contenir sa colère. Il pouvait comprendre qu'elle soit bouleversée par la mort de sa mère. Il pouvait même comprendre qu'elle veuille être seule. Mais il y avait quelque chose appelé « la considération » et elle en manquait cruellement en ce moment en changeant ses plans à la dernière minute. Elle affirmait non seulement vouloir partir, mais qu'en plus elle avait prévu un Uber ?

— Je vais faire un tour sur la plage, dit-il en se levant.

D'habitude, ils marchaient ensemble, mais il avait besoin d'être seul. Elle semblait le repousser intentionnellement et il ne comprenait pas pourquoi. Il voulait être auprès d'elle et l'aider à traverser cette période difficile, mais elle refusait de lui laisser la moindre chance.

Peut-être qu'il était temps de lui déclarer sa flamme et lui annoncer qu'il était amoureux d'elle ? Il voulut soudain la prendre dans ses bras pour lui dire à quel point il l'aimait et lui assurer qu'elle n'aurait plus jamais à être seule, parce qu'elle était sa destinée, qu'elle était la seule femme qu'il voulait revendiquer, et avec qui partager sa vie.

— En fait, je pense que ce serait mieux que je parte ce soir.

Il la regarda, choqué.

— Ce soir ?

— Oui. Pourquoi attendre demain matin ? Je peux prendre une chambre dans un hôtel proche de l'aéroport et…

— Qu'est-ce qui t'arrive, Delphine ? Pourquoi es-tu si pressée de partir ? Je pensais que tu voudrais…

— Quoi ? Faire l'amour une dernière fois pour la route ? Je ne préfère pas.

Il entendit le venin dans son ton et n'en comprit pas la raison.

— Parle-moi, Delphine. Que se passe-t-il ? Pourquoi est-ce que tu me rejettes ? J'irais même à Denver avec toi et…

— Non, dit-elle en se levant également. Je n'ai pas besoin que tu viennes, et je ne veux pas que tu fasses quoi que ce soit pour moi, Gannon. Rien du tout. J'ai apprécié cette semaine passée avec toi, mais c'est fini et je veux rentrer chez moi.

— Très bien, comme tu voudras. Je vais marcher un peu, dit-il sèchement.

Il marcha une heure de plus que d'habitude, essayant de comprendre ce qui se passait avec Delphine. Il était hors de question qu'elle le rejette ainsi. Pas question.

Il retourna à la maison avec l'intention de discuter avec elle. Il allait lui dire qu'il avait besoin d'elle, car elle était sa destinée, la femme faite pour partager sa vie. Il l'aimait et il serait toujours là pour elle. Peu importaient les circonstances.

Il sut que quelque chose n'allait pas au moment où il entra dans la maison. Il vérifia dans la chambre et vit le mot qu'elle avait posé sur l'oreiller.

Merci pour tout, Gannon, mais il est temps pour moi de partir. Je te souhaite le meilleur. Delphine.

Gannon écrasa le papier dans sa main, envahi par la colère. Elle lui souhaitait le meilleur… Elle n'avait même pas pu attendre qu'il lui dise au revoir ? Qui agissait de la sorte ?

Décidant d'aller nager, il sortit un maillot de bain du tiroir, avec l'intention de noyer son chagrin.

- 13 -

— Alors voilà, Mandy, conclut Delphine en discutant avec sa meilleure amie. Je suis partie sans lui dire au revoir. Du moins, pas en personne. J'ai laissé un mot.

— Lâche.

— Pense ce que tu veux. Je n'aurais pas pu rester et lui dire au revoir sans pleurer comme une madeleine, et je refuse de pleurer à nouveau pour un homme.

— Pourtant, ça fait une semaine et tu le pleures, et ne dis pas que c'est faux, parce que je peux l'entendre dans ta voix. Tu aurais dû m'appeler.

— Je t'ai déjà expliqué pourquoi je n'avais pas appelé. J'avais besoin de temps pour réfléchir.

Une fois de retour à Denver, sachant que sa maison n'était pas encore prête, elle avait pris une chambre à l'hôtel, et n'avait dit à personne qu'elle était rentrée. Elle voulait du temps pour se ressaisir, mais tout ce qu'elle avait fait pendant ces sept jours avait été de pleurer encore plus.

Elle s'était rendue au cimetière le jour de la fête des Mères, le premier anniversaire de la mort de sa mère, pour déposer des fleurs sur sa tombe. Au moins, elle avait tenu sa promesse de donner une autre chance à l'amour. Elle était de nouveau tombée amoureuse, mais malheureusement l'homme qu'elle aimait ne l'aimait pas en retour.

— Peu importe si je pleure et depuis combien de

temps, tant que Gannon ne le sait pas, dit Delphine en reniflant. Je refuse de faire savoir à un autre homme qu'il m'a brisé le cœur.

Mandy resta silencieuse pendant une minute.

— Peut-être que tu aurais dû l'interroger sur cet appel, Del.

— Quelle importance ? Gannon a le droit de parler à qui il veut. Je n'avais aucun droit sur lui.

Delphine prit une profonde inspiration. Gannon ne l'avait pas contactée, mais elle s'y était attendue Il était sûrement retourné à Phoenix rejoindre la femme qui l'avait appelé. Il ne se souvenait d'ailleurs probablement même plus de l'existence de Delphine à présent qu'il était retourné auprès d'elle, qui qu'elle soit.

La seule chose que Delphine avait décidé de ne pas partager avec Mandy, c'était qu'elle avait un retard de règles. Il ne manquerait plus qu'elle soit enceinte. Elle prenait la pilule, donc normalement ce n'était rien d'autre qu'une fausse alerte, mais si ce n'était pas le cas ? Et si elle portait l'enfant de Gannon ? Il était encore trop tôt pour le dire, mais elle préférait ne pas envisager cette possibilité.

— As-tu besoin que je vienne, Del ?

— Non, je vais bien.

Voulant changer de sujet, elle ajouta :

— La maison est superbe, au fait. Merci de t'être occupée de tout.

— Qu'as-tu prévu aujourd'hui ?

— Rien. Je vais simplement me détendre et profiter de mes nouveaux sols.

Après avoir raccroché, Delphine s'essuya les yeux. Elle avait surmonté Liddell et elle avait l'intention de surmonter Gannon également.

— J'ai entendu dire que tu étais de mauvaise humeur.

Gannon jeta un coup d'œil à Mercury. Lui et sa femme, Sloan, étaient revenus de leur lune de miel quelques jours auparavant. On était jeudi soir et, comme d'habitude, tous s'étaient réunis chez les parents. Les femmes étaient à la cuisine pour aider sa mère, et ses frères, ceux qui avaient eu le bon sens de laisser Gannon seul, étaient dans la tanière de leur père à regarder un match de base-ball avec lui. Ses frères avaient correctement informé Mercury : Gannon n'était pas de bonne humeur et ce depuis deux semaines.

— Et alors ? demanda Gannon.

— Tu veux en parler ?

— Non.

C'était une réponse simple et concise.

— Je pense que tu devrais.

Gannon se frotta le menton et fixa son frère.

— Tu es marié depuis trois semaines et tu penses être expert en relations de couple maintenant ?

— Non, mais ce que je sais c'est que si tu n'étais pas venu me voir au bureau ce jour-là, pour me suggérer de me décider concernant Sloan, je n'aurais peut-être pas vécu les trois meilleures semaines de ma vie. Je ne t'ai jamais remercié pour ça et je ne veux pas que tu commettes la même erreur que moi, Gannon.

Gannon ne dit rien et prit une gorgée de bière. Il regarda alors son frère et lui répondit :

— Il est peut-être trop tard pour moi, Mercury.

— Qu'est-ce que tu as fait ?

Gannon haussa les épaules.

— Pour autant que je sache, je n'ai rien fait. Du moins, elle ne m'a rien reproché.

Il raconta ensuite à son frère ce dont il se souvenait. La

nuit agitée de Delphine, la façon dont elle avait soudainement commencé à le rejeter et sa précipitation à partir.

— Et tu penses que tout est lié à l'anniversaire de la mort de sa mère ? demanda Mercury.

— Je le pense.

Mercury secoua la tête.

— C'est une triste année pour elle. Mais pourquoi te rejeter alors que tu voulais être auprès d'elle ? Tu lui as bien dit qu'elle était ton âme sœur ? Ta destinée ?

Gannon se passa une main sur le visage.

— Non, je n'en ai pas eu la possibilité. Elle était partie avant même que je puisse lui en parler.

Mercury le fixa un instant.

— Laisse-moi reformuler tout ça. Tu as convaincu une femme de partir en voyage avec toi, pour mieux la connaître, car il y avait une chance qu'elle soit ton âme sœur. Et quand tu as compris que c'était le cas tu ne lui as rien dit ?

— Comme je l'ai dit, elle était partie avant ça.

Mercury le fusilla du regard.

— Ça fait presque deux semaines, non ? Alors qu'est-ce que tu attends ? Tu connais le chemin de Denver.

— Oui, je connais le chemin de Denver, crétin, mais…

— Mais quoi ?

Gannon prit une autre gorgée de bière, avant de répondre.

— Elle est partie. Et si elle ne ressentait pas la même chose pour moi ? Et si elle…

— Et alors ? l'interrompit Mercury. C'est la femme de ta vie, non ? Celle que tu aimes ?

— Oui, je l'aime.

Gannon n'avait pas réalisé à quel point il aimait Delphine avant de l'exprimer à haute voix. Il l'aimait vraiment.

— Alors arrête d'avoir peur qu'elle te dise non, et va

la retrouver. Penses-tu que nos épouses nous ont facilité les choses ? Si j'étais toi, je lui dirais ce que je ressens.

— Tu es enceinte ?

Delphine s'assit au bord de son lit. Le test de grossesse qu'elle avait fait venait de lui confirmer ses soupçons.

— Oui, Mandy, je suis enceinte, dit-elle, partagée entre plusieurs émotions, dont le bonheur et la peur en tête de liste. Je m'en suis doutée il y a deux semaines, mais je voulais attendre de faire un test.

— Vas-tu contacter Gannon Steele et le prévenir ?

La jeune femme se mordilla la lèvre inférieure. Que faire ? À part qu'elle allait avoir un bébé, elle n'était sûre de rien pour le moment. Elle se sentait tellement dépassée. Mais elle se souvenait des paroles de Gannon quand la possibilité d'une grossesse avait été évoquée. Il voulait être informé.

— Il a le droit de le savoir et je lui dirai. Mais je ne sais pas quand.

Elle ne cessait de se demander comment elle avait pu tomber enceinte en prenant la pilule. Gannon l'avait prévenue que rien n'était sûr à cent pour cent, et il avait raison.

— Eh bien, je suis heureuse pour toi, et je sais que tu feras une mère merveilleuse.

Delphine en avait bien l'intention. Elle voulait être la meilleure mère pour son enfant, tout comme sa mère l'avait été pour elle.

— Merci, Mandy. Et tu feras une excellente marraine.

Le cri de sa meilleure amie lui transperça presque les tympans. Delphine se mit à rire.

— Allez, quoi. Tu pensais que j'allais te laisser sur

la touche ? Avec tes deux enfants, dont je suis la fière marraine, tu es la candidate toute désignée.

Plus tard dans la journée, après avoir préparé une quantité astronomique de nourriture, comme chaque fois qu'elle était stressée, Delphine prit une douche. Elle avait tendance à beaucoup cuisiner quand elle était préoccupée, et de savoir qu'elle portait le bébé de Gannon l'avait complètement bouleversée. Elle essaya de penser positivement à la situation : sa mère était une mère célibataire et avait fait de l'excellent travail en l'élevant. Elle ferait de même pour son enfant.

Après sa douche, elle enfila un short et un haut, prit un livre et venait de s'installer confortablement dans l'ancien fauteuil préféré de sa mère, quand la sonnette retentit. Surprise, elle jeta un coup d'œil à l'horloge murale et vit qu'il était 18 heures : l'heure de dîner pour la plupart des gens.

Elle alla à la porte et eut le souffle coupé en regardant par le judas. Gannon se tenait sous son porche, et il lui rendait son regard, comme s'il savait qu'elle le fixait.

Elle recula rapidement. Que faisait-il ici ? Comment savait-il où elle habitait ? Pourquoi venir ici alors qu'elle n'avait aucune nouvelle depuis près de trois semaines ? Il ne pouvait pas être au courant de sa grossesse puisqu'elle venait de la découvrir aujourd'hui. Mais et s'il s'en doutait ? Et qu'est-ce qui se passerait si… ?

Il sonna à nouveau et elle sursauta. Prenant une profonde inspiration, elle ouvrit la porte. Pendant un long moment, ils restèrent là à se fixer. Si les choses avaient été différentes, elle se serait précipitée dans ses bras, car elle avait tellement besoin de son réconfort et de ses baisers.

Mais les choses étaient ce qu'elles étaient.

— Que fais-tu ici, Gannon ?

— Je pense que la raison de ma présence ici est évidente, Delphine.

Elle fronça les sourcils, ne voyant rien d'évident à sa présence ici. En effet, comment pouvait-il savoir qu'elle était enceinte ?

— Figure-toi qu'elle n'est pas si évidente que ça pour moi, et comment connais-tu mon adresse ?

Il haussa les épaules.

— Te trouver n'a pas été difficile. Est-ce que tu essayais de te cacher ?

— Bien sûr que non.

— Alors tu m'invites à entrer ? Il y a plusieurs choses dont je veux te parler.

Elle vit alors le rideau de Mlle Anna remuer, ce qui signifiait que la vieille dame d'en face était curieuse de savoir à qui appartenait la voiture garée dans la cour de Delphine, et qui était l'homme devant sa porte, qu'elle n'avait pas encore invité à franchir le seuil.

— Entre, Gannon, dit-elle en se poussant pour le laisser passer.

Gannon trouva Delphine magnifique. S'il avait eu le moindre doute sur son amour jusque-là, c'était à présent effacé. Mais il n'y avait jamais eu le moindre doute. Plus il pensait à ses sentiments, plus il était convaincu d'être tombé amoureux à l'instant où il l'avait vue pour la première fois dans le hall de l'hôtel.

Elle sentait bon. Il avait reconnu son odeur au moment où elle avait ouvert la porte. C'était ce même parfum dont il se souvenait chaque fois qu'il se réveillait. Il réalisait à présent à quel point elle lui avait manqué.

Après avoir refermé la porte, elle se tourna pour lui faire face.

— Alors qu'est-ce que tu as à dire ?

— Beaucoup de choses, répondit-il en croisant les bras sur son torse. Mais d'abord je veux que tu saches que tu ne te débarrasseras pas de moi aussi facilement.

Elle haussa un sourcil.

— De quoi est-ce que tu parles ?

— Je parle de la façon dont tu m'as délibérément rejeté. Tu ne m'as pas laissé être à tes côtés pour t'aider à affronter l'anniversaire de la mort de ta mère. Je voulais être là pour toi.

— Ben voyons.

Il la dévisagea, certain d'avoir mal entendu.

— Tu veux dire que tu ne me crois pas ?

— Pourquoi le devrais-je ? Soyons honnêtes l'un envers l'autre, Gannon. Tu as eu ce que tu voulais. Je sais que tu as menti au sujet de cette histoire de destin. C'était juste un moyen pour me convaincre de partir avec toi. Tu as dit la première nuit de notre rencontre que je te rappelais quelqu'un, et tu m'as probablement emmenée en Floride pour prétendre que j'étais elle.

De quoi diable parlait-elle ?

— Qu'est-ce que tu racontes ? Qui es-tu censée me rappeler ?

— Aucune idée. La première nuit où nous nous sommes rencontrés, tu as dit que je te rappelais quelqu'un.

Gannon laissa retomber ses bras en se remémorant l'excuse qu'il avait trouvée quand elle l'avait surpris à la fixer. Mais ils en parleraient plus tard. Pour le moment, il était concentré sur l'autre chose dont elle l'avait accusé : mentir sur le fait qu'elle était sa destinée.

— Veux-tu bien me dire pourquoi tu penses que j'ai menti ?

— Je t'ai entendu au téléphone avec cette femme, Gannon. J'ai entendu ce que tu lui as dit.

Gannon fronça les sourcils. Quelle femme ? se demanda-t-il en cherchant dans sa mémoire. Il était certain de n'avoir répondu à aucun appel de ses anciennes conquêtes pendant son séjour avec Delphine.

— Des femmes m'ont peut-être appelé, mais je n'ai pas répondu une seule fois.

— Si, affirma-t-elle en croisant les bras sur sa poitrine et levant le menton d'un air de défi.

— Non.

Il étudia son visage et vit l'intensité de ses yeux. Il vit autre chose également : la douleur.

— Je pense que nous devons parler, Delphine.

— Nous parlons.

— Non, tu m'accuses d'avoir fait quelque chose que je n'ai pas fait.

Elle le fusilla du regard.

— Je t'ai entendu.

Gannon commençait à comprendre que la raison de ce départ soudain n'avait finalement rien à voir avec la mort de sa mère.

— Qu'as-tu entendu exactement, Delphine ?

Elle hésita un instant avant de répondre :

— J'ai entendu ton téléphone sonner. La première chose que j'ai remarquée, c'est que la sonnerie était différente. Ensuite, quand tu as décroché, tu l'as appelée « ma jolie » et tu lui as dit qu'elle te manquait et que tu avais hâte de retourner à Phoenix pour la revoir.

Gannon la regarda fixement, et vit la douleur sur ses traits alors qu'elle lui expliquait ce qu'elle avait entendu.

— Si je comprends bien, tu as cru que pendant que

j'étais avec toi je faisais des plans pour coucher avec une autre dès mon retour à Phoenix ?

Elle leva le menton.

— Oui. Je sais ce que j'ai entendu, Gannon.

— Tu sais uniquement ce que tu penses avoir entendu, Delphine. J'essaye vraiment de ne pas partir en claquant la porte à cause de tes accusations, et je ne le ferai pas.

Sous le regard de Delphine, il sortit alors son téléphone de sa poche arrière et appuya sur une touche.

— Rappelle-moi s'il te plaît.

Il raccrocha et, quelques secondes plus tard, son téléphone émit la même sonnerie dont Delphine parlait. Il décrocha et mit le haut-parleur.

— Merci de me rappeler, fit-il.

— Aucun problème, bébé. Que se passe-t-il ?

Delphine fronça les sourcils, se demandant ce que Gannon essayait de prouver. C'était la même sonnerie et c'était bien une femme. Une femme qui avait, selon l'avis de Delphine, une voix très sexy.

Elle était sur le point de lui demander de quitter sa maison, lorsque les mots suivants de Gannon l'arrêtèrent.

— Je suis à Denver avec la femme dont je suis amoureux. Mais il semble que ta sonnerie ait créé des problèmes, maman.

Maman ? Venait-il d'appeler la femme à la voix sexy « maman » ? Delphine était certaine d'avoir mal entendu. Et venait-il de surcroît de reconnaître qu'il l'aimait ?

Gannon avait manifestement deviné ses pensées.

— Tu as bien entendu, Delphine.

— Bonjour, Delphine, dit la femme – la mère de Gannon.

Delphine déglutit avant de saluer la femme, les bras ballants.

— Bonjour, madame Steele.

— Gannon nous a beaucoup parlé de vous et nous avons hâte de vous rencontrer.

Puis elle demanda :

— Alors, quel est le problème avec ma sonnerie ?

— Rien que Delphine et moi ne puissions régler, répondit-il en continuant de fixer la jeune femme de son regard vert intense.

— Je l'espère aussi, déclara Eden Tyson Steele.

— Au revoir, maman.

— Au revoir, bébé. Au revoir, Delphine.

— Au revoir, madame Steele.

Gannon raccrocha et remit le téléphone dans sa poche.

— Qu'as-tu à dire maintenant, Delphine ?

— Mais la sonnerie…

Il haussa les épaules.

— C'était le choix de ma mère. Elle a attribué à chacun de ses fils une sonnerie différente. Celle-ci est la mienne parce que je suis le plus jeune et qu'elle pense que je serai toujours son bébé.

— Oh ! fit Delphine, avant d'ajouter : Tu l'appelles ma jolie. Qui appelle sa mère « ma jolie » ?

Il enfouit avec nonchalance les mains dans ses poches.

— Je le fais parce qu'elle est belle. Et je lui ai dit qu'elle me manquait parce qu'elle me manquait, et que j'avais hâte de retourner à Phoenix pour la revoir.

Delphine leva les mains au ciel de frustration.

— Comment pouvais-je deviner que c'était ta mère ?

— Il aurait suffi que tu me demandes au lieu de sauter sur de fausses conclusions. Je me souviens t'avoir fait remarquer que tu as tendance à prendre la fuite chaque fois que tu te sens menacée par une femme. Cette fois, la femme était ma mère, mais j'ai le sentiment qu'il n'y a pas que ça. Alors veux-tu bien m'expliquer ?

La tête de Delphine se mit à tourner mais, avant de pouvoir répondre à sa question, elle avait besoin qu'il lui confirme ce qu'elle venait d'entendre.

— Tu m'aimes vraiment ?

Il se rapprocha de quelques pas.

— Oui, je t'aime vraiment. Et je t'ai dit la vérité quand je t'ai demandé de m'accompagner. Ce n'était pas une phrase toute faite.

— Mais… et la femme que je te rappelle alors ?

— Tu ne me rappelles personne. J'ai inventé ça pour justifier le fait que je n'arrêtais pas de te fixer. Laisse-moi te redire que tu ne me rappelles personne d'autre que toi : la femme dont je suis amoureux.

Les yeux de Delphine se remplirent de larmes.

— Mais tu ne m'avais jamais dit que tu m'aimais.

— J'avais prévu de le faire. J'avais décidé pendant ma promenade sur la plage de te le dire, mais tu étais partie. Sans prendre la peine de me dire au revoir.

Elle essuya les larmes qu'elle ne pouvait plus empêcher de couler.

— Je ne pouvais pas rester pour te dire au revoir.

— Et pourquoi pas ? demanda-t-il en tendant la main pour essuyer une larme échappée.

— Parce que je ne voulais pas partir… Parce que j'étais amoureuse de toi, moi aussi, dit-elle d'une voix brisée.

— Oh ! ma chérie.

Gannon la prit dans ses bras et la porta sur le canapé. Il s'assit et la posa sur ses genoux, puis captura sa bouche et commença à l'embrasser comme Delphine en rêvait depuis tout ce temps. Un baiser qu'elle pensait ne plus jamais revivre et qui faisait battre son cœur à tout rompre. Quand il intensifia son baiser, elle sentit son sang pulser dans ses veines et crut que son pouls allait prendre feu.

Il finit par la relâcher, et la serra dans ses bras. Puis, il la regarda et lui leva le menton.

— Je t'aime, Delphine.

— Je t'aime, Gannon.

Il l'embrassa à nouveau, plus passionnément que jamais, et elle le sentit se lever.

— De quel côté, mon cœur ?

Elle comprit aussitôt la question.

— Au bout du couloir à droite.

Gannon posa Delphine sur le lit tout habillée, et la rejoignit. Ils avaient encore besoin de parler. Venir jusqu'ici pour la retrouver, lui avouer son amour et entendre qu'elle l'aimait elle aussi… tout ça était des premières pour lui, et il fallait qu'elle le sache.

Il la prit dans ses bras.

— Dis-moi, Delphine. Pourquoi te laisses-tu intimider par d'autres femmes ? Quand un homme dit à une femme qu'il l'aime…

— Il peut tout aussi bien changer d'avis. Liddell m'a dit qu'il m'aimait et m'a demandé de l'épouser. Je l'ai cru et j'ai dit oui, mais tu connais la suite.

Oui, elle lui avait expliqué.

— Et puis mon père a quitté ma mère pour une autre femme et nous n'avons plus eu de nouvelles de lui depuis. Je ne sais même pas s'il est encore en vie.

— Et, à cause de ces deux expériences, tu penses que si je te demandais en mariage je finirais par annuler ou te quitter ?

Elle détourna le regard.

— Je ne veux pas me dire des choses pareilles.

Il tendit la main et lui prit le menton pour ramener son regard vers le sien.

— Alors ne le fais pas. Crois ce que je te dis, Delphine. Je te demande de ne pas me comparer à ton ex-fiancé ou à ton père. Il n'y a pas d'excuse pour ce qu'ils ont fait. Je t'aime. Je te veux pour femme, pour mère de mes enfants et pour partenaire à vie. Veux-tu m'épouser ?

Elle s'appuya contre lui et le regarda dans les yeux.

— L'une des choses que tu viens de citer est déjà en route.

— Que veux-tu dire ? demanda-t-il, étonné.

Elle quitta ses bras et se précipita hors du lit.

— Je dois te montrer quelque chose.

Et, sans laisser à Gannon le temps de répondre, elle quitta la chambre pour revenir un instant plus tard en tenant une boîte.

— Il faut que tu regardes ça, dit-elle en lui tendant la boîte.

Il étudia l'objet et la regarda.

— Un test de grossesse ?

En la voyant hocher la tête, il ajouta :

— Est-ce que ça signifie… ?

Elle hocha à nouveau la tête.

— Nous allons avoir un bébé ? dit-il avec un énorme sourire.

— Oui. Je ne sais pas pourquoi la pilule n'a pas fonctionné.

Gannon ne pouvait contenir son bonheur et son excitation.

Elle hocha la tête pour la troisième fois et il la prit dans ses bras.

— Veux-tu m'épouser, Delphine, et croire que je ferai

un bon père pour notre enfant et que je t'aimerai pour toujours ? Veux-tu me faire confiance ?

Elle sourit de bonheur.

— Oui, je vais t'épouser et j'ai confiance en toi.

Et puis il l'attira contre lui et l'embrassa à nouveau.

Épilogue

Delphine souriait en dansant avec son mari. C'était leur première danse en tant que couple marié et elle avait le sentiment que ça ne serait pas la dernière.

Elle avait un époux merveilleux, qui possédait une famille merveilleuse. Aujourd'hui, elle venait de rencontrer les Westmoreland, ses cousins de Charlotte, en Caroline du Nord, qui étaient une autre branche de la famille.

L'église de Denver était pleine à craquer. La réception devait se dérouler dans la salle de bal d'un des plus grands hôtels de la ville. Une autre réception aurait lieu à Phoenix le mois suivant.

— Est-ce que je vous ai déjà dit à quel point vous êtes belle aujourd'hui, madame Steele ?

— Oui, plusieurs fois, répondit Delphine en souriant à Gannon. Mais j'adore les compliments.

Si la famille de celui-ci avait été intriguée par ce mariage soudain, personne n'avait fait la moindre remarque. Gannon et Delphine avaient décidé d'annoncer la venue du bébé au retour de leur lune de miel dans deux semaines. Ils partaient ce soir pour Barcelone, et elle n'en pouvait plus d'attendre.

Ils feraient de Phoenix leur résidence permanente et Delphine continuerait à être journaliste indépendante pour *Simply Irresistible.*

— Heureuse ? lui demanda Gannon alors qu'ils continuaient à danser.

— Extrêmement, dit-elle en resserrant les bras autour de son cou.

Il lui sourit.

— Il y a aussi une autre personne extrêmement heureuse aujourd'hui : ma mère. Tous ses fils sont mariés et elle affiche un énorme sourire. Et juste pour que tu le saches, à présent que tu es à moi, ta vie ne sera plus jamais la même.

— Hum… D'autres *roadtrips* en perspective ?

Il s'esclaffa en la serrant contre lui.

— Beaucoup de choses en perspective. C'est la promesse que je te fais.

Indifférent aux trois cents regards braqués sur eux, il la prit dans ses bras et l'embrassa. Il n'y avait aucun doute pour personne qu'elle était officiellement revendiquée par un Steele.

Retrouvez prochainement,
dans votre collection

PASSIONS

Le pari du rancher, de Maisey Yates - N°947

Une folle partie de poker, un défi insensé, et voilà que Cricket remporte la mise : durant un mois, Jackson Cooper travaillera dans le ranch qu'elle vient d'acquérir, sous ses ordres ! Si elle est d'abord ravie de bénéficier de l'aide de cet excellent rancher, la cohabitation se révèle difficile, hélas. En effet, non content de se montrer d'une rare arrogance à son égard, Jackson exerce sur elle une troublante fascination…

Des triplés en héritage, de Cathy Gillen Thacker

Lulu est sous le choc : alors qu'elle croyait en avoir fini avec Sam Kirkland, son ex-fiancé, tous deux viennent d'être désignés comme tuteurs… de triplés ! Comment offrir aux petits orphelins un foyer serein quand elle ressent toujours de la rancœur envers Sam ? Pour le bonheur des enfants qu'elle aime déjà, Lulu décide de se réconcilier avec Sam – tout en se jurant de protéger son cœur de celui qui l'a brisé…

Un arrogant voisin, de Stella Bagwell - N°948

C'est au Blue Stallion Ranch qu'Isabelle a décidé de poser ses bagages. Avec sa nature sauvage et ses chevaux, n'est-ce pas l'endroit rêvé pour prendre un nouveau départ ? Hélas, à peine a-t-elle mis les pieds sur sa nouvelle propriété qu'elle se heurte à l'irascible Holt Hollister, son voisin. Loin de lui faire bon accueil, celui-ci semble résolu à la voir partir. Mais pas question pour Isabelle de se laisser intimider par ce rustre au regard intense…

Indomptable attirance, de Jayci Lee

Riche héritière, Jihae Park ne se contentera pas d'une vie oisive. Son ambition ? Développer le secteur audiovisuel de l'entreprise familiale. Pour cela, elle a déjà trouvé le partenaire idéal : Colin Song, le célèbre producteur de films. Seule ombre au tableau, la présence de Colin la paralyse et l'ensorcelle. Or, si elle veut mener à bien son projet, Jihae doit dompter l'attirance qu'elle éprouve pour lui. Car c'est bien connu, on ne mélange *jamais* travail et plaisir…

La mystérieuse inconnue, d'Andrea Laurence - N°949

Qui est donc cette femme mystérieuse que Sutton a rencontrée au bal masqué ? Après avoir passé une délicieuse nuit en sa compagnie, il se prend à douter : se pourrait-il qu'elle soit une espionne chargée d'enquêter sur l'entreprise familiale, en proie à des démêlés avec la justice ? Résolu à découvrir les secrets de la belle, Sutton décide de la revoir, tout en profitant des moments de sensualité qu'elle pourrait encore lui offrir…

Mariée à son meilleur ami, de Reese Ryan

Que s'est-il passé cette nuit ? Après une soirée mouvementée à Las Vegas, Zora se réveille dans le lit de son meilleur ami, Dallas, avec… une bague au doigt ! Tiraillée, elle ne sait plus que penser : certes, Dallas a tout du mari parfait – il est drôle, intelligent, créatif et généreux –, et le désir entre eux est palpable. Mais cette folle union ne risque-t-elle pas de mettre en péril leur si précieuse amitié ?

Le Noël de Miranda, de Karen Booth - N°950

SÉRIE : TROIS FEMMES POUR UN EMPIRE TOME 3

Miranda est anéantie depuis la mort de son mari… Son seul réconfort est le bébé qu'elle attend. Et, depuis peu, la présence d'Andrew Sterling à ses côtés. Andrew, le frère de son époux, lui redonne en effet chaque jour goût à la vie. Mais, alors qu'elle s'attache à lui, Miranda est assaillie par le doute. A-t-elle encore le droit de croire au bonheur et d'espérer une vie de famille pour Noël ?

Ce jeu trop dangereux, de Joanne Rock

Invitée par Miles Rivera à une fabuleuse réception donnée dans son ranch, Chiara n'a pas le cœur à la fête. Son objectif est clair : enquêter sur la mort non élucidée de leur ami Zach, survenue quatorze ans plus tôt. Elle doit se montrer discrète si elle veut soutirer des informations à Miles, dont elle est sûre qu'il détient la clé du mystère. Et, pour ne pas éveiller ses soupçons, la meilleure arme de Chiara pourrait être la séduction…

L'héritier des Montoya, de Jennifer Lewis - N°951

« Je suis Vasco Montoya... » La voix grave et virile de l'inconnu qui se tient sur le pas de sa porte est aussi sexy que son allure, pourtant Stella ne peut s'empêcher d'éprouver une certaine appréhension. Non sans raison, car cet homme lui annonce aussitôt qu'il est le père biologique du petit garçon dont elle a la charge. Une nouvelle d'autant plus bouleversante que Vasco Montoya a manifestement la ferme intention de faire valoir ses droits de père...

Un contrat pour t'aimer, de Michelle Celmer

Lorsqu'elle comprend que Jordan Everette est un homme d'affaires parfaitement intègre, Jane se sent prise au piège. Et dire qu'elle s'est arrangée pour devenir sa secrétaire dans le seul but de le confondre... Pire encore, elle a transgressé toutes les règles qu'elle s'était fixées, en s'abandonnant entre ses bras... et en tombant follement amoureuse de lui ! Comment réagira Jordan quand il découvrira qu'elle n'est pas celle qu'elle prétend être ?

Un secret si intense, d'Elizabeth Lane - N°952

Quand elle signe le contrat que vient de lui remettre l'ombrageux Wyatt Richardson, Leigh est aussi émue qu'inquiète. Évidemment, elle est ravie de devenir la nounou de Mikey, l'adorable bébé dont Wyatt a la garde, néanmoins elle craint aussi que son travail ne soit des plus difficiles pour elle. En effet, non seulement il lui faudra ignorer le trouble qu'elle ressent en présence de son patron, mais surtout elle devra empêcher que celui-ci découvre le secret qui l'a conduite jusqu'à lui...

Un amant pour la vie, de Fiona Brand

Elena jubile. Six ans plus tôt, Nick Messena ne s'est intéressé à elle que le temps de l'attirer dans son lit – pour mieux la rejeter ensuite, brisant alors son cœur naïf. Mais aujourd'hui, à voir la façon dont il couve du regard la femme belle et déterminée qu'elle est devenue, Elena comprend que le rapport de force a changé. Et elle compte bien mettre à profit sa nouvelle assurance pour conquérir Nick et réécrire la fin de leur histoire...